最世文化
Shanghai ZUI co.,Ltd

散文集

# 守岁白驹

郭敬明 著

© ZUI 2014 上海最世文化发展有限公司 & 长江文艺出版社有限公司北京图书中心

Youth is a beautiful sadness.

# 目 录
Contents

### 序
PROLOGUE
009

### 第一章 / 白昼明媚
DAYLIGHT
015

### 第二章 / 暗夜未央
MIDNIGHT
077

### 第三章 / 夜页
PAGES
189

### 后记
EPILOGUE
243

序

PROLOGUE

## 青春是道明媚的忧伤

《爱与痛的边缘》(2003年版)自序
文|郭敬明

(图案可扫描)

我出生在午夜十二点,一个暧昧的时间。

小A对我说:"你出生在一天的末尾,所以你出生之前已经经历了二十四小时沧桑的洗礼。可是你也出生在一天的开始,一切都还没来得及发生，所以你像个纯粹的白坯，可是太容易破碎，注定常常感到不知所措。常常流离失所。"

当时我一直笑，因为我看到小A严肃的样子绝对像个骗人的江湖术士。

我出生在6月6日，神话中魔鬼之子降生的日子，双子星座。我妈妈告诉我在我出生的那天夜空异常明朗，满天的繁星。我想如果我睁开眼睛的话我一定会看见双子星明亮的光辉。

前世曾经寄给我一个双子星的陶塑，可惜在途中被损坏了。我用强力漆小心地粘好，现在放在我书柜的顶层，塑像是两个相背而站的孩子，以同样寂寞的姿势仰望星空。底座上有一行字：双子星注定有双子星的悲哀，我们在劫难逃。

白天的时候我是个明朗的孩子。请看小A常常教育我的话："你不要疯得像个孩子。"大多数朋友总是认为我是个没有忧伤的孩子，手中握着大把大把的幸福，甚至有时候不懂得珍惜而肆意地挥霍。他们看到的是我明朗的一面，当然我也希望自己明朗的一面被人看到。毕竟快乐是可以共享的东西，而忧伤则不。忧伤是嵌在心里的不可名状的灼热，不可言说。能说出来的就不叫忧伤了。有时候我试图告诉别人我内心的恐慌，可往往是张着口却不知道怎么讲，最后只有摆摆手，说句"你不会明白的"收场。

有些东西注定是要单枪匹马的，不能说，一说就错，然后还要继续用语法去纠正因语法犯下的错误，太麻烦。于是我学会了安静，十七年来我真正意识了到我应该做个安静的人。

可是我是一个太能说话的人，家里的电话费长期居高不下，可是我一天天长大了，就像朋友写的那样，孤独的孩子悄悄地在风中长大了。我开始习惯将自己的感受写出来，用小A的话来说就是：这是个好习惯，既可以发泄，又可以赚钱。写字的人会生病，寂寞会逐渐从皮肤渗透进来，直到填满每道骨头的裂缝，直到落进所有的血液。这是一场华丽的放逐。

我喜欢黑夜中的万家灯火，它们总是给我安定而温暖的感觉。可是我又害怕黑暗中破空而来的车灯，我怕得要举起手来挡住自己的眼睛，很无助。

我是个矛盾的人，双子星的两个顽皮的孩子在我的身体里面闹别扭，

## 守岁白驹

把我朝两个方向拉，白天的时候我很少能安静下来，但晚上除了安静之外，我几乎没有别的状态。我总是将窗帘拉开，好透过高大的玻璃窗看外面寂寞的天空。一直以来我总是认为天空是最寂寞的东西，它是如此地巨大，以至于没有人可以听到它的倾诉，也没有人可以对它倾诉，它就那么一言不发地站着，偶尔打雷，下雨，闹脾气，我不高兴的时候就喜欢看天，看很久，傻乎乎的样子。我也习惯坐在地板上发呆，手上拿着个装满水的杯子，喝水时听见自己的喉咙发出寂寞的声音。任电脑屏幕一直亮着，然后突然刹那间变成黑暗的屏幕保护，好像自杀时一瞬间的快感。坐累了就起来打字，打字累了又到地板上坐着，然后睡觉。

有段时间小许写信告诉我说她在半夜醒来的时候会一个人提着睡裙跑到水池边看睡莲。于是我想起我在家时坐在床上抱着膝盖听窗外喧哗的雨声，空气中有大把大把的水分子的味道以及从泥土中扬起来的朴素的香味，觉得自己像是在一艘船上。我看得见地面汇集的水流，像我的时光一样静静流淌没有声音。有时候去客厅看鱼，看它们安静得像一匹华丽的丝缎。天冷的时候鱼缸外凝结一颗一颗的水滴，越凝越大，然后沿着紊乱的轨迹下滑。固执地相信那是鱼的眼泪。

我喜欢白天明媚的风，在风中我可以听到花开的声音。小时候喜欢跑到山上去玩，看满山遍野开满鹅黄色的雏菊，然后就是风，再然后那些明亮的黄色就蔓延到风里面，被带到很高很高的苍穹。长大以后依然喜欢风，觉得风的空灵和自由实在是一件很值得羡慕的事情。后来知道双子星座是风相星座，有灵性但不安心。

长大了以后不再习惯往山上跑，而且这个城市在一点一点地变成水泥森林的时候，那座低矮的土丘——抱歉我真的不能称之为山——再难以给我大自然朴实的感动和厚重的忧伤。我家楼顶上长着一大片蒲公英，也许是很久以前风带来的一粒种子，然后一代一代在我家的楼顶上繁衍生息，最终长成白茸茸的一片。有时候看到白色的蒲公英飘落在我的窗台上，寂寞，但是心安理得的样子。于是开始觉得蒲公英的生活是一种大境界——对自己寂寞的漂泊无怨无悔。

或许"无怨"我可以勉强做到，但"无悔"的状态注定离我很远。当暮色四合，四面八方涌动黑色的风，我静坐下来，悔意每每萦绕笔端。面对窗外的一大片沉默的黑色，我就像是古代的弟子面对思过崖。我总是写下一些诸如"其实当时我应当……""其实我原本应该……"的句子，以至于很多时候写着写着自己都笑出了声：怎么弄得像在写检查呀？

夜晚的时候我的状态很平静，可这并不代表我就很安分。晚上我的思绪有时候会汹涌得很厉害，像是月光下黑色的大海，表面波澜不惊，水面以下暗流交错。我总是做着各种各样的梦，从小就是。很多时候我会挣扎着从梦中醒过来，然后坐在浓重的夜色中喘气。然后起来倒杯水，倒下来，继续睡。我很少被梦中的东西纠缠，斑斓的梦魇像清水一样流过我的身体，不留一丝痕迹。小A笑我百毒不侵。因为他总是看到我在白天又笑得一脸明媚。小A说我的恢复能力惊人。就像那句话：看起来特弱，怎么都弄不死。

青春是道明媚的忧伤。这句话我一直都很喜欢。没有欢笑的青春不完整，没有眼泪的青春更是一种残缺。既然注定了要笑要大声地哭泣，那就让它来吧，我随风歌唱。

我很感谢上苍给我敏锐的指尖让我可以用文字沉淀下哪怕一丝一毫的感动。一个双子座的孩子站在旷野之上，站在巨大的蓝色苍穹之下，仰望他圣洁的理想。他张开双手闭着眼睛感受风从他身体两侧穿过时带来的微微摇晃的感觉。他像这片旷野一样摊开了自己充满疼痛与欢乐的成长。

# 第一章

DAYLIGHT
白昼明媚

小围城 / 016
七日左右 / 023
我上高二了 / 032
寒武纪 / 036
六个梦 / 041
📱十二月 / 050
明媚冬日 / 056
剧本 / 060
📱三个人 / 068

# 小围城

外面的人想进来，里面的人想出去，我的学校富顺二中越来越像座围城。记得刚考进二中的时候我高兴得要死，进来之后我开始担忧。尽管大树底下好乘凉，但背靠着大树自己却不是大树的滋味很不好受。围城里的人按成绩被明显地分成了三六九等。我们深刻地体会到了什么是政治书上说的"现在我国阶级制度已经消灭但阶级现象依然存在"。

二中的校训之一：宁可在他校考零分，也别在二中不及格。

学校体贴备至地为我们把小卖部办得有声有色，上至衣帽鞋袜下至图钉纽扣应有尽有。最近我甚至看到了一缸待售的金鱼。

学校就这么温柔一刀地斩断了我们所有出校的理由。于是我们只好望着四角的天空日复一日地伤春悲秋，感慨外面的世界很精彩，里面的世界很无奈。

铁门紧锁，庭院深深深几许，问君能有几多愁，欲语泪先流。《铁窗泪》风行一时不是没有理由的。

周六的最后一声铃响如同出狱的宣告。我们火速离校，乘车几经颠簸到家，打开门，带着满腔心酸满腔大难不死的心情大呼一声："我终于回来了！"虽没有胡汉三的阴阳怪气，但至少有逃离苏比坡的悲壮。

电视是围城中的我们与外界的唯一联系，并且我们只被允许在七点到七点半的时间看中央一套的节目。导致的必然结果是我们越来越爱国越来越血气方刚慷慨激昂，幻想某天杀上战场为国捐躯。因此也出现了一批战争狂热分子，见着哪个国家不顺眼第一句话就是："给我打！"当然并且幸好地球不是绕着他们转的。

偶尔七点半过后老师没来，我们就能多看会儿电视。但遍地开花的综艺节目只会加剧我们心里的不平衡。因为那些所谓的明星正在回答"一年有几个星期"之类的问题，而我们却在研究在和地球不一样的重力系统下高速运动的物体之间能量交换和怎样在正方体上干净痛快、手起刀落地只凭一刀就切出一个六边形来。

围城拥有很多耀眼的光环，比如"全省重点中学""全省校风示范学校""青少年科学创新重点学校"，等等，我只知道校门口挂着十多个长短不一的牌子。其中最有分量的还是"S大学数学实验基地"的牌子。我记得在举行挂牌仪式时，我们坐在操场上，对着主席台上S大学的校长和

守岁白驹

　　成千上万个副校长死命地鼓掌。我也很拼命地拍手，但我纯粹是因为觉得当时的气氛很搞笑很离谱所以劳我双手大驾。牌子挂出来以后二中依然是二中，没有任何改变。对我而言它的重要性还比不上食堂门口挂出的"今日供应鸡腿"的牌子。

　　围城里多雾，很多时候都是城外阳光普照城内烟雨蒙蒙。学了一年的地理知识告诉我们地面状况间接影响着局部地区的天气，很可能是因为二中有个很大的湖和城外有条小得我都不好意思称它为江的沱江。也很有可能是开水房的老伯们工作效率太高引起水蒸气外泄——事实上二中的开水永远是供不应求的。再有可能就是二中的绿化太好了，植物强烈的蒸腾作用让我们月朦胧鸟朦胧。

　　提到二中的那个湖，我想起它是未名湖。但请不要以为它与北方那座高三学生心目中的天堂有什么关系，它是真正的未名——没有名字。但这也没什么不好，因为如果它有了名字就一定会是"奋斗湖""努力湖"，或者是真正的"为民湖"。那对我的耳朵没什么好处。

　　烟雨蒙蒙的好处是可以让我们把女生看得不太清楚，因为如果说女生是校内的美丽风景的话，那么二中的旅游资源是十分有限的。我们都崇尚"朦胧美""距离美"。网上有一个精彩的理论：女人的美丽同她的寿命成反比。借用中国的历史文化传统来描述：红颜美人多薄命，二中女生万万岁。男生戏称女生楼为"寿星村"。二中有几句流传已久的打油诗：二中女生一回眸，吓死对面一头牛；二中女生再回眸，二中男生齐跳楼；二中女生三回眸，哈雷彗星撞地球。虽说这几句话很刻薄，但"存在的就是合理的"，经受得了时间考验的东西就有其可取之处。当然，在女生眼里我们也不怎么的，个个都和活了八百岁的彭祖有一拼。

　　围城里的生活是平静的。说直接一点，围城里的生活是沉闷的，某某老师戴顶假发都足够成为一级新闻，在学生的眼耳口鼻、眉目身段之间疯狂传播。并且二中里消息的传播速度足以推翻爱因斯坦的光速不可超越学说，且中途变异之快，类似于遭到强烈核污染的生物。举个例子，A君无意中说的一件芝麻屁事在经过一个上午之后再由C君传回A君的耳朵时已变得面目全非，以至于A君难以置信地问："真的吗真的吗？"然后C君信誓旦旦地说："你放心，消息来源绝对可靠。"再举个我亲身经历的例子，某天小D告诉我下午不上课，而当我顺藤摸瓜寻根究底之后才发现消息的来源竟然是我，而我只记得自己早上说过下午最后一节课提前十分钟结束以便进行大扫除。

也许是某个伟人也许是我说过，郁闷的环境出文人，沉闷的环境出哲人。我们开始变得很哲学，没事儿爱跑到宿舍楼顶上朝天疾呼问一些"我是谁？我从哪里来？"之类的深奥问题。然后就会听到对面的女生楼扔过来一句："谁家的疯狗给我牵回去！"

对面女生历来就很嚣张。她们住小洋房而我们住红砖楼，她们的衣柜比我们的大两倍，她们有张很大的写字台而我们什么也没有。小资产阶级得很！事实再一次证明了当今世界仍有男女不平等的现象。但成天吵着改变学校住宿条件的却都是些头发长而什么什么短的不知足的丫头。我们解释说这是男生适应能力强而她们却说是我们历来就不讲究。

晚上熄灯之后窗外唯一的风景就是女生楼飘忽的烛光，星星点点犹如鬼火。毫无疑问，她们正在捧着琼瑶进入角色，很难想象这些白天疯脱了形的丫头片子晚上如何摇身一变扮演纯情少女或是多情少妇。但有一点是肯定的：烛光的多少与第二天上课睡觉的人数成正比。

尽管二中的文科不怎么的，但它却带有浓重的哲学味道。

矛盾无处不在，整个校园充满辩证色彩。老师说，教育不是为了高考，掌握知识是最重要的。说完之后拿出书，叫我们把高考不考的章节画掉，再理直气壮地告诉我们，高考不考，我们就不学。我想如果老师们去古代卖矛和盾的话一定会生意红火。最难得的是他们可以对着讲台下百余只疑惑的眼睛而始终目光坚定。这种目光对峙的较量每每都是我们败下阵来，老师的坚定不移也最终让我们相信：是我们弄错了。

政治老师说："这是对立的，又是统一的。"

守岁白驹

　　张晓风说:"给我一个解释,我就可以再相信一次人世,我就可以接纳历史,我就可以义无反顾地拥抱这荒凉的城市。"
　　同样,既然政治老师给了我们一个解释,那我们还有什么不可以相信、接纳、拥抱的呢?深吸一口气,前赴后继地一头扎进题海,为明日的象牙塔作困兽之斗。

　　在这所省重点里,我们所做的试卷不是用"张"来计算的,用"吨"有些夸张,但用"斤"应该没人反对。学校复印室如果对外开放的话其工作速度足以令外面的复印公司全部倒闭。尽管我们万分心疼那台老复印机,但它没有遇上我们这样的主人,所以它必须每天忙够八个小时。而我们的累与复印机的忙可以建立起一个以复印机的工作时间为自变量的直线上升函数,它忙我们也忙,正所谓"你快乐所以我快乐"。我们虽不至于忙到普京似的"上班的时候女儿们还没起床,下班的时候女儿们已经睡着"的地步,但估计也差不远了。老师叫我们做题要快点快点,我们恨不得叫时间慢点慢点,但"事与愿违"这个词并不是祖宗随便造出来玩的,时间的飞速流逝常常让我们扼腕三叹。
　　二中的校训之二:高一已经到了,高三还会远吗?据说高二的版本是:高一已经过了,高三已经来了。
　　我们一直有个美丽而恶毒的愿望:高三毕业后把所有的试卷来一次烈火中的永不超生。但现在它们却是我们最珍爱的宝贝,别说全部烧掉,就是少个一张半页的都会捶胸顿足痛不欲生,接着赶紧借朋友的去影印一份。因为老师长期而高频率地告诉我们:"你们做的题都是经典中的经典,高考很有可能遇上。"尽管我们知道这种可能性是万分之一或千万分之一或是更低,但只要有这种可能存在我们就义无反顾。我们相信这个肥皂泡般脆弱的可能,每天都期望老师能金口玉言。
　　二中的校训之三:做一百分的习题,长一分的高考成绩。

　　一到夏天学校的花就开了,开得灿烂开得夺目开得让我们想拍手唱:

"我们的祖国是花园，花园的花朵真鲜艳。"

滨江路两旁的树上开满了米粒大小的白花，微风一过就会有雪花似的花粒落下来，像6月的雪，我们称为"又一个夏天的冤案"。

滨江路是寝室到教室的唯一通道。有人说，如果要杀二中的学生，只要堵在滨江路，保你杀个一干二净，因为二中的逃学率为百分之零。当然，类似这样的统计还有很多，如百分之零的留级率，百分之百的毕业率，百分之百的及格率，等等。就是这些百分之零和百分之百让我在一年里丢掉了从小学到初中九年来积累的全部骄傲。

但毕竟满地的鲜花给了我们一个好心情。老师说："你们的一天是从走上一条铺满鲜花的道路开始的。"我听了很受用，但小A说："我们正踩着鲜花的尸体。"一句话把我恶心得不行，一脚踩下去都马上抬起来。

花落到地面上就变成了黄色，日复一日地提醒着敏感的我们：工业盐酸是黄色的，浓硝酸也是黄色的。小A每天路过都会对我说："盐酸带黄色是因为含有三价铁离子，而浓硝酸带黄色是分解产生的二氧化氮溶于硝酸的结果。"这不能怪小A，他爱化学爱得要死。他曾经弯着眉毛脸上带着些许挑逗的表情阴阳怪气地对我说："化学是我永远的爱人。"弄得我全身起鸡皮疙瘩。但这样一个爱化学的人，在高一结束分科的时候，眼睛都不眨地就选择了文科。我五体投地。

由于学校的花儿们二中得了个"全省绿化先进单位"的称号。我并不认为这是学校的绿化工作做得好，就如我不认为二中的高升学率不是因为教学条件好而是因为身边有无数个强劲的对手一样。学校会繁花似锦完全是因为类似新加坡的高额罚款。"摘花者罚款一百元"的白色木牌随处可见，犹如万绿丛中的一堆白骨。"花开堪折直须折，莫待无花空折枝"的古训在这里被驳得体无完肤。不仅不能作为摘花的理由，连平时说说也会被骂得狗血淋头。老师们对花儿近乎病态的关爱让我们一致认为他们上辈子一定是美丽的花仙子。

当我第二次看到花开的时候，我迎来了我高一的第一个也是最后一个暑假。大把大把的时光从指缝中溜走，留下许多叫知识和情感的东西被紧

守岁白驹

紧地握在手里。

  高一的最后一个月我过了十七岁的生日。朋友说："你又长大了一岁。"小Ａ说："你又老了一岁。"小Ａ总是这么悲观，他始终坚信"面包落地的一面一定涂着黄油"的理论。我不想那样。不管我是长大了还是老了，也不管是快乐还是悲伤，我的高一毕竟过去了。我不想过于开心或是过于伤感，心如止水是种很好的状态，我一直在努力。

  我的高一，再见啦。

# 七日左右

坚决而果断的铃声宣告了高一期末考试的结束。在铃声持续的三秒钟内我迅速地把一道选择题由A改为C，然后义无反顾地逃出了考场。如果我跑慢一点，我就会被其他考生拖住，然后抓着我对答案，一对就是千秋

守岁白驹

万代不了结，最后我与他们之间太多太多的分歧和他们无比自信的目光就会全面摧毁我的神经系统，同时宣告一个不太美妙的假期的到来。

　　我没有理由不相信他们，正如我无法相信自己。因为我知道除了自己之外能够进入第一考场的人都是全年级的精英。我把自己能混进第一考场的一半原因归结于幸运，而另一半原因至今仍飘浮在空中如同浮游生物一般游游荡荡地寻找最后的归宿。高一的前三次考试我愚蠢到认为自己和他们属于同一级别因而加入他们唾沫横飞的讨论。这得归结于人类的劣根性，到了某一阶段人就会不可避免地自我膨胀，我也是人，并且是个俗人，所以结果是惨痛的，教训是深刻的。吃一堑长一智，吃三堑还不长一智的人就是笨蛋。我不是笨蛋，最起码我不承认自己是笨蛋，所以我聪明地跑掉了。

　　外面还在下雨，从昨天晚上一直下到现在，缠绵悱恻得没有一点夏季暴雨的味道。昨晚下雨的时候我说这雨肯定在一小时之内停，结果这句话很可能被天上的神仙听到了，所以他有些小气愤：凭什么一个小人物命令我呀？于是天公拉开架势下个没完没了。

　　看，我这人挺倒霉的，任何人包括神仙在内都不怎么给我面子，顺我心意。

　　于是我学着姜武在《美丽新世界》里的样子指着天喊："如果我考砸了，这雨就马上停。"当然雨还是下得欢快，我为自己的小聪明窃喜不已。

　　正当我背着书包准备逃回家的时候，广播中传出校长那明显是模仿国家领导人的拖得很长的声音："同学们回教室，召开广播校会。"

　　接着我就听到了一声气壮山河史无前例惊天地泣鬼神的叹息——几千人的大合唱我听过，几千人的大合叹我却是生平第一次听到，真是让我开了耳界。我安慰自己死的时候又多了个证明我这一辈子没白活的理由。

　　我乖乖地走进教室，进门的时候眼皮跳了一下。其实我早该知道这预示着倒霉的一切已经开始了。

教室里每一个人都很疯。所有的考试都结束了，美丽的假期在不远处向我们招手，现在不疯实在没有任何理由。有人吵架，有人赛跑，有人唱歌，每个人都竭力燃烧着自己被考试消耗得所剩无几的能量来抗拒着黎明前的黑暗。十分钟以前每个人都被考试折磨得奄奄一息，现在全部回光返照了。而我一个人安安静静地坐在角落里，被雨水溅湿的裤脚贴着皮肤，带出不舒服的刺痒感来。

整个教室像一台没有图像的电视一般哗哗乱响，在无边无际的喧闹中，校长的声音不急不缓地传来，我没有听清楚，只听到"文理分科"四个字。

在那一瞬间我感到头顶上有什么东西"咚"的一声重重地砸了下来。

眼前有什么"嗖"的一声一闪而过。

胸腔中有块小小的东西"砰"的一声碎掉了。

我张着口，瞪着眼，死命地盯着那个绿色的喇叭一动不动，像台被拔掉插头的机器。不是说不分文理科吗？不是说就算要分也要到高二结束才分吗？怎么说分就分呢？

我胡思乱想把自己弄得很紧张。其实我从初三就开始担心文理分科的事儿了，但我这人天生慢性子，凡事一拖再拖，连假期作业我也是拖到开学前三天才赶的。所以当我听到高一结束不分科的消息时高兴得要死，我想我又有一年的时间可以拖了。

可现在我知道自己完蛋了。我是真的完了蛋了。

我文科全年级第二十一名，理科第二十二名，势均力敌，不分上下。本来我很知足，我也应该知足，因为用老师的话来说就是"全年级前一百五十名就能上重点，前三十名则是重点中的重点"。但现在我却有点希望自己是小A那样的——文科方面是聪明绝顶的诸葛亮，理科方面却是扶也扶不起的阿斗。那我就可以屁颠屁颠地头也不回地奔文科去了。

但问题在于理科就像我的右手，文科就像我的左手。我吃饭写字用右手，但翻书打牌却习惯用左手。

守岁白驹

　　生存还是死亡是哈姆雷特的问题。
　　现在左手还是右手却是我的问题。
　　班主任走进教室，周围开始安静下来。她说她要谈谈文理分科的事儿。我以为她会像往常一样告诉我们二中的文科没有理科好；我以为她会像往常一样劝我们都选理科以便留在本班；我以为她会像往常一样告诉我们二中的文科生就像玻璃窗上的苍蝇，前途是光明的但道路是没有的。但"我以为"仅仅是"我以为"，而且我以为的通常都不会正确。
　　她告诉我们学校答应给我们年级的文科生配最好的老师，所以想读文科的人请放心地去。
　　这是个致命的诱惑，我觉得心中的天平有点倾斜了。
　　讲完之后老师笑容满面地问我们："你们是读文还是读理呀？"我的感觉像是她在问我："你是砍左手还是砍右手啊？"在我还没有作出选择之前全班就已用响亮的声音回答："理——科——"
　　我看到老师笑得很满意。
　　当众人散去的时候，我轻手轻脚地走上讲台，向老师说我要一张文科填报表。尽管她很诧异但她仍什么也没问就给了我一张。我趁机问她："老师，我是适合读理还是读文？"老师说："你很特别，我觉得你文理都合适。但你读文也许走不了读理那么好的学校。"既然老师都这样说了我还能怎样呢？我乖乖地退下来，心中的天平重新倾斜回来。
　　我拖着大包小包的行李出了校门。我忽然想起原来高三一个学生说的话："天这样东西么是专门让人担心刮风下雨以及会不会塌下来的，地这样东西么是专门让人害怕地震岩浆以及会不会裂开来的，时间这样东西么是专门让人觉得对不起自己对不起国家对不起全宇宙的，高考这样东西么是专门考验我们是不是会疯掉的，分科这样东西么是让我们知道从小接受的'全面发展'教育是根本错误的。"
　　我伞也不打地走在雨中，很是悲壮。
　　天气热得简直不像话。温度越高物质越不稳定，化学如此，思维如此，心情如此，此原理放诸四海而皆准。我像只郁闷的猫在客厅里来回游荡，一边看着坏掉的空调一边望着左右手不住叹气。

热。烦。又热又烦。

隔壁那个刚考上高中乐得要死的女生正在学林晓培歇斯底里地叫："烦啦！我烦啦！"我有点同情她。现在就烦了，烦的日子还在后头呢！

我望着手中的文科填报表不知是否应该下手。我妈说我一天起码问三十次"左手还是右手"，我觉得自己很有哈姆雷特的味道。

7月3日放假，7月10日返校选文理科，我有七天的时间可以考虑左右手的问题。但现在已经7月7日了，我的时间不多了，在这种非常条件下，我不可能"两手都要抓，两手都要硬"。但不是只有我一个人烦，我安慰自己，高三的学生今天开始上考场拼命了。

文科表上一共有四栏：家长意见，班主任意见，学校意见，最后才是自己选择文科的理由。于是我发现自己的意愿被摆在无足轻重的地位。发现这一点时我惊诧不已，我还一直傻傻地以为念书是个人的事儿呢！

于是我很听话地去问我的家人，从父母一直问到爷爷奶奶再到表哥表妹，结果每个人都斩钉截铁地从嘴里蹦出俩字儿：理科。我心中的天平大大地倾斜。

我想到打电话问小A。我打电话到小A家去结果家里没人，我又打小A的手机结果他在上课，他说："晚上来找你好不好？"我说："好。"

小A并不是在自己上课，而是上课教别人。他在一家电脑公司对客户进行初级培训，待遇挺不错的，公司甚至给他配了手机。他已经拿到了全国计算机操作高级证书。在这方面我认为他是个人才，而他认为自己是个天才。他说他干那份工作实在有点大材小用。我对他的自信佩服得五体投地。小A的人生格言是：人就活这一次，理应活得飞扬跋扈。

小A晚上来找我的时候我正在看《焦点访谈》，他说："出去走走？"我说："好。"

大街上的霓虹已经升起来，整个城市显出一种与白天截然相反的味道，

## 守岁白驹

地面仍然发烫，空气却开始降温。

小A说："你理科那么好为什么要读文科？"

我说："因为我想念中文系。"

小A说："你知不知道现在选中文系被认为是走投无路的选择？"

我说："我知道但我就是想念中文系。"

小A说："我知道你写得一手好文章，但有没有哪所大学会因为你发表的十几篇文章而收你呢？天底下写文章的人不是一个也不是两个。广告牌掉下来砸死十个人，九个都会写文章。"

我说："是啊天底下写好文章的人不要太多哦，我郭敬明算什么东西？"

于是天平严重倾斜，大势已去，我的左手回天乏术。

回到家，我告诉父母我决定了：我读理科。父母立刻露出一副"早该如此"的表情。而我自己却没有那种终于作出决定如释重负般的高兴。

没有人是被砍掉了左手还会高兴的。

决定作出之后我开始疯狂地看小说，说是为了补偿也好最后的晚餐也罢总之我看得昏天黑地。这样的结果并没有"让我一次爱个够"，然后转身"走得头也不回"，相反我越陷越深不可自拔，我发现我永远无法放弃我心爱的写作，也无法松手放开我心爱的中文系，我的左手握着文学，就像乞丐握着最后的铜板舍不得松手。

于是凌晨五点我悄悄起床，像个贼一样在自己的屋里填好了文科表。我趴在写字台上一笔一画写得很虔诚，当我写完的时候一缕霞光照进来，照着我的左手。很温暖。

我父母肯定无法相信我就这么随随便便地在没有找准目标的情况下把我的未来扔了出去，而且是瞒着他们扔出去的。我想他们知道了一定会很伤心。我有很重的负罪感。

同时我又安慰自己："你是独立的你很有主见你真棒。"但我做梦的时候又有人对我说："你是盲目的你不孝顺你真笨。"心中的天平剧烈地晃动，一会儿这边加上几个砝码，一会儿那边搁上几个重物。我不断地作出决定又不断地把它们否决。我熬夜看一本本的财经杂志，也熬夜算一道道的物理习题，直到最后我把自己搞得很憔悴，直到最后我不得不一遍又一遍地对自己说："相信自己，不要动摇，顶住压力，天打雷劈导弹炸，是人是妖都放马过来吧！"

7月9日的晚上我很早就倒在了床上。我在黑暗里睁着眼睛死活睡不着。我安慰自己："没关系没关系，明天一切就定下来了，今晚好好睡，今晚好好睡。"

7月9日，高三的学生都考完了，他们应该在狂欢了吧？为什么周围这么静呢？他们是在沉默中爆发了还是灭亡了？我不知道，我只知道明天我必须作个决定。

伟人说："自己的命运由自己掌握。"这话没错。可在我双手掌握命运的同时它们又被别人的双手所掌握着。脑子里的问号像赶集的人流似的挤出来。

砍掉左手还是砍掉右手？

左手还是右手？

左手？右手？

……

7月10日。早上八点，我静静地坐在桌旁喝牛奶。母亲问我："决定选理科了？"我在喉咙里不置可否地应了一声。我下定决心，如果这次文科考进了全年级前十五名就选文。

我到学校的时候同学们基本上都来齐了，我发现除了我之外没有人把分科当回事。我问了十个人，十个人理所当然地告诉我"理呀"，没有一个人选文。没有一个人。

成绩单发下来了，我看到文科名次下面写着"18"。我的头都大了。按理说我应该放弃，可我不甘心。

老师收文科表的时候只有小A一个人走上去。那张表格被我死死地捏在手里，我想坦然地走上讲台交给老师，但我发现自己站不起来。我就那么定定地坐着，直到老师说"放学"，直到同学全部走完。

我看到了我的软弱与无力。

## 守岁白驹

南半球的蝴蝶扇动一下翅膀就可能在北半球引发一场台风。可是任我挥断了胳膊踢断了双腿楼房也不会掉下一块砖来。掉下一块砖多好啊，砸在我头上多好啊，那我就可以顺顺利利地去见马克思了。

我看到了我被禁锢的自由。

有个故事说鸡的寿命本应该是七年，但机械化饲养的"肉鸡"七个星期就被杀了。它们的一生只见到两次太阳：一次是刚出生（还不一定），另一次就是从鸡场到"刑场"，而且吊挂着双脚，鸡头在下，眼睛里充着血，看着这个颠倒的世界。我不知道自己的眼睛有没有充血，但我眼中的世界的确是颠倒的世界。

我看到了我的中文系。

它现在在对我挥手说"再见"了。通向中文系的大门缓缓关上，就像紫禁城的城门一样缓缓关闭，带着历史的凝重把美丽的斜阳就那么关在了门外。

突然间雷声轰鸣，大雨降下来。不过既不温柔也不缠绵，雨点是向下砸的。

我把文科表丢掉了，我满以为它会借风起飞，结果它一下就掉到了地面，然后迅速地被雨水浸透了。纸上的黑色钢笔字迹渐渐变得模糊，最终消失干净。原来"白纸黑字"也不一定就是不可更改的东西。我确定自己发现了什么但我说不清楚，我为我说不清楚的什么感到悲哀。

我确定自己流泪了，但我分不清脸上哪些是雨水哪些是泪水。

不知是那天雨特别大还是我走得特别慢，总之我回家后就发烧了。睡了两天后我才醒来，发现自己躺在医院的床上打点滴。床边围着爸爸妈妈爷爷奶奶外公外婆一大家子人。我告诉他们我选的是理科。我希望像电视剧里演的那样他们抹着眼泪说："孩子，你别读理了，你选文吧！"然而他们却告诉我："你的选择是对的。"

于是我悲哀地发现电视剧真的不能同生活画上等号，尽管我一千一万个希望它能像真的生活一样。

胸腔中那块小东西这次碎得更加彻底。我隐约地看到我心爱的中文系在天边向我微笑,然后就头也不回地走掉了。

我很难过,我躲在被单里悄悄地为我的左手默哀。

## 我上高二了

　　我上高二了。一句宣言般充满激情的话被我念出了世界末日的味道，有气无力犹如临终的遗言。一分钟前老师对我说你要念出气势念出感觉要让每个人都振奋一下。现在我制造出了截然相反的效果，老师的叹气声清晰可闻。我知道她很失望，我也不想让她失望，可结果是我无法控制的。就正如不是我想上复旦就上复旦的。

我上高二了。我不兴奋也不悲哀，我的心如死水。其实这就是一种莫大的悲哀，哀莫大于心死。可是我身边的人个个都活得很滋润，成天张着嘴笑，露出一口白牙齿或黄牙齿。不会笑的也是埋头做题，一副很有理想很有追求的样子。我知道他们的生活才是我理所当然的归属，我知道没有理想和追求的人是多么地可耻，我也知道理科生不要有太多思想做好题就行。但知道仅仅就是知道而已。我知道天上有个大月亮，可我一辈子也别想上去，人类那伟大的一脚注定轮不到我去踩。

我开始念稿子，我上高二了，我很困惑。我抬头看看老师发现她也很困惑。我知道是我把她弄困惑的。在她眼里我应该是个好学生吧，应该积极向上很有主见吧。这样的学生怎么会困惑呢？于是她困惑了。

我是真的困惑。我的年龄还没有老到会矫揉造作地去玩深沉。本来我是想读文科的，但父母之命大于天，我就是死也要死在理科。这是所谓的气节。小A读文科去了，生活得很滋润。每天轰轰烈烈光芒万丈。而我就只能在理科一点一点地被灰尘盖掉，然后被同化，被遗忘。每天研究两个球怎么相撞，看金属丢到酸里冒出的美丽气泡。

中午吃饭的时候我会让小A给我讲文科班的故事。我一边看着小A眉飞色舞地讲他们的考题是写出《红楼梦》的时代背景，一边寻找着身边稀薄的空气维持呼吸。坦白地讲我向往文科生自由的生活，作为一个理科生我的修行还不够，我还没有学会看到飞来的足球就作受力分析的本领。

我上高二了，我感到很累。这时老师的目光不仅仅是困惑，还有容忍。我知道我的发言是为了让每个人受到鼓励打起精神。但我累就是累，好孩子不应该说谎，这也是老师说的，小学老师。很多人都不把小学老师当回事，叫他们"教书的"，其实高中的老师才该叫"教书的"，因为他们只是教书而已。我是累了，梦里看见无数的方程式扭着小胳膊小腿儿晃来晃去，大声吼叫"无解无解"。我是累了，抬头的时候脖子会疼，看天的时候眼睛会睁不开，我习惯黑暗中的昏黄灯光，其实我习惯的是一种歇斯底里的

## 守岁白驹

麻木。一切的一切以拖垮自己为目标，最后的最后大家同归于尽。我有足够的理由相信高考是上苍神明降下的双刃剑，割伤我们也刺痛师长，受益者躲在远处嘿嘿地笑。然而谁是受益者？孤独的我伫立在茫茫的尘世中，聪明的孩子提着易碎的灯笼。

我上高二了，我发现不是每次努力都会有收获，但每次收获都必须要有努力。一个不公平的不可逆转的命题。理科班仅有的几个女生用她们"杨柳岸晓风残月"的感性思维与男生的理性思维相抗衡，是悲壮也是悲哀。有个女生用了我两倍的时间和精力去学物理然后考了我二分之一的成绩。看到她有点泛红的眼睛我觉得高考注定要把人毁掉。

我上高二了，我发现友情变得很脆弱。友谊的玻璃瓶被放得很高且布满裂痕，一有风吹草动就摇摇欲坠。我的笔记本常常不见，我的参考书骄傲地出现在别人的桌上，被撕掉的扉页很像秋菊，讨不到一个说法。我毫不掩饰地讲出一切，向人们宣告我也可以很恶毒。我生活在这个世界也生活在这个高二，所以我知道人什么地方最不堪一击，知道怎么做可以把别人刺得最痛。因为我们那仅存的一点点顽强抗争不肯泯灭的良知。因为我们还是孩子我们的防御能力还不够完善。我们可以把对手的分数计算得丝毫不差，可以为了比别人多做一道题而熬夜苦战。早上看到一双熬红的眼睛时，他会说，昨晚的球赛真是精彩。我们笑一笑，彼此心照不宣。我们似乎以为战胜了同学就通向了罗马，然而事实是全国皆兵，高手潜伏在不可知的远方。我们以为要找的是锁，其实我们要找的是那串丢失的钥匙。池塘边的榕树上没有知了，操场边的秋千上落满尘埃。

我上高二了，我们学会了欣赏哪所大学的录取通知书最漂亮，然后为了那一张沉重的薄纸而玩命。所有的资本都是赌注，健康、爱好、休闲、友情、爱情在身后一字排开，一切代价在所不惜，来吧，我什么都可以扔出去。朋友说复旦的录取通知书像结婚证，我想说复旦我爱你请和我结婚。

我上高二了，在微微变凉的9月。阳光日渐稀薄，降温降温，原来秋天这么快就到了。秋天已经到了，冬天还会远吗？在这个充满凉意的秋天，我站在讲台上面无表情却又感情丰富地说："我上高二了。"我把一切不急不缓地讲出来，也许大家会好受也许我会好受。我讲完之后没人鼓掌，四周的呼吸变得很轻很长游移不定。有人的目光变得很亮有人的睫毛变得湿润。老师静静地靠在门边上，我看到她飘在风里的白头发。风儿轻轻吹，树叶沙沙响。我坐在自己的座位上，像个乖孩子。一切的声音都退得很远，世界原来可以如此安详而美丽。阳光照进来我看到的是光明而不是入射角和反射角。空气闻起来很清新，不是氮气氧气二氧化碳。每个同学都很可爱，没人是第一名没人是第一千名。

然后一声铃响。然后一切恢复原样。

老师发下卷子，我们习惯性地收拾，习惯性地麻木。老师走出教室时回过头来说："卷子就后天交吧。"对于这额外宽限的一天，我们很欣喜也很奇怪。

我上高二了，在天气慢慢变凉的秋天。

在一切似乎没有改变其实一切都已改变的生命的罅隙。

# 寒武纪

上课没多久我就发现生物老师真是个人才,他花了三分钟的时间就从草履虫的细胞膜讲到了寒武纪时期地球上的三叶虫是如何地嚣张。我想他上上辈子一定是个周游列国的大说客,而这辈子做这个小小城市里小小中学的小小生物老师真是被埋没了。不过他好像很满足的样子。

自从我生物考了个很辉煌的成绩之后他对我莫名微笑的次数日渐增多，当然这并没有使我产生什么特别的认识，除了知道他有一口整齐的白牙齿。其实那次生物考试有太多的不确定性因素掺和了进来，太多太多的不确定最终确定了我的辉煌。回想起来，生物考试的小小辉煌其实是在我前面五科全部考砸之后破釜沉舟的背水一战，所谓的哀兵必胜所谓的"豁出去了"。但这一切生物老师是不知道的。所以他才会对我充满信心而且异常快乐。无知者不仅无畏而且无忧。无知多好。

生物老师对我说："你是适合学生物的。"这句话在我听来就像是在说"你是超人"一样。这样的话谁信？反正我不信。我对穿着白大褂拿着试管看着显微镜的生活历来就是敬而远之。与其研究什么高分子什么DNA我不如去做法医，可以在死人身上左拉一道口子右刺几个洞，最后让坏人得到惩罚还好人一个清白，但无辜的是死者。法医的工作有点像"鞭尸"。我这样告诉小A。小A听后马上从我旁边跳开，在离我两米的地方上下打量我，最后一字一顿地说："哎、哟、喂！你不正常！"我说："这么久你才发现你的反应够迟钝的。"

但面对生物老师的热情我多少得有些回应。于是我在生物晚自习上捧本厚得足够砸死人的参考书跑上讲台，然后努力让自己的眼神充满求知的欲望。既让老师开心又减轻我的负罪感，这种事情我做。

老师讲到寒武纪的时候我莫名兴奋，我想我是爱上这三个字了。但我少得可怜的地理知识仅仅让我知道这是几亿年前古生代的第一个纪。但我高一的时候地理知识是相当好的，我不要太好哦！毕业会考的时候我地理拿了Ａ，并且让身边的几个对我而言是陌生人的学生也"顺便"拿到了Ａ。我觉得我挺大方的。

而我现在只知道在寒武纪之前或者之后有个大冰期，地球变成个美丽的冰晶球，到处是大块大块的冰，到处是飕飕的刺骨寒风。

所有的生物全部死亡或者蛰伏。

就像现在的高二(3)班。

## 守岁白驹

期中考试班上的同学全面败北，失败得史无前例。我们班是全校唯一的一个市先进班集体，但这次的成绩让所有的老师不仅大跌眼镜而且跌碎眼镜。从我在年级狂跌三十名但在班上还算"下降幅度中等者"上就可以看出其惨烈程度非同一般。

班主任说我们失败是因为我们骄傲。政治老师说是我们不够重视。英语老师说因为我们死板不会变通。数学老师说我们浮躁。物理老师说我们粗心。等等等等。八科老师走马灯一样转过之后我们发现原来自己如此地千疮百孔，于是夹起尾巴做人。

夹起尾巴做人。我第N遍地告诉自己。但不知是我没有尾巴还是我的尾巴太长了，总之夹起尾巴做人对我来说其困难程度相当于一道五星级的物理题。所以我冒着晚自习迟到的危险出校去买王菲的新专辑。

买回来之后我发现第一首歌就叫《寒武纪》，于是我大叹值得值得死都值得。

专辑里对寒武纪的解释颇有点搞笑：寒武纪，宇宙洪荒古生代，天地初开第一纪，那时候恐龙还没来得及与三叶虫相遇唱游，海藻跟大地纠缠了八千万年，天荒地老，由寒武纪开始。尽管整张专辑都是由林夕作词，但我依然有点不相信上面一段话出自林夕之手。林夕的词要么迷幻要么凄美要么无聊（多数情况下是前两种，所以林夕是我很喜欢的词人），但绝不会搞笑。要林夕搞笑就像是要周星驰去演《活着》一样——不过他多半会演成《死了》，笑死的。

不过现在班上很少有人笑了，因为要夹起尾巴做人。班主任以教室为圆心作全方位的侦察，每个窗户下都闪烁过老师敏锐而极具洞察力的目光，不过我们尾巴夹得很紧，所以老师的目光一天比一天明亮。甚至在被理科生认为是用来补充睡眠的政治课上也有理科尖子动用他们无坚不摧的理性思维去和老师争辩一些关于马克思的问题。小A说这是理科班的奇迹。我们说其实班主任具有007所需要的全部条件。

所有的一切排成排，高考排在第一个，友情爱情七情八情通通排后面。老师说这天经地义，父母说这理所当然，我们说那好吧好吧。其实人是很容易妥协的，有时甚至不用压力。时光如洪水猛兽一样席卷一切，手中留下的是一些看似实在其实犹如空气一样抓也抓不住的东西，比如硫酸比如二次函数比如能量守恒。至于指缝中溜走的是什么没人去想也没人敢想。心里悬得慌。

千军万马挤独木桥的美好年代过去了，我们都是走钢索的人。

试卷好像一夜之间变多了，如雪花一样一片一片在教室里飞舞。开始还有人问哪儿来那么多试卷啊，后来也没人问了，习惯性地抓过来就做。老师曾经说过："到了高三如果你一见到试卷就拿过来做的话那说明你进入状态了。"现在想想我们是提前进入状态了。渐渐地人也变得有些麻木，只记得有天化学老师说拿出我们这个星期发的第二十四张卷子。听了让人想自杀。

时间依旧流转街市依旧太平。但平静的表象催生底层的暗涌，沉默的中心孕育惊世的爆发。爆发的中心是和我同宿舍的大黄和财神。我和他们感情特别好。听人说他们"在班主任的帮助下认识到自己更适合读文科而决定转班"。谁都知道这是班主任优化班级结构的第一步。大黄和财神决定转班的那天我和他们一起吃饭。吃完饭我们三个人倒在床上看窗外的天幕一秒暗过一秒。大黄说："初中毕业的时候老师每天都对我说你要加油争取考个好的学校，结果我他×的真的就考进来了，但现在除了班主任之外没有老师知道我的名字。"财神说："初中毕业我考体育特招生的时候老师早上五点就起床陪我练习，那叫温暖，但现在我和老师擦肩而过他们都不会认出我是他们的学生。"大黄说："要是有来生我一定从高一就死命地学。"财神说："要是有来生我从初中就死命地学，他×的不就是把自己弄得只会做题弄得傻掉吗，谁不会啊？"我说："如果来生还要这么学的话那我就不要来生了。"说完之后我们三个就傻掉了，没人说话。后来财神对我说："小子你以后想我了就呼我，他×的就是在火车上我也跳下来找你。"我说："你放心好了我专等你上了火车之后呼你。"说完之后我觉得鼻子酸酸的。大黄说："走吧去上最后一节晚自习。"出寝室的时候才六点四十，可是天已经彻彻底底地黑了。路灯微弱的光芒死命地撑

### 守岁白驹

开一团光明，可是也被黏稠的黑夜渐渐侵蚀。我猛然想起已经是冬天了。于是我叫他们先走我有点事。他俩一走远我的眼泪就掉了下来，我咬咬牙骂道："他×的这叫什么事儿！"然后我擦干眼泪匆匆地赶去晚自习。

后来他俩真的转到文科去了。

而我留在理科班垂死坚持。学会忍耐学会麻木学会磨掉棱角内敛光芒。学着十八岁成人仪式前所要学会的一切东西。

直到伊甸园长出第一棵菩提／我们才学会孤寂／在天鹅湖中边走边寻觅／寻觅／最后每个人都有的结局

我的生活开始变得像罗布泊的流沙，无数的旋涡拉扯着我向下沉。尽管我知道下一秒钟我就可能被淹没，但我无动于衷，任流沙一点一点地淹没我的脚、膝、胸、颈直至没顶。我想冰期到了我蛰伏一下也好，我的电池快用完了我要节约能量。我只要等到大地复苏时醒来，那时候一定春暖花开阳光明媚，青蛙复生美人鱼歌唱，那时候我就又可以和他们一起在晚上熄灯后挤在同一张床上听磁带，可以张开翅膀自由滑翔。

可是，可是。可是昨天生物老师满脸微笑地告诉我大冰期是出现在寒武纪之后的。于是我悲哀地发现真正的冰期原来仍在不远处等我，就像一颗温柔的地雷等待我去引爆。而现在——这个寒武纪一样的高二只是冰期前的小小寒潮。于是我开始思考冰期降临的时候是不是真的人仰马翻天崩地裂，我还可不可以坚持到冰雪消融的一天。没人知道。

而我现在只希望冰期永远都不要降临。

## 六个梦

我的身体在音乐中兴奋无比,每一粒细胞都在以超常千倍的速度分裂,成长,衰老,死亡。

——卫慧

守岁白驹

音乐把我卷走了，在它明亮的激流之中。

——舒婷

这个世界在音乐里变成了平面，我摸到华丽的色彩。

——棉棉

破碎的吉他声让我感觉像是在森林里迷了路。

——村上春树

有朋友问我没有了音乐你会怎么样。我说没有了音乐我会丢失百分之五十的快乐，音乐就算不是我生命中的最爱但起码也是次最爱。这个暑假我帮电台写稿，写那种乐评性质的东西。我一天一千字稳扎稳打不急不缓地写，写到后来让我错觉自己是个很专业的乐评人。但"错觉"就是错觉，哪怕这种错觉清晰得让人信以为真。就好像"真实的谎言"一样，管它再真实，"的"字前面的永远只能是定语，主干还是"谎言"。

所以我写的东西很可能只有我自己鼓掌，而在别人眼中就只是个狗屁。

## 麦田守望者·绿野仙踪

我很喜欢《麦田守望者》那本书，所以当我在音像架上看到"麦田守望者"这个乐队时我就开始冷笑，我想：一个蹩脚的九流乐队。这年头"借名气"的事件越演越烈。棉棉的《糖》掀起狂澜的时候马上就来了本绵绵的《甜》。卫慧的《上海宝贝》火了之后，马上出来卫己的《广州宝贝》。不过这个"宝贝"是个男人——实在很难想象一个男人竟然称自己为宝贝，想想就起鸡皮疙瘩。

带着坏孩子的反叛心理我把那盘叫《麦田守望者》的专辑买回了家。听了之后我知道我错了，错得离谱。

我一直在想应该如何界定他们和他们的音乐。如果硬要说他们是朋克也应该是属于后朋克的，因为他们有很多背离朋克的法则，那种被我妈称为"杀猪时的嚎叫"在他们的音乐中很少，所以最后我只能称他们为"独生物种"。

他们的风格四个字就可以概括了：低调晦暗。晦暗到了什么程度呢？如果你整日嘻嘻哈哈一副弥勒佛的样子，如果你认为这个世界美好得如同童话世界里的水晶花园，那你就听听他们吧，看看他们怎样升起落幕的悲剧。

较之他们如《OK!》《你》等一上来就十分抢耳的歌，我更喜欢如《时间潜艇》《英雄》等带有缓慢迷幻色彩的音乐。纯真的年代时光的河，迷离的幻境伤感的人，童年的木马夏日的雨，沉睡的英雄走错的棋。主唱萧玮用他冷漠的声音一遍又一遍地展示着这个工业时代悲哀的阴影。吉他也好鼓声也罢，一切行云流水不着痕迹，在灵感之神面前我臣服了。

有些偏执的朋克分子对"麦田守望者"不屑甚至不齿，因为他们认为麦田守望者的音乐已经不"地道"了，不"朋克"了。对此麦田守望者说："只有朋克精神，没有朋克框架。"很对，我举双手双脚同意。

### 朱哲琴·七只鼓

知道朱哲琴的人不少，喜欢她的人却不多。因为她音乐中的个性太强烈了。有个性的东西会有人喜欢，但不会有太多人喜欢。这是人类社会自古沿袭下来的大悲哀。以至于"个性"被用来成为了伪君子口中看似夸你实则贬你的微妙词语。所以当你听到有人说你"有个性"的时候，你就该审视一下自己：是不是锋芒太露了？

我用"西藏女人"来定义朱哲琴。本来我想用"央金玛"（西藏音乐诗歌艺术女神）的，但她毕竟是人不是神。朱哲琴音乐中的西藏情结让我十分着迷。有人说青藏高原是人类童年的摇篮，因为冰期的降临，人类向低处迁移，而西藏人不肯离开高原一步，他们代表着人类最后的坚守。我对这种坚守顶礼膜拜。

*那一年／磕长头匍匐在山路／不为觐见／只为贴着你的温暖／那一世／转山转水转佛塔啊／不为修来生／只为途中与你相见*

我常常感动于这种宣言般的赤裸裸的真诚，同时为现在的年轻人感到

守岁白驹

悲哀。他们在互联网上把名字换来换去地谈恋爱，真诚早已无处可寻了。作家说：没有了真诚的爱情仅仅是色情。

接触朱哲琴的时候我念初二，身旁的人被商业流行牵着鼻子走，剩我一个人在西藏氛围中摸爬滚打垂死坚持。我对所有不喜欢朱哲琴的人嗤之以鼻正如他们对我嗤之以鼻。他们告诉我朱哲琴不漂亮不出名不会搭配衣服。我觉得他们太浅薄。我说，我就是喜欢。他们没词了，那些微妙的眼神告诉我他们认为我是不可理喻的怪物。怪物就怪物吧，美女也会爱上野兽的。我自己安慰自己：其实你是个被施了魔法的王子。

初二的暑假我到处游说人去西藏，当然结果以失败告终，并且也令别人更加坚信我的神经搭错了。

那一个暑假我闷在家里翻来覆去地想西藏。醉人的青稞酒温暖的氆氇，闪亮的酥油灯光滑的转经筒，圣洁的菩萨虔诚的佛，怒放的格桑花飞扬的哈达，难道我们的结局只能是：

我一生向你问过一次路／你一生向我挥过一次手吗？

暑假结束，我背着空书包去报名。我随心所欲地走在冒着热气的水泥马路上，听着《拉萨谣》。四十八层的广电大厦刚刚落成，公车票价涨到三块钱，对面走过来的女生长得不错，围着西瓜飞的苍蝇很浅薄。整个社会如流沙般变化不止，唯独我依旧固执而近乎病态地爱着西藏和那个西藏女人。

## 窦唯·幻听

我问别人知不知道窦唯，别人都会说："知道，王菲的老公嘛！"这种回答实在让我哭笑不得。这是一种世俗的悲哀。同样的事情还有很多，比如"著名艺术家之子×××""著名烈士之女×××"，等等等等。人格高尚者以此为耻，人格低下者以此为荣。北岛说："卑鄙是卑鄙者的通行证，高尚是高尚者的墓志铭。"相信明眼人早已读出了其中的无奈和悲哀。现在暂且不谈窦唯的人格高尚与否，总之窦唯对这种现象是不满意的，这也很可能是他与王菲最后决裂的原因之一。好了，就此打住，再说下去就太八卦，与那些花边新闻记者无异了。其实我都耻于称他们为记者，人家有没有女朋友，离不离婚，买什么牌子的衣服，用什么样的马桶关他们屁事呀。如果就写出来的文字的存在价值而言，也许我比他们更像记者。

窦唯专辑的封面与歌名都很具有诱惑力。封面大多是氤氲模糊的水墨画，色彩一定要暗，感觉一定要幻。很多时候画面的内涵都是由买者的主观意愿决定的，仁者见仁，智者见智。歌名曾让我痴迷得近乎中毒，一些很朴素很民族的东西被单独提出来之后，其内在的张力排山倒海。如：《荡空山》《山河水》《三月春天》《出游》《幻听》《竹叶青》《序·玉楼春·临江仙》……

窦唯的音乐应该是属于夜晚的。我喜欢关掉所有的灯，拉上窗帘，然后抱着腿静静地听，然后我会想起"天籁低回"这个词语。窦唯的音乐给人一种春末夏初的味道，湿漉漉的，光滑而精致，清淡之中春草发芽，伤花怒放。

窦唯对音乐很执着甚至固执。他认为歌词无足轻重，所以从《山河水》开始他一点一点蜕变，到《幻听》时，歌词已经退化为音乐的一部分了，同鼓声、琴声、吉他声一样。他甚至使用自己造的字以便营造更多的意象。这正应了崔健的话："语言到头来都是障碍。"这种勇气令我折服。

我的同学有种奇怪的理论：喜欢王菲的人就不会喜欢窦唯，反之亦然。这叫什么理论呀？也许你称它为理论它自己都不好意思。

我喜欢窦唯，也喜欢王菲。矛盾在哪里？我看不出。

### 王菲·当时的月亮

太过商业化的东西我不喜欢，人也好歌也好电影也好，因为喜欢的人多，人一多身价就掉了。"物以稀为贵"嘛。幽兰绽空谷，雪莲傲山巅；狗尾巴草到处都是，却没有人把它插在花瓶里。

但王菲是个例外。例外的意思通常就是独特。王菲的唱功不容置疑，一首普通的《红豆》也可以唱成传世经典。她的音色本来很清丽，但却常常唱出慵懒的感觉，迷迷糊糊地拉着你走遍尘世。说她小女人也好新人类也罢，她既然能在商业化音乐中异军突起，成为我的"例外"，那她就自然有成为例外的条件。

至于那条件是什么就不是我所能讲得清楚的。

佛曰：不可说，不可说。

### 朴树·那些花儿

一个可怜的孩子，我只能这样定义朴树。说这话让人觉得好像我是个饱经风雨洞穿世事的得道高僧。天知道我比朴树小多少。

朴树不太懂得人情世故，有点像桃花源里的人。对着照相机不懂得摆pose，唱歌不带动作，上台领奖不懂得要感谢公司，说声"谢谢大家"就下去了。孩子啊孩子！

朴树的歌很内敛，同时又有向外突围的趋势。他的声音纯粹就是一个大男孩嗓音，没有受过任何专业的训练，我甚至可以听出他有些地方气息错了。但这种原始朴实的声音常常给我质朴而厚重的感动。

朴树说他有点自闭，他更喜欢唱而不喜欢说。他觉得音乐亲热而人群冷漠动物善良人类危险。他用长发遮住眼睛是为了"不把这世界看得太清楚"。他是为一些人一些事而不是为自己生活，"艰难而感动，幸福并且疼痛"。

我听朴树的时候会想起村上春树。也许是因为他们都一直在讲述"伤感而优美的青春，多情而孤独的年代"吧，只不过一个以音乐为载体，一个以文字为路径。

朴树的音乐底蕴就是孤独，彻头彻尾的孤独。这种孤独不是末日后一个人站在荒凉的大地上仰望大得吓人的月亮时的孤独，而是站在像鱼一样穿梭不息的人群中间茫然四顾的孤独。前者是绝望，后者是残忍的绝望。

我想起一篇超短篇小说：世界末日后唯一活下来的人独自坐在房间里，这时突然响起了敲门声。我常常在想，当敲门声响起的时候那个人应该是什么样的心情呢？是恐惧？是困惑？是欣喜？或许都是，或许都不是。我觉得那个人就是朴树，孤独地守护着地球，所以他对外界才会有那么强烈的抗拒。

朴树歌声中与生俱来的无助感是学也学不来的，最典型的例子就是郭富城翻唱他的《旅途》。尽管郭富城也许唱得比朴树纯熟，MV拍得更精致，但始终没有朴树的厚重撞击力。再加上那些我不喜欢的商业运作，一句话：没感觉就是没感觉。

朴树的歌里面《那些花儿》是我最喜欢的。我的一个笔友说歌里明媚的笑声和水流声让他觉得自己老了，那是挡也挡不住的怀旧感觉，是对纯真年代的一次回望。

有些故事还没讲完那就算了吧／那些心情在岁月中已经难辨真假／如今这里荒草丛生没有了鲜花／好在曾经拥有你们的春秋和冬夏／那片笑声让我想起我的那些花／在我生命每个角落静静为我开着／我曾以为我会永远守在她身旁／如今我们已经离去在人海茫茫……

## 花儿·幸福的旁边

花儿的崛起不能不说是一个奇迹，因为他们是中国第一支未成年乐队。"未成年"意味着什么呢？意味着：他们是和我们一样大的愣头青，他们也要面对父母的唠叨作业的压力高考的威胁，他们是《美国丽人》里莱斯特说的"typical teenager"（典型少年）："angry, insecure, confused（愤怒、缺乏安全感、迷惘）。"

中国是不乏摇滚乐的，不论"质"如何，反正"量"是达到了。特别是近几年，乐队和乐手就像少女脸上的青春痘一般层出不穷。老的少的有希望的没出路的伤感的兴奋的低调的愤怒的，如新裤子、陈底里、玩笑、苍蝇、暗室，等等。以至于中国商业流行歌手在专辑成功之后会自豪地说："我让香港和台湾的人们知道了大陆并不是只有摇滚乐。"

一般来说，走到了巅峰之后就难有什么突破了，随便你朝哪个方向走都是"下坡路"，无一例外地走向死亡，明智之举是激流勇退，但结果一样，

守岁白驹

只不过是形式华美一点的死。比如唐朝吧，六年前《梦回唐朝》把中国的摇滚乐推向了极致，极致意味着无法超越，无法超越就意味着死亡。六年后《演义》的推出正式宣告了他们的死亡，人们整整六年的期盼其实只是一种"死缓"。

有了上面的一大堆废话之后也许你就会问："花儿为什么这样红？"

答案是因为他们年轻。天不怕地不怕的年轻冲动，神采飞扬的少年激情。

大张伟是个大天才，是块大金子。很多时候都是我要用一张稿纸才能写出来的内心感受他三两句就唱出来了。

花儿专辑里的"开场白"写得很好，允许我"借用"一下：

他们是"花儿"，因此急着长大急着开放，他们所关注的是"放学"之后怎么快乐地打发时光，一起唱歌还是上街转转，零花钱买冰激凌还是留着买打口带。他们偶尔也会伤感，因为青春期综合症正在学校里蔓延；他们偶尔也会幻想，因为书上说明天是美好的；他们偶尔也会问一些愚蠢的问题，因为生活和老师教的并不太一样。他们不知道在接受访问时感谢公司，不知道在直播时不能随便批评自己不喜欢的音乐，甚至不知道在大明星面前要假装恭敬。他们在时代的浪尖上无忧无虑地看着卡通片吃着零食，时刻准备着扮演新时代的主人。

杂志上说那些成名已久的乐评家在听过这张专辑后难以组织原本得心应手的词语，而词穷地说出一句"太好了"。我对花儿的评价也是"太好了"。（这里隐藏着一种"我也是成名已久的乐评家"的阿Q精神，我发现我不但善于自我批评还善于自我标榜。）

### 完结篇

六个梦做完了，黄粱六梦之后我仍然是一个普通的高中生，为生活为考试忙得头皮发麻。我为我自己鼓掌因为我年轻因为我幸福（尽管很多时候我在抱怨生活的无奈与无聊）。

很喜欢《幸福的旁边》：

现实有现实的空间／梦想并不容易实现／醒来时才突然发现／自己一直都在幸福的旁边

要理想不要幻想，要激情不要矫情。凡事知足常乐。

# 十二月

(图案可扫描)

　　12月到了,空气降温再降温。我想我要穿厚一点的毛衣,厚一点再厚一点不要感冒。

## 1

如果时光倒退两年。

我最近常想这个问题。

如果时光倒退两年的话，我想我不会上这个应该被诅咒的高中。我会随便挑所中专随便挑个专业然后随便地生活，并且义无反顾。我会把自己的生活挥霍到近乎放肆，我会作好"选修课必逃，必修课选逃"的准备。我会写很厚很厚的稿子然后交给我所熟悉的编辑。我会坚持不懈地做我的电台节目努力做到世人皆知。我会学会弹钢琴会让十个手指富于灵性，而不是像现在一样从各种各样匪夷所思的角度扭曲自己的双手来使用左手定则右手定则。

可是爱因斯坦说，以上第一句话错误，所以整个假设失败。

可恶的爱先生。

不过比起牛顿来他算是很可爱的了。几乎整个高中都在绕着牛先生跑，自然他的吸引力非同一般。而万有引力告诉我质量越大引力越大。于是我知道了：原来牛顿是个大胖子。

但万幸我的物理还没失败到一塌糊涂的地步，考试时我也不会死得太难看。我和小A曾经讨论过"死得难看"这句话。我说那应该是人生至大的悲哀了吧。小A说就算生前闭月羞花但死时面目狰狞开肉绽，恐怕连情人看了也不会伤心只会恶心。我问他："如果生前已经很难看了呢？"小A说："那就赶快埋掉，不要折磨大家了。"

所以我常告诉自己一定要死状优雅。我的设想是在庭院清亮的阳光中我坐在摇椅上慢慢摇，手中最好抱一本《追忆似水年华》什么的。等到人们发现我已经 over 的时候我会在天空以透明的姿态俯视苍生。

多好的想法！我将之告诉小A，小A说我 eat too much。

## 2

我想我是个天才。我真是个天才，我要不是个天才那简直是个笑话。

可是一道被数学老师称为"是人都会做的题"被我做错了，唯一的结论是：我不是人。我不是人那我是什么？当我问这个问题的时候物理老师正在讲不是平抛运动但类似平抛运动的运动叫作类平抛。于是小杰子回答我："类人。"

类人？是挺累人的。

我觉得自己累出了一定的水平。我每天要背五十个单词做五十道理化题写五百字的限时作文同时看五千个朝气蓬勃的人在校园里仰起他们自信的脸孔以衬托我的不自信。我常常忘记时间因此常常迟到因而被老师骂得很惨。我常常犯一些诸如二加三等于六之类的错误因而使我的成绩动荡。我因为太单薄而在一千五百米测验中拿了个令人喷饭的成绩七分零八秒。

小A说得好，我是上帝用来告诉世人原来一个人可以这样倒霉的。

我的确倒霉。

一个保守一点估计七十五公斤的男生居然可以把自行车准确无误地骑过我的脚背，然后一句"对不起"也没说就扬长而去。我想我一定要对下一个骑车撞到我的人先说"对不起"，以此来刺激他的良知。果然我再一次被车撞了，于是我说："对不起。"然后我等着他脸红等着他道歉。结果他头也不回地说了句"没关系"之后再一次扬长而去。

我想我是个天才。我是个倒霉的天才，我要不是个倒霉的天才那简直是个笑话。

## 3

不成熟的人为了伟大的事业而英勇地去死，成熟的人为了伟大的事业而卑贱地活着。

其实把上面一句话中的"事业"换成"爱情"也一样。

小杰子说："让我死吧让爱情留下。"我说："让爱情去死吧我要卑贱地活着。"

小杰子正与一女生进行着爱情马拉松，不过跑到现在也没确定关系。但他乐此不疲。他说摘不到的苹果才是最好的苹果，所以他每天晚上晚自习结束后都会跑到楼道口去"站成一块风中的望妻石"。

小杰子总是说我没追求，但也要有人可追才行啊。我始终认为二中是不会有什么美女的。小杰子曾经带我去看过一个他口中所谓的美女，结果是我回来看见谁都觉得是美女。

## 4

12月13日我指天誓日地说要是明天我再收不到稿费我就去死。结果12月14日三张汇款单低眉顺眼地躺在我的邮箱里。于是我跑到街上疯狂花钱，最后口袋里只剩下一个硬币了，我用它打电话给小A，我告诉他我在三个小时内花光了我三个星期写字挣来的钱。

一下子花光自己千辛万苦挣来的钱会有种血淋淋的快感。

我不说假话。

## 5

在我开了一个星期的夜车、做完了一整本习题集并且喝完了一整瓶二百克装的雀巢速溶咖啡可是数学仍然不见起色之后，我骄傲地宣布我和数学反目成仇了。它爱怎么着就怎么着吧，我横竖就这样了。可是在我对它翻脸之后我的数学马上考了个很高的分数。真的很高，离满分都不远了。

那天去讲台上拿试卷的情形我还记得很清楚。厚厚的一沓试卷，最上面的是分数最高的，越往下分数越低。我习惯性地从中间翻开往后找，结果找到只剩几张试卷了也没看见我的。于是我想这就是数学对我的报复。当时我在祈祷我不能是最后一名我一定不能是最后一名。果然最后一张不是我的。而问题在于我的试卷在哪儿呢？正当我纳闷儿的时候我看见我的名字光明正大地出现在最上面一张试卷上。

原来数学是个欺软怕硬的家伙。

数学带来的喜悦一直延续到下午测验一百米短跑冲刺的一刹那。因为在那一刹那我把脚给扭了。在脚踝传来剧痛的时候我耳边传来清晰的"咔嚓"的声音。于是我吓得六神无主，心想：断了断了肯定断了。结果当我在跑道边坐下来的时候我发现操场边有个小孩把树枝折得"咔嚓咔嚓"响。

守岁白驹

我坐在跑道边上不能动弹，那模样不是一般地傻。我想我注定还是要倒霉的。而这时老师宣布后天测验三千米长跑。我听了之后差点吐血。不过老师马上回过头来对我说："当然你是不用跑的。"

我一下子又高兴了。我像是塞翁一样看着自己心爱的马儿跑了几个月之后它居然拖儿带女屁颠屁颠地跑回来了。

我想我是个幸运的天才。我真是个幸运的天才，我要不是个幸运的天才那简直是笑话。

## 6

学校的老师实在太过分了，平安夜居然用来考试。坐在教室里做英语试卷的时候我在想家里会不会有人想起把我千辛万苦布置好的圣诞树搬到大门口去。我在想我亲爱的爸爸妈妈会不会忘记给我买礼物。我在想我们家没有烟囱圣诞老人怎么爬进来怎么能在我的床尾挂上心爱的玩具。我在想也许圣诞老人可以从空调的排气孔爬进来。我在想今天很冷云层很厚这个南方的暖城会不会破天荒地下一次雪，那我就不用拿着喷雾雪花到处制造气氛了。我在想我家楼下的饭馆里会不会摆出热气腾腾的烧鹅，玻璃窗外会不会有一个小女孩在擦完三根火柴之后就被冻死了。

我把我所想到的一切写进了英语作文里，后来老师给了我一个满分。

回家的路上我看到满街都是"圣诞快乐"的字样，成千上万的小孩子在街上疯跑，每个司机都笑眯眯地减缓车速。孩子们都穿得很厚，像一个一个的胖雪人。

在我家楼下我看到一个男人正在笨拙地把小天使往圣诞树上挂。等他弄好之后我发现他把绳子系在小天使的脖子上了。很明显：小天使被吊死了。我很想走过去把小天使救下来，但最后我还是没有行动。

因为我想快点快点快点回家。

平安夜我睡得很安稳，因为我相信圣诞老人一定会从空调的排气孔爬进来。为了以防万一我还特意开了一扇窗户。

早上我醒来的时候发现床尾放着个大盒子，包装得极为漂亮。于是我拿过来就拆，一边拆我一边想会不会是我向往已久的一千块的大拼图呢？结果当盒子被打开之后三本厚得足够砸死人的题库触目惊心地掉了出来。

  我为此生了一上午的气。我独自在百货公司的大门口坐了一上午，吃掉了整整三桶冰激凌共重1.5公斤。吃完之后我的心情就好了，起来拍拍屁股就 tomorrow is another day 了。是谁说过：把痛苦溺死在食物中。

  回到家我就看到了妈妈给我买的直排轮安静地放在我的旧滑板旁边。

<h2 style="text-align:center">7</h2>

  12月31日，在12月就要过去的时候，我最终还是感冒了。一天用掉三卷手纸的滋味不太好受。于是我想：明年也就是明天我要穿厚一点的毛衣，厚一点再厚一点，不要感冒。

# 明媚冬日

　　小A说这个世界总的来说是明媚的，如同童话世界里的水晶花园。明媚的春天明媚的阳光明媚的山明媚的水。还有周嘉宁的《明媚角落》。她用简单的四个字就制造了一场感觉上的风暴，我佩服得很。"明媚"和"角落"格格不入，因为后者不会具有前者的性质而前者不会出现在后者身上。因此它独特。因此我喜欢。

小A说很多时候两样不相容的东西混在一起之后就会变得诱人，比如油和水，混在一起就变成了油水，变成了你想捞我也想捞的东西。我觉得小A真是个人才。

后来我想到了"明媚冬日"这个词，我想它也可以带来相同的效果。我是在一个月前告诉小A这个词的，而一个月之后，也就是11月，我的话果真应验了，日子明媚得不可理喻。小A说他在思考应该叫我"预言师"还是"乌鸦嘴"。因为11月的水银柱居然可以比8月的水银柱还要高，小A说温度计肯定发烧了。小A是在街上说这句话的，说完之后迎面走来一个短衣短裤的老头子，头上大颗大颗地冒汗。然后我们就很放肆地笑，笑得那个老头走过去之后还不住地回头，这让我笑得更加厉害。

小A说乐极生悲，很对很对。可能是笑得太过张扬，所以整个下午我都在胃痛。我对小A说可能是笑得过猛引起腹部肌肉拉伤。小A听后白了我一眼："没听过有这种病的。"

胃痛带来的连锁反应铺天盖地且让我始料未及。因为胃痛所以我难以正常地听课正常地做笔记，所以我理所当然地伏到桌上理所当然地睡着了，所以老师理所当然地叫醒了我理所当然地训了我五分钟理所当然我的心情不好。

九百九十九张多米诺骨牌全部阵亡。理所当然。

放学后我不紧不慢地去收发室拿信，结果信箱空空如也。这是第一千张骨牌。我想这下好了，该倒的都倒了我该转运了。于是我就想上街转转。我告诉自己得先弄到一辆车，而这个时候小灿长发飘扬兼风情万种地蹬着一辆漂亮的山地车向我驶来。

我拦下小灿说："把你的车借给我。"接着补了一句："注意我这是在威胁你。"小灿说："好吧我接受你的威胁，但你要先送我回家。"她说话的时候用手把额前掉下来的头发别到耳朵后面去，我觉得她做这个动作的时候真是好看。我说："你敢搭我的车？容易被卡车撞死的哦！"小

## 守岁白驹

灿说："你放心我随时作好跳下来的准备以便为你收尸。"

载上小灿之后我才发现其实做一个脚力车夫是挺不容易的。于是我对小灿说："原来你这么重哦。"小灿听了相当地激动，以至于忘记了这是车上而当作在自家沙发上一样猛晃不止，一边晃还一边说："人家哪里胖嘛人家哪里胖嘛！"可惜的是我将这句否定句听成了一句疑问句，所以我就告诉她："你自己应该最清楚啊，可能是腿可能是腰。"说完这句话后我的头就每隔三秒钟被敲击一次。如果不是考虑到车毁人亡后别人可能误会我们殉情的话我一定转过身去敲回来。

小灿下车的时候又问了我一次："人家哪里重嘛？"我笑笑："不重不重。"小灿大舒一口气，开心地走了。

我骑上车继续前进。

这时我发现马路边的杨柳居然还是绿色的，这到底是春天还是冬天啊？我昏头了。

不过我得承认有了那些晃动的柳枝，街道变得好看多了。我想到王菲在《寓言》专辑里骑着车穿过杨柳街的模样，真是漂亮。我想如果现在有个美女骑车从我身边经过那该有多好。

正当我这么想的时候后面传来清脆的车铃声。凭直觉我认为是个清纯可爱的女孩子，于是我摆好最酷的姿势回过头去，结果看到笑得张牙舞爪的小A向我直冲过来。这一大煞风景的状况让我重心不稳几欲翻车。我对小A说："你真是大煞风景。"小A摆出一副严肃的面孔，说："当帅哥出现在美丽的风景当中时人们一般都去看帅哥而不在乎风景不风景之类的了，所以吾本不欲杀它，然它自愧不如羞愤而死，汝能怪吾乎？"

这样的疯话谁会理他，我说："我要去买磁带你跟着来。"然后加快速度。

当我从第八家音像店空手而出的时候我就知道今天是与王菲无缘了。

难道还有第一千零一张骨牌？我开始重新沮丧。

小A安慰我说："一个人的运气是守恒的，你现在倒霉但接着就会走运，你现在越倒霉接着就越走运。你要相信天上也是会掉馅饼的。"

小A刚说完，楼上就掉下来一只烂苹果，"啪"的一声在我面前摔成一摊果泥，老实说那果泥比我家搅拌机弄出来的还要好。这显然是小A始料未及的，于是他身子向后仰，像要翻倒的样子，说："真是……真是……"我两手一摊，说："看见了吧，就算天上掉馅饼，那也是上帝用来砸我而不是用来喂我的。"说完就听见前面的音像店里飘出了王菲的声音。

从音像店出来我骄傲地宣布我这个星期只剩下十块钱了——今天才星期四。小A看着我说："噢可怜的孩子，瞧这小胳膊小腿瘦得！"我告诉他这是非常时期钱要花在刀刃上。

我和小A都设想过以后有了钱要怎么怎么样。我对小A的豪言是我要用一吨钞票来压死他，而小A的壮语是要用好多好多的钻石来砸死我。

快回学校的时候我看到小杰子衣服光鲜地从学校出来，看样子又要去见女友了。我气壮山河地打招呼："小杰子！"他听到后对我怒目而视："什么小杰子？我怎么听着像太监的名字啊？"我说："什么叫像太监的名字啊？""那本来就是太监的名字！"小A接得天衣无缝。看着小杰子大有扑过来拼命之势我和小A识相地溜了。回到寝室才发现没吃晚饭，于是小A弄了两碗他口中所谓的"五星级饭店才泡得出来的面"。我问他："五星级饭店卖泡面？"

吃面的时候我发现窗外月光明媚得史无前例。我想明天又是一个明媚的日子。

一定。

## 剧本

我喜欢王家卫的电影开始于17+N年前，其中N大于等于0。
我现在十七岁，数学老师说那个N的取值范围实在是不可理喻。
其实没什么不可理喻的，用一句大家都明白的话来说就是：上辈子我爱王家卫的电影爱得要死，然后喝孟婆汤的时候我少喝了一口或者吐掉了一点，而那一点恰恰是用来消除我脑中关于王家卫的东西的，所以上辈子的喜好这辈子再接再厉。

提到孟婆汤我想这又可以拍出一段类似王家卫风格的电影了。画面开始的时候一片漆黑，然后头顶一束光打下来，照着一个很沧桑的男人，他脸上的表情很平静或者说是麻木，然后低沉的画外音开始浮出来：我上辈子少喝了一口孟婆汤，所以这辈子我有一些莫名其妙的记忆，它们令我的生活恍惚……

很好很好，我想也许将来我可以做个大导演，像王家卫一样。或者当个写剧本的，像李碧华一样也不错。记得我刚看王家卫的电影的时候我暗暗地对自己说将来我要去为王家卫写剧本。后来知道原来王家卫拍电影是从来不用剧本的。笑。

### 河的左岸

有个男人叫左岸。他出现在我的潜意识里，浮现在我的剧本上。

左岸是个摇滚乐手，也是个很有灵性的诗人。他有一头很有光泽的长发，明亮的眼睛和薄薄的嘴唇。

左岸之所以叫左岸而不叫右岸，是因为他偏激、愤怒、冲动、自负。左得很。

就像曾经的我。

很难想象十六七岁的孩子会符合上面四个词语。但有时候是会有奇迹或意外的。

在《重庆森林》里王家卫就让金城武不停地吃凤梨罐头，不停地等待奇迹。

十五岁的某个阳光灿烂的日子，我从容不迫地站起来打断老师的讲课，然后对他说这里的"to"不是不定式结构而是介词所以它后面不应该用动词原形。然后我骄傲地等待老师对我的表扬。结果我等来了一个奇迹，我比金城武幸运。我等来的是英语老师的一刹那尴尬至极和随后的不可压抑的愤怒。他一边在空气中漫无目的地挥动着手臂一边冲我吼："你给我坐下！"我说："错的是你我为什么要坐下？"然后一切变得不可收拾。

最后他对我说："以后你别上我的课了。"

然后我对他说："我现在就可以不上你的课了。"

我记得我冲出教室的时候把门摔得震天响。

然后我以外语满分的成绩从学校毕业。

走的时候我对他说：我终于还是赢了。他的表情一下子变得很疲惫，就像油灯熄灭前奋力地一晃。所谓的瞬间衰老应该就是这个样子吧？

我转身的时候听见他在背后小声地说："原来你一直没有明白，我以为你明白的……"现在我十七岁了，站在成人世界的大门前向里面张望。我觉得当初的自己实在是太过年轻太过冲动太过骄傲太过盲目了。其实一切都不必要的，为了一个动词。

美丽的错误。

回望中的道路总是惊心动魄。我记得白岩松曾经这么说过。好了让我们回到左岸身上。

他住在几平方米的阁楼上，每个夜晚光着脚在房间里来来回回地晃。木质地板吱吱地响。

*寂静的夜里并不黑／趁着首都光辉／开着窗缓慢地来回／忽然亮起的红灯／淹没我窥视／开着窗真理在徘徊*

他会站在窗前盯着外面阑珊的灯火呢喃：如果我可以飞翔可以不再忧伤……想到这儿就会戛然而止。"如果……那么……"的结构没有完整。因为左岸从来就没想过"那么"之后的事。那么我会怎么样那么我能怎么样？

左岸的生活是一种单调的重复，有着王家卫的空虚和张爱玲的琐碎，像是翻来覆去的沙漏或者不断回放的电影。左岸对现实的生活采取的是一种回避的态度，像鸵鸟一样把头埋在沙子里然后大声唱歌：我看不见我看不见。

左岸会想他的女朋友——曾经的女朋友。每天每时每分每秒想。

他总是想她和他分手的时候说的话。很多很多的话。她说："你太漂泊而我不习惯流浪，你太叛逆而我却很宿命。你是个天生寂寞可是才华横溢的孩子。谁做你的女朋友谁就是最快乐的人但同时也是最痛苦的人。我很普通我承受不了那么大的落差。我所想要的只是平凡—— 一盏灯亮到天明的那种。我只是想有个人可以和我说话可以给我你认为很俗气的玫瑰可以把我的手放到他的口袋里然后问我暖不暖和。我很平凡所以你放过我。"

而左岸只说了一句话。他说："以后没人唱歌给你听了怎么办？"当左岸说完这句话的时候眼泪纷乱地下坠。他的还有她的。

又是一个夜晚。左岸照常想他的女朋友。但今天他的思念极度放肆，犹如洪水猛兽席卷所有理性的坚持。于是深夜一点或是两点或者三点，随便导演怎么安排，总之是深夜，左岸跑到街上的电话亭里打电话。

他握着话筒说："我想你了，你想听我唱歌吗？我唱给你听好吗？你让我唱好吗？好吗？成吗？"

然后他蹲下来哭了，头埋在两个膝盖间。而这时导演可以考虑不时地让车灯打入电话亭。一明一暗。

然后左岸站起来往回走。

然后左岸听到一阵很尖锐的刹车声，他回过头去看到刺眼的车灯和司机惊慌失措的眼睛。

画外音：我发现自己的眼泪原来是这么烫的。我想我该回家了。起雾了，街上影影绰绰。前面怎么会有那么多人在排队？他们等着干什么？我挤到了前面，发现队伍前面有个慈祥的老妈妈，她正在给排队的人喝一碗又一碗的汤。

THE END

我的朋友看完问我："你在写恐怖片？"我说："是啊是啊写得好不好？"他说："好啊好啊真是好啊。"

想不到把我这样一个好学生生活中被掩盖的东西写出来竟会是恐怖片。

守岁白驹

想想真是惊世骇俗。

## 河的右岸

右岸是个老实的男人。如果这个世界上有按照最让人放心最不会让人害怕的条件打造出来的男人，那么右岸就是这样的人。右岸之所以叫右岸而不叫左岸是因为他的温文尔雅他的逆来顺受。右得很。

右岸留一头简单纯色的短头发，穿合乎场合的服装，有恰如其分的微笑，用平和清淡的古龙水。

就像现在的我。

以前我七七八八棱角很多，连走路都是张扬的。我斜挎着背包双手插在口袋里晃——注意，是晃，不是走——看见漂亮的女生就对她们笑。

而现在我背着双肩包贴着墙根快快地走，双眼盯着脚尖像在找东西一样快快地走。同学说我捡到钱包的概率会比别人高很多。

现在不要说让我把门摔得震天响，我连同老师讲话的时候也在考虑应该用怎样一个无法申诉的眼神怎样吐出优雅得体的措辞。因为老师的评价是高三保送成功的重要筹码。

小时候我想当一个伟大的作家，写出流芳百世的作品；大一点我想当个畅销小说家，有很多很多人来买我的书，那我就会有很多的钱；而现在我想我可以为那些钱多得没地方花而且又想出名的人写传记。

小时候我的理想是当一个科学家把祖国建设得很富强；再后来一点我的理想是要有很多很多的钱；而现在我的理想是能上复旦。好听一点说是"一切从实际出发"，难听一点说是我越来越世俗。

我是老师、家长眼中的好孩子，我有单纯的眼神和漂亮的成绩单，安分的性格和其他长辈视作珍宝的东西。我妈的同事常对她讲的一句话就是：你看你的儿子真是争气，你活这一辈子算是值了。

好了，回到右岸。

右岸每天早上坐同一时间的地铁坐同一个座位去上班。从地铁站口走出地面的时候他会下意识地用手挡住刺眼的阳光。同时看看被高楼切成几何图形的蓝天。

右岸的生活也很简单。

白天在电脑前喝纯净水，晚上在电脑前喝咖啡。

简单的重复。

在王家卫的电影里，重复是永恒的主题。无常的宿命一次又一次直到N次地呈现在你眼前，就像是一个人在你面前不断地撕开伤口来向你证明"我在流血"一样，最终逼迫你恐慌逼迫你心疼逼迫你流下眼泪。

又是一天，重复的一天，右岸像往常一样坐地铁上班一样抬起手遮住眼睛一样仰望蓝天。不一样的是他今天要交一份计划书。

和他一样，另一个人，暂时叫他小B好了，反正是个小人物，也要交份计划书。在主任的办公室里，主任微笑着说："好的，基本可以，不恰当的地方我再改改。"

然后计划被公司采用了，但策划人却变成了主任，右岸和小B的名字出现在助手栏里。

不同的是小B向上级报告说要讨个说法，而右岸则平静地坐在电脑前一如既往地喝纯净水。

后来主任升职了。主任走的那天右岸就搬进了主任的办公室。而小B被调到了资料室。

再后来右岸成了四个部门经理中最年轻的一个。

再后来右岸结婚有了个女儿，女儿再嫁人孙子又出世。

孙子出世之后右岸就躺在了病房里。但他依然很胖，右岸从三十多岁就开始胖了。右岸躺在医院就会想到自己在读书的时候是怎么也长不胖的。

右岸习惯在医院洒满阳光的午后开始回忆，然而回忆总是进行到大学毕业的那一刻就中断了。

后来终于有一天右岸想起了大学毕业后的生活，电脑与纯净水、电脑与咖啡。

右岸想自己好像过了很多个那样的日子，应该很多吧？应该有一两年吧？

守岁白驹

然后右岸就想睡觉了。在眼皮快要合拢的时候右岸看到一个慈祥的老护士走到他的床前对他说:"右岸起来,该喝汤了。"

右岸想:现在的医院真是好,还有汤可以喝……

THE END

朋友看完说:"那个右岸的生活真是无聊,不痛不痒像温吞水一样,与其活得那么沉闷还不如去跳天安门城楼来个举世瞩目。"

其实右岸的生活就是按照长辈给我设定的当前的状态发展将来一定会出现的生活,不想却被朋友骂得那么惨。暗自心惊。

## 河的第三条岸

河的第三条岸到底在哪里,连舒婷都不知道。但是我知道——就是河床嘛!只不过是另一种说法而已。就像我在网上的名字第四维一样,其实第四维就是时间而已。简单复杂化!

河的第三条岸不属于右岸也不属于左岸(那属于我好了),它就是第三条岸,属于过渡区的。

过渡区的东西是最复杂难懂的,比如化学的过渡型元素就令我相当头痛。但复杂有复杂的美,总比处在两个极端要好。珠穆朗玛峰太冷,吐鲁番盆地太热,中原温润多雾,水清草稠。

就像现在的我。

我上高二了,轰轰烈烈地生活,寻找每一个理由善待自己。我不是全年级的前三名,但我总是在前二十名内徘徊以便不使我的父母过分操心。我爱看严肃的电影也爱看日本的偶像剧。我看卡夫卡、大江健三郎,也看古龙、卫慧。我在传统的杂志上发文章也在各种网站里说些疯话。

我常常思考自己的生活,自觉是个比较有深度的人。

有人说:每个人的故事都是在自己的眼泪中开始在别人的眼泪中结束。我觉得说这话的人很聪明但未免太宿命。两次眼泪之间的几十年是光芒万丈还是晦涩暗淡完全由你自己做主。

所以说我既不是右岸也不是左岸，我是第三条岸，所以我写的剧本缺乏真实的体验难以操作。我很想写写自己的生活，我想那一定是几万字的巨著。

还是那句话，我希望能给王家卫写剧本。虽然这句话也很不可理喻。但请注意我用的动词是"希望"。同类型的句子还有：我希望我能飞翔。

这样想就没什么不可理喻的了。

# 三个人

(图案可扫描)

我是一个人,小蓓是一个人,小许是一个人。

我们是三个人。

小蓓是个不怎么寂寞的孩子,小许是个有点寂寞的孩子,而我是个很寂寞的孩子。

小蓓是我最好的异性朋友，我们是单纯的朋友，这是我和小蓓彼此没有言明的约定。但我们太过于形影不离，所以别人把我们定义为一种很微妙的关系，我也不去申辩，随它去好了。

小许是我的一个没见过面的朋友，我们彼此很像。说明白一点，我们是笔友兼网友。

我常常寂寞。于是晚自习后我会对小蓓说："陪我走走。"小蓓总会捋捋头发说："好的。"小蓓原来有头漂亮的长头发，后来剪短了，我陪她去剪的。我告诉发型师应该怎么怎么剪，好像我自己剪头发一样。剪出来的效果不是很好，小蓓骂我口齿不够伶俐表达不够清楚我骂发型师学艺不精。然后一起笑。然后一起想上街怎么见人。

你看我这人就是不会说故事，跑题也可以跑这么远，看来我可能真的有点不善表达。好了话题拉回来。我对小蓓说："陪我走走。"小蓓说："好的。"于是操场上的路灯把我们的影子拉得很长然后再压短然后再拉长。我们由一盏灯的光明走向黑暗然后又从黑暗走向下一盏灯的光明。在一个又一个连绵不断的光线的罅隙中，我告诉小蓓我小时候是个不怎么听话的孩子我的童年是在农村度过的，我小时候很皮摔得满身是伤现在我长大了安分了许多，我能静下心来看书不抽烟不喝酒成绩很好基本上是个好孩子，只是有时候很任性乱发脾气没理由地悲伤。而小蓓则告诉我她不吃猪肉很注意自己有没有长胖，爱看《红楼梦》但搞不清楚里面成千上万的人物，初中和几个女生好得不得了大家一起很开心而上了高中发现朋友的定义有了些改变自己无法适应所以有时候孤单，尽管她小时候作文很好但上高中之后就不会写公式一样的议论文了，因此连语文也不想学了但却发疯似的想考中文系。

考中文系也是我的梦想，只是我想考复旦而小蓓想考北大。我说小蓓贪慕虚名小蓓说我贪慕虚荣。北京和上海居然被我们说成那个样子，想想多少有点惊世骇俗。

我们走，走，走，一边走一边喋喋不休，黑暗和光明在我们身边交替上演，

守岁白驹

很有象征意味。

我们彼此都很有祥林嫂的神经质,所以我们可以很长时间地说话,说到后来语言都有些力不从心因而不得不加上手语。手指穿过黑夜就像穿过黑发一样,有丝丝冰凉的快感。

小许和我是同一家杂志四川记者站的写手。我常在上面写一些无病呻吟的文字以骗取一些稿费好维持生活的滋润。四川就我们两个人,而且我们在同一个城市。很巧很巧。

小许和我做笔友的时候是个男生,但和我做网友的时候就变成了女生。很复杂的一件事情。总之一句话:我被骗了。我生平最痛恨别人骗我,因为被骗时自己绝对像只被耍的粉墨登场的猴子。但后来我原谅了小许,因为小许的眼泪。她在网上一边流泪一边说:"我不想的,我不想的。"

小许告诉我她和我刚认识的时候是想看看我是不是那种想骗女孩子的男生,所以她就以男孩子的身份出现了,后来慢慢地知道了我不是那种人。听小许说这句话的时候我的掌心在冒汗,因为当我知道小许不是女生的时候我真的有过很大的失望。我不是一个高尚的人纯粹的人脱离了低级趣味的人。我就是一个俗人。

小许的文笔实在好,每封信洋洋洒洒三千字。从门前刚立的广告牌说到席慕容的《新娘》,永远也说不累。她的信结尾的时候永远都是"好了,再写该超重了,就此搁笔"而不是"好了我累了,下次再说"。她就像一颗永远电量十足的电池。

小许是个很宿命的人,她告诉我说她喜欢几千块的那种大拼图,散开来的样子就像宿命,拼好之后又像创造了宿命。有意思。

小许喜欢把她大大小小的故事都告诉我。

比如她曾经热情高涨地去卖贺卡,结果卖完之后发现居然赔了五十块钱。

比如她讨厌同桌那个整天涂护手霜的女生,说她瘦得拖社会主义的后腿。

比如她喜欢在雨里提着裙子疯跑,不打伞。

比如她喜欢听张学友的《一路上有你》，尽管那首歌老得掉渣了。

比如她打羽毛球很厉害，被叫作"幻影杀手"。

比如。比如。比如。

我说世界上最痛苦的事就是陪女生逛街，而更痛苦的事就是陪一个叫小蓓的女生逛街。

我曾经陪小蓓走完整条滨江路，比长征都厉害。

小蓓总是叫我看路上漂亮女生的漂亮衣服，她说："你看那个女生的裙子好不好看？鞋子好不好看？"我说："好看好看，但穿在你身上就不好看。"小蓓说："我知道你嘴里从没一句真话的。"我马上说："哎呀其实你很漂亮。"小蓓马上说："哎呀奇怪你怎么说了句真话出来哦。"

小蓓曾经看到过一个银戒指，很喜欢很喜欢。我说："我买给你啊，那你就要给我洗衣服做饭扫地了。"小蓓说："好啊为这个戒指卖身值得考虑。"后来我悄悄地去买了这个戒指但最终没有拿给她。小蓓生日的时候我送她一瓶香水。第二天小蓓对我说香水被同寝室的一个女生打翻了。我说："哦。"她说："你怎么没反应哦？你送的啊。"我嘿嘿地笑了笑。小蓓摇摇头说："你这人真是麻木。"后来我生日的时候小蓓送我一个草绿色的迷彩钱包，她说："掉到草地里就找不着了，你要小心。"我说："你倒是很会送东西啊。"小蓓说："当然，险恶的用心往往要用美丽的外表来包裹。"

我和小蓓原来是一个中学的，后来又考到同一所高中来了。我们都住校，所以我们每个星期都一起回家。小蓓每次都坐我旁边，但她要睡觉的时候不靠着我。我说："借个男生的肩膀给你靠啊。"小蓓说："算了你那么瘦靠在你肩膀上一两个小时还不痛死。"我说："也是你那么胖靠过来不被你撞死也内伤。"

有次是2月14日，我们开学，老师真的是越来越会挑日子了。我和小蓓坐车去报名。我说："情人节和我在一起有何感想？是否有父亲节的感觉？"小蓓说："去你的吧，我像在陪儿子过母亲节。"

## 守岁白驹

小许比我大，也比我冷静比我成熟，总之比我好。

小许和我一样也经常伤感，但小许是有的放矢目标明确，而我却是无来由的悲伤。小许可以把自己为什么伤感讲得脉络分明，像一部结构完整的推理小说。而当别人问到我的时候我总是说："哎呀……哎呀……反正你不会明白。"

我和小许第一次通信的时候是在高一下学期，我先写给她的。我说："我是郭敬明，你和我做笔友。"我讲"我是郭敬明"而不是讲"我叫郭敬明"，就像全天下都应该认识我一样，架子很大。果然小许回信的第一句话就是："兄台你架子好大哦。"我是隔了两个月的时间才收到小许的回信的。两个月前我十六岁而两个月后我十七岁了。于是我很夸张地回信说："你让我从十六岁等到了十七岁，你要为我的青春付出代价。"小许回信说："好吧，那就让我从十七岁等到十八岁吧。"在信的最后小许写道："其实我下个星期就满十八岁了。"

小许生日的时候我送她一套日语教材，她说过她想学的。在贺卡上我写了很多的诗，包括别人写给我的和我从杂志上看的。总之小许很感动。

在网上小许是 Leiyu 而我是第四维。说实话我不是很喜欢网络，它带给我太多的不真实感。而小许在网络上变得更加不真实。

Leiyu：你好，老郭。

我：雷雨？蕾玉？雷鱼？还好不是鱼雷。

Leiyu：是泪雨！

我：怎么这么悲观？不像你哦。

Leiyu：哼，我也有很小女人的时候哦。

Leiyu：喂，死了？

Leiyu：喂，可否回光返照一下？

Leiyu：可否诈尸呻吟一次？

我：主要是由于刚才的话让我很恶心，忙着吐了所以没有打字，见谅见谅。

Leiyu：你在哪儿？

我：枫树街。

Leiyu：哦，好近好近，我在滨江路，我跨一步就到了。

我：哼，小心牛皮吹破了，就凭你？我一步跨越太平洋还没告诉你。

Leiyu：太平洋是我的一滴眼泪。

我：地球是我的一粒头皮屑。

我和小许就是这么在网上非常无聊非常做作地交互来去，彼此安慰彼此的寂寞。

我上高二了，高二是要文理分科的。小蓓铁定读文科，而我自然遵从家里的意见读理科。小蓓去文科班的时候问我："两个很好的人不在一起了会不会互相忘记？"我说："会的，真的会的。"小蓓说："就像陌生人一样？"我说："就像陌生人一样。"说这句话是在晚自习之后，那天我第一次发现小蓓的眼睛其实很亮很好看。

原来我和小蓓总是一起吃饭的，有钱的时候我们可以一顿吃掉几十块，没钱的时候我们一起吃青菜萝卜，忆苦思甜。

高二分科之后我们在不同的教学楼，中间隔着一个大操场。我只有在下课的时候才可以隐约地看见小蓓穿着一件红色的衣服在教室门口晃。很红很红的红色。

分科之后我们很少一起吃饭了。我总是和一群男生猛虎下山一样冲进食堂，然后从小蓓和她周围的一大群女生身边冲过去。擦过小蓓肩膀的时候我会敲一下她的头，仅此而已。小蓓适时地抬起头对我笑一下，露出一口白牙齿。很默契的样子。

我和小蓓是真正的默契。在班上搞活动的时候我和小蓓搭档做"心有灵犀"的游戏破了纪录。我怎么说小蓓都明白，比如我说："我最喜欢用的洗发水。"小蓓马上说："沙宣。"把老师吓得半死，她以为我们俩同居了。

去年圣诞节的时候我和小蓓在黑板上画满了各种各样的图案，同学们说真是杰作哦。

守岁白驹

我和小蓓曾经联手写过一封信去"整"我的初中同学，结果在把同学气得半死的同时让她以为小蓓是我的女朋友。

而现在我们就只是互相敲一下头，问一声好。

读理科的第一个星期我就收到了小许的信，我看到一半时看见小许写道："如果今天是9月3日那么你就上网来找我。"于是我逃了晚自习去了网吧。

Leiyu：看来我对你收到信的时间还是算得挺准的。

我：是是是，你厉害。怎么突然想找我了？我还在上学哦，要是今天晚上我被老师抓住了你要负责。

Leiyu：好啊，我充当你妈把你从办公室领出来。你看过信了？

我：是啊，看了。像看中篇小说似的。

Leiyu：那你……你真的看了？

我：当然看了。

Leiyu：那你没感觉？

我：和平常一样嘛，哦对了，你搞笑的水平有了点进步。

Leiyu：你真是麻木，好吧，你一个人要好好过，好好过。

说完这句话小许就下线了。我看到她突然消失时心里莫名地恐慌。

回来的路上我看完了小许的信，看完之后我蹲在马路边哭了。小许在信末说："当你看完这封信的时候我已经离开了这座城市，我带走了你全部的信和你送我的东西，背在包里的感觉像背负着全部的幸福。"

一张贺卡从信封里掉出来，上面写了好多的诗，就像我当初写给她的一样。

我如金匠 / 日夜捶击敲打 / 只为把痛苦延展成 / 薄如蝉翼的金饰
如果问我思念有多重 / 不重的 / 像片秋天的落叶
走在岁月的长路上 / 日与夜单调地重复如往 / 我却再无法做到不动声色

两只手捧着暗淡的时光／两个人沿着背影的去向／两句话可以掩饰的慌张／两年后可以忘记的地方

车一辆一辆地驶过去，我一遍一遍地说："我不是麻木，我不是麻木……"

那天小蓓来找我，她说："我有男朋友了。"我说："哦。"她说："你怎么没反应啊？"我说："你想我怎么样？欢天喜地手舞足蹈像是甩掉了一只讨厌的吸血虫子还是哭天喊地捶胸顿足像丢失了一件宝贝？"小蓓说："你真是麻木。"我说："随你好了。"她说："我永远也说不过你，我只是想告诉你，以后我没那么多时间陪你了，你一个人要好好过。"

小蓓说完就转身走了，我说："你看这太阳真够毒的，秋天恐怕不会来了吧？"小蓓停了一下，然后头也不回地走了。

结果第二天就开始下雨，秋天连绵不绝的雨。降温降温降温降温。原来秋天迟早要来的。

我开始了一个人的生活。我一个人打饭一个人逛街一个人乘车回家。我总是在想我是不是真的麻木。直到那天晚自习之后我在操场上碰见小蓓，结果我们擦肩而过，看都没看彼此一眼。走过去之后我就蹲下哭了，原来两个人真的可以像陌生人一样，原来我并不麻木。

一个没有送出去的银色戒指，十五封厚厚的信，三百六十五顿午餐，电脑上数不清的文字，一瓶香水，一个钱包，一套日语教材，我为小蓓买过一星期的牛奶，小许为我抄过很厚的席慕容的诗。

我曾经的生活。

小蓓曾经对我说过："你可不可以好好地写写我？不是以往的夸张变形的我，而是真实的我。"小许也说过："我想被你写进你的故事，我想看看。"

现在我对着电脑屏幕说："小蓓、小许我终于把你们写进我的故事里了。"

守岁白驹

说完之后一滴眼泪掉下来砸在键盘上,我在泪光中看到小蓓和小许在对我挥手,她们说:"你一个人要好好过好好过。"
  我是一个人。小蓓是一个人。小许是一个人。
  我现在是一个人。

# 第二章

MIDNIGHT
暗夜未央

创世纪 / 078
四季焚香 / 087
📱🔊 崇明春天 / 094
阴天 / 119
三月，我流离失所的生活 / 127
消失的天堂时光 / 136
杨花 / 152
📱🔊 回首又见它 / 160
天下 / 168

# 创世纪

　　上帝用六天的时间造好了整个庞大的世界，声光电火，山石花海，云岚气崖，骨羽鳞血。最后一天，他造出了人——一种类似他自己，却绝不是他自己的东西。第七天，他完成了一切，他开心地休息了起来。

**星期一 我透过眼缝透过还未擦干的鲜血看到了我将要生活的世界**

天空很暗很暗，没有星星，沉重的云压得很低，带点阴暗的血红色。没有风，树木像后现代雕塑一样纹丝不动。然后一声霹雳，再然后我降生了——郭敬明这样告诉他的朋友。

结果每个人都很不以为然，说：你——去——死——啦！太夸张的话就别说么。

我的母亲告诉我，她生我的那天她在电影院看恐怖片。我说她一点也不会胎教，她说正是为了胎教，教我学会勇敢。结果是我现在很胆小，这与我的性别很不相称。不过我出生的时候真的很勇敢，只是象征性地哭了两声，然后就睡着了。随着年龄的增长我与生俱来的勇敢渐渐退化，而在娘胎里所受的惊吓却变本加厉地涌出来，成为我生命大悲哀中的一个小小悲哀。老妈的胎教的确是过火了，所以我现在常常对她说："物极必反，物极必反。"

可能是我出生时哭得太少了，所以上天要我把欠下的债哭回来。出生之后我就一直在哭，一直重复住院——出院——再住院——再出院的过程。周围的邻居说我养不活了，叫母亲再生一个。母亲最终的坚持是我现在还得以生存的全部原因。母亲告诉我这一切，脸上满是沧桑的表情。而我的表情却很麻木，一副事不关己的样子——尽管我很爱我的母亲。母亲看着我摇摇头说，你这孩子真不懂事。我觉得我挺懂事的，我只是不善于把内心的感情拿到脸上来展示而已。所以我注定不是一个好的戏子，戏子需要能在脸上展示出别人想要的感情的本事，而我没有。就这么简单。

一岁，我开始说话。

一岁半，我学会走路。

两岁，我会说：我要那个红苹果。

三岁，我开始我有记忆的童年。

守岁白驹

**星期二 门前坐着我的外婆，河里有只可爱的鸭子，天上有个大月亮，我的玻璃瓶般美好的童年**

我是个聪明的孩子，从小就是。我是在外婆家长大的，很单纯的童年，夹杂着花和青草的味道，还有外婆银白头发上的槐花气味。我是个聪明的孩子，我外婆很喜欢我。

后来母亲告诉我你该上学了，于是我就背着书包去学校。报名的时候老师看我很瘦小，捏捏我的小胳膊小腿儿，用打量牲口的目光看了我很久，然后说：这孩子能跟上其他学生吗？平生第一次我感到耻辱，所以我学习很努力。后来我每次考试都是一百分，每次考完了我都问第二名比我少多少分而不问第一名是谁，后来老师就很喜欢我。

我说过我是个聪明的孩子。

小学的六年我过得很滋润，在山上放风筝捉迷藏，就算一个人也玩得很开心。然后回家指着满身的泥巴笑嘻嘻地对老妈说，你看我玩得。

小的时候被蛇咬过一次，在楼下。（我到现在也在奇怪为什么楼下也会有蛇。）被咬了之后我靠在墙壁上以最舒服的姿势用最平静的声音对楼上的妈妈说，我被蛇咬了。我妈看到我膝盖上的血时的惊慌失措和我的稳如泰山绝对是世界上最大的落差。当然那蛇是无毒的，很善良。

唯一一次流眼泪是考试得了八十分父亲要揍我，我当时想他要揍了我我就不叫他爸爸了。后来他真的没有揍我，后来老师说我的试卷改错了，我还是一百分。

我想到了我的老师。去年春节的时候我去看她，发现她的头发已经很白了，而我还清楚地记得她在黑板面前甩动黑色头发的样子。记忆中的老师是严厉的，而眼前分明是个慈祥的老太太。听说老师快退休了。我走的时候碰见了老师现在的学生也就是我的师弟师妹们，看到他们我想到了自己。红领巾在脖子上飘啊飘，很漂亮。

记忆中的童年被我主观美化了，天永远都是蓝的，不许变成别的颜色；草永远都是嫩的，不许变黄变干；花永远都是开的，不许败不许谢。柏拉图是我心目中尊贵的神，童年是我无法企及的乌托邦。

所以我现在看我的童年都是以一种仰视的目光，像一个满身肮脏的浪人不敢靠近他心目中圣洁的女神一样。童年缩成一粒沙子，陷在我的眼睛里面，逼迫我不停地流泪。明明就在眼前却看不到，明明已随时间走得很远，但疼痛感却异常清晰犹如切肤。

记得当时年纪小／你爱谈天我爱笑／风在树梢鸟儿在叫／不知怎么睡着了／梦里花落知多少

**星期三 一切开始于那个不易察觉的生命的罅隙——那个夏天刚刚过去秋天马上来临的时光裂缝**

要我说出初中的事情的时候我才发现文字的苍白与无力。在痛定思痛的回望之中我发现三年我都在学一种规则。

你有棱角吗？那你磨掉了再说。你有真话吗？那你咽下去好了。你有怒火吗？那你找没人的地方撒去。

就这么简单。

但我是个任性的孩子，从小就是。我有棱角也不止一个，请向我开炮。每个老师谈到我都是笑一笑然后摇摇头，很微妙的动作。因为我是他们要的成绩最好的孩子却不是他们要的听话的孩子。但我是唯一一个会在毕业后的教师节给老师发贺卡的孩子，我是唯一一个毕业后在街上碰见老师会站得很直说老师好的孩子。老师说，这很难得。

我每次在全年级的排名都是只用三根手指就能表示出来，很让人羡慕的。那时考第一名的是个很胖的人，朋友说：他平时连一句完整的英语都说不通顺，你考赢他，也让他看看到底谁厉害啊。我说和这种人有什么好争的。我躲在成绩单所建造的华丽城堡里自由自在无拘无束。

当晦涩的古文绞痛我的大脑的时候我会从桌子里抽出一本诗集，如果是席慕容那就把结局写好让泪水起程，如果是舒婷那就把爱情晾晒在悬崖上展览千年。我从来不做那种同一个类型重复千万遍的习题。我情愿龇牙咧嘴地看一半以上都是不认识的生词的原版英文小说也不愿去背诵无趣的课文。对于这一切，老师的反应是从愤怒到规劝再到随我的便。我是学生中的异数。

我的朋友很多，大多成绩是靠下游的。我始终认为他们比成绩优秀的学生更聪明。因为曾经有个成绩很好的女生在说她知道的歌曲时说的全是电视连续剧的主题曲——庆幸的是她起码还要看电视剧。所以我是好学生里的坏学生，坏学生里的好学生。

优生一本正经地说，你不要每天和他们一起，那不好。我并不理会这种自以为成熟的规劝，我和我的朋友很好。好学生在背后笑是他们的事，伤不了我一根汗毛。

上帝丢下个聪明绝顶的孩子让他接受尘世愚蠢俗人的笑。你们笑吧，我就是那个孩子。

**星期四 我不停地追逐那黑色的幸福，就像蒙上眼睛寻找来时的路**

我上高中了，这像一句宣言，很有气势。初三的疲惫已是明日黄花，我们从自己有些杂乱的身体内部寻找着可以让人快乐起来的亮点，毕竟青春是美好的。

我的高中是在另一个城市上的，我住校。第一次断开家的牵绊的感觉却无从说起。新鲜有一点，寂寞有一点，思念有一点。什么都有但混合过后每种感觉都变得像浅浅的影子一样辨不明白。赤橙黄绿青蓝紫混在一起是伸手不见五指的黑。

我的高中是省重点，好学生如同过江之鲫。我是以全区第七的成绩毕业的，我以为这是值得炫耀的成绩。但当我进入高中的第一天，在校门口的黑板上前五十名的光荣榜上找不到自己的名字时，我丢失了全部的骄傲。

我从来就不会认输，所以在开学后的第一次考试中，我是全年级第八。每个人都睁大眼睛看着我，像在看一个奇迹。我很骄傲。

而我还要说的是初中历经生死学会的规则被再次宣布作废，上帝在头顶作出暧昧的微笑。

"一层是一种挣扎，一层是一种蜕变。而在蓦然回首的痛楚里，频频出现的是你我的年华。"席慕容是个很会说教的人。

朋友是有的,但高中的朋友多少会令你有些尴尬。我们是朋友也是敌人。我们以为战胜了彼此就通向了罗马,而事实是全国皆兵,高手潜伏在不可知的远方。高考是一场全国性的悲壮战争,谁都知道。但我们真的无法把几万里之外的一个形同空气的学生当作自己的追击目标,距离让遍布全国的压迫感全部集中到自己的学校,其余的人对我们来说无关痛痒,很是掩耳盗铃。

所以我是个孤独的孩子。

不要告诉我高中生有着伟大的友谊,我有足够的勇气将你咬得体无完肤。友谊是我们的赌注,为了高考我们什么都可以扔出去。

我本来还不是这么悲观的,真正的失望是从我的笔记本接二连三不翼而飞之后,从我的参考书光明正大地出现在别人的桌子上之后,从我学会新的规则之后。

从那个微微变凉的秋天之后。秋天已经到了,冬天还会远吗?

你说一个人孤零零地站在沙漠上守着天上的大月亮叫作孤独那我是同意的;如果你说站在喧哗的人群中却不知所措也是孤独那我也是同意的。但我要说的是后者不仅仅是孤独更是残忍的凌迟。

高中就是一场长达三年的凌迟,最后的最后大家同归于尽。

**孤单的你伫立在茫茫的尘世中 / 聪明的孩子提着易碎的灯笼 / 潇洒的你将心事化尽尘缘中 / 孤独的孩子你是造物的恩宠**

**星期五 我观望着这一娑婆世界的翻天覆地,怀着无知无觉的意识欣赏着**

星期一到星期四,每天的跨度都是几年,而星期四到星期五却只有一年:高一到高二。我不知道是时间过得越来越慢还是我的生命开始变成一种毫无生气的停滞。满身泥水地跋涉在沼泽里,但心里依然幻想着头顶是漫天灿然星光。

守岁白驹

　　我选的是理科，遵从父命，很有悲壮的色彩，因为我牺牲掉了自己的意志。实际上我对文科的生活充满了向往，那才是我理所当然的归属。理科生要有心如止水的修行，像还没有遇见许仙的白素贞。我还不够。我还惦记着外面花花世界的美丽与炫目，我是个贪恋红尘的人。小A是我的朋友，他在全家反对的情况下依然投奔文科去了。我很佩服他，自己的命运自己掌握历来就是一种壮举。而我不行。

　　中午的时候我会去找小A吃饭，听他给我讲他们的考试题目是写出《红楼梦》的背景。我一边幻想那本来就应该属于我的生活一边努力地寻找周围稀薄的空气维持呼吸。小A看着我的时候充满了可怜的神色，我默不作声。

　　理科生要拥有无与伦比的神经质而我还欠缺。我不会对飞过来的足球作出受力分析然后想象它的轨迹，我不会看见池塘里冒出气泡就研究那是空气还是甲烷，我也不会对楼房作出完美的对角线。我不会但我的同学会，这就是差距。

　　历史、政治课没有人会上了，老师在上面象征性地随便讲讲，我们在下面随便听听。每个人的手上都是一本理科资料，充满哲理的故事和悲壮的历史无法打动他们，理性的神经坚不可摧。我觉得这一切很没有道理，我望着老师的眼睛很虔诚，但他却没有与我呼应的激情。最后我只好放弃，人人做题的大环境让我放弃了历史和政治。有时候人是很容易妥协的。

**星期六 文字从我的指尖以鲜血的形式流出，我听到它们落到纸上发出钻石般的声响**

　　我爱上了文字，这是一个理科生不可饶恕的错误。学校图书馆的小说很少有人借，小说区域常常只有我一个人在转悠，而参考书之类的早就被翻得不成样子了。这是所重理轻文的学校。

　　重理轻文的学校里的一个理科生爱上了文学，这与天方夜谭一样不能让人相信。我是个理科生，我不需要多么敏锐的洞察力，我不需要多么漂亮的文笔，我只要学会分析两个球怎么相撞、金属掉在酸里会怎样冒气泡就可以了。看来我是出轨了。

我也写点东西，但写出来的东西都有点阴冷潮湿的味道，像黑暗角落里长出的青苔。其实我希望自己写出来的东西能阳光灿烂朝气蓬勃，但我力不从心。我总是以一副无关痛痒麻木不仁的口气诉说我想要呈现的故事，尽管很多时候我是在讲自己。朋友说，你怎么讲到自己也是平静的语气好像在讲别人的故事一样？我说我也不知道。老师说，你要煽情一点再煽情一点，那才能感动别人。我说感动自己就好了为什么要感动别人。

我常常读一些黑暗阴郁的文字，一直读到它们把我刺得很痛，以此来证明自己并不麻木，所谓的以毒攻毒。

老师说你的那些比喻句不要用在作文里，我说好的；老师说这种开头和结尾的方式你要背下来，我说好的；老师说这个大作家的生辰年月你要背下来，我说好的，尽管我很茫然究竟重要的是作家的人还是作家的作品。

**星期天 我老了，老得失去了记忆与想象力，我感觉我是在一刹那间就衰老的**

有个网络写手说，我们都生活在习惯里，我们今天这样活着是因为我们昨天也这样活着；而昨天这样活着是因为前天这样活着。弗洛伊德说："这是死之本能。"

可我是活在光速里的，星期一我还在艰难地说我要那个红苹果，而星期六我就可以写出青苔一样的文字了。我不想这样飞速地生活飞速地变老，我希望时间用万分之一的速度缓缓流过，我希望看到一滴眼泪在慢镜头处理下坠落绽放出美丽颜色——然而拿遥控器的人始终把手指停在"快放"键上。

席慕容问：当生命的影像用快速放映之后，我们还有没有勇气再去继续眼前这用每分每秒缓慢地展现出来的旅程？

我也在找答案并且找得很辛苦。

守岁白驹

　　本来我以为我的生命已经够短了——一个星期，只有一个星期——现在我发现其实我的生命可以更短，五千字而已，五千字，我生命的全部。

## 四季焚香

**我的杨花春天**

现在想起来那个春天实在是低眉顺眼得有些过分，一切的一切似乎都收敛了光芒磨平了棱角，包括我家的那条狗，在我换上新衣服的时候，它

守岁白驹

居然没有照惯例把我当成一个贼而大吠特吠。

可是我非常地不安分,我一边看那些第二届"新概念"获奖的作文一边抱怨小A,因为在我拿到小A给我的参赛表的时候,别人几乎都要开始准备赴沪决赛的行装了。

我想四川这个地方是很有灵气的,是的,我真的这么想。我一直把这个盆地比作聚宝盆,尽管它几乎可以称得上贫穷,非常不给我面子。可是我总的来说是很安分的人,就像这个春天里的一切。我不奢望自己帅得近乎呆掉,不奢望有用不完的钞票供我挥霍,不奢望自己生活在一个名门望族,所以我很安分地爱着这个黑色的盆地并且决定在没考上大学以前安分地待在这里哪儿也不去。我想我对四川有种敝帚自珍的依恋。

四川是有灵气的,我的同乡项斯微,她在《有一种烦恼是莫名其妙的》里面说当她在公用电话亭打电话问怎么参加"新概念"比赛的时候,对方告诉她选手已经到了,第二天就正式决赛了。她和我一样是个比较倒霉的人,最起码在"新概念"上我们一样悲哀。她写道:"为此那个电话亭三天不能正常工作——我真的没有破坏公物。"看到这里我微微笑。其实那句人人都知道的话也是可以这样说的:"幸福的人可以有不相同的幸福,倒霉的人也可以有相同的倒霉。"

后来我在《萌芽》上看到了项斯微的文章,我想她是赌气了。

不过我比她幸运一点,因为她已经高三了,她说她是多想多想进北大啊。那个时候我高一,我想我很年轻。我说我是多想多想进复旦啊。

那个春天学校的柳絮飞得格外妖艳,一点一点寂寞的白,我每天都会想起李碧华的《青蛇》,我在想这个盆地又有两条蛇在蠢蠢欲动了。极度绚烂,开到荼蘼,我想要的生活。哪怕像小青一样爱上法海,爱上宿命中的不可触碰。

于是我开始四处宣扬我要参加下一届的"新概念"了,善良一点的人对我说:"加油,不过也别太在意,失败是成功之母。"不那么善良的人对我说:"真的?那你一定要拿个奖回来哦,如果没拿到会笑死人的哦。"

我知道他们每个人的话都是侧重在后半句,可是我依旧一意孤行。我是个很容易妥协也很容易放弃的人，所以我要把自己的退路全部封死。

在我终于把自己的所有退路全部封杀之后，我站到了悬崖边上，我对自己说："你现在是背水一战，你只有义无反顾了。"

那个春天，那个柳絮独自寂寞的春天，我开始写《桃成蹊里的双子座人》。

### 我的灼灼夏日

那个夏天我陷入一种歇斯底里的状态，很是令人恐慌。

身边开始弥漫一股恍恍惚惚的味道，弄得我四肢无力，那颗可怜的小小头颅像是要裂开一样地疼。

我曾经很爱很爱夏天，因为有我的生日和对我来说一去不返的儿童节。可是当我抱着一大堆数学资料低头走过大街的时候，当我看到那些拿着气球和糖笑得一脸明媚的孩子的时候，我狠狠地对自己说："你已经老了。"

那个夏天的阳光异常嚣张，炫目到几乎令我失明的程度。我像是一条躲避端午节的蛇一样死皮赖脸地找树荫。

我变得异常懒散。

杂志社的催稿通知被我搁置了整整三个星期，电台的工作我把它辞掉了。我整个人像是散掉的沙子，随遇而安，或者说随波逐流。

我写不出我想要的文字，这令我近乎崩溃。后来我干脆丢开稿纸和键盘，拿出很久以前的日记本。可是写完后我不敢阅读我的这些最最贴近自我的文字，因为我害怕坠入这种毫无激情的生活——人是很容易被自己写的东西所感动的。

我对小A说："我的手指死掉了，我写不出来。"小A的目光变得很游移，我知道他想说不要勉强自己，可是又怕伤害我背水一战的勇气。那些不那么善良的人开始把目光通过眼角向我投过来，并且用鼻孔大声出气，我是知道的，我是知道的。

在阳光开始减弱可是气温却达到巅峰的7月，我开始面临文理分科。

什么叫雪上加霜？什么叫屋漏逢暴雨？我点滴冷暖于心。

7月的期末考试我空前失败，特别是文科方面，所以我很自然地把目光投向了理科。

可是这是令人痛苦的决定，因为我曾经很想成为一个大作家。在我选择理科的时候，我听到中文系对我说"再见"的声音，很微弱却丝丝清晰，犹如花开花谢时寂寞而悲哀的声响。

我是个不善于作决定的人，真的。我总是把事情拖到必须作个交代的时候才开始考虑眼前错综复杂的一切。小Ａ毫不犹豫地选择了文科，他的果断将我的迟疑衬托得格外醒目。那个时候我沉睡了一个夏天的手指开始渐渐苏醒，我想我是又可以写点东西了。

国家不幸诗家幸，赋到沧桑句便工。

我想我需要生活对我的不断打击，以便使我对这片大地充满清晰的疼痛、敏锐的触感。

就在那个阳光炫目的夏日，就在那个偶尔暴雨喧哗的夏日，那个如同西藏民歌一样高亢激昂的灼灼夏天，我放弃了自己长久以来的理想，我选择理科的时候，右手的手指一片冰冷的麻木，像浸泡在冰碴里的一枚叶子。

那个明晃晃的夏天，我开始写我的《七日左右》。

## 我的寂寞之秋

那个秋天我像是一个异类般孤独而决绝地在地球上生活。我和很多朋友吵架，尽管很多时候都是我没有道理地胡闹。可是我就像是要把自己逼入绝境一样乐此不疲。

每个人看着我为参加比赛而努力的时候，眼中都是不屑的光芒，一针一针地刺伤我。于是我像个刺猬一样竖起自己的利刺可怜而执着地自我防卫。

我很清楚地记得那个秋天学校里的梧桐疯狂地掉叶子，地面铺满了它们橘黄色的尸体。

我也很清楚地记得我在对朋友冷酷地说"再见"的时候，转身踩在落叶上，脚底下发出的碎裂的声音。

理科的生活非常地静止，像一潭波澜不惊的湖水。我在里面学着冷静学着忍受寂寞，同时写大量的文字。我是非常认真地在写，我说我一定要进入决赛，我要努力。我不会像别的获奖者一样说我一不小心就拿了个一等奖，我是很努力很努力地在为我的理想而拼命，尽管我知道我将来成为作家的希望是很渺茫了。

小A对我说不要太在意了，可是我非常在意。有朋友说我固执起来的样子是很吓人的。

那些不怎么善良的人说："你看郭敬明像不像一个困兽？"

像啊很像，连我自己都觉得像。

小A看了我的文字之后说："你的文字太冷了，写暖一点，不然别人看了会害怕，其实你是个很单纯的小孩，只是偶尔想法太多，就变得不安分。一片叶子掉下来不代表整个森林都倒了。试着让自己开心一点，这个世界上没人和你作对。"

那天我清晰地记得自己的眼泪掉了下来，我是哭了，为别人看不起的目光，为别人对我的不信任，为老师学校的不以为然，为父母长辈说的"随你的便"，更多的是为小A的支持。

一只野兽受了伤，它可以自己跑到一个山洞躲起来，然后自己舔舐伤口，自己坚持，可是一旦被嘘寒问暖，它就受不了了。

我们一定都看过这样的故事，一定看过。

那个寂寞的秋天，那些梧桐树叶纷乱下坠的日子，我写了接近三万字。包括《三个人》《创世纪》《剧本》及其他。

## 我的迷幻冬日

当我在冬天第一次戴上我心爱的帽子，第一次感冒的时候，我拿到了杂志社寄来的挂号信。我想我终于要到上海，到那个像海上花一样漂浮游移而又色彩绚烂的城市去了。

很长一段时间我都觉得一切很是迷幻，因为我曾经那么想得到的东西真的就从天上掉到我的面前了，那是种让人无法负荷的巨大幸福。

走的前几天我结束了我的期末考试，我在一种无法平静的状态下居然

守岁白驹

考进了全年级的前十名，这是个奇迹。而且我是在上海打长途回家时才知道的。

飞机银白色的机翼将我的梦想带到四千米的高空，我清楚地看到自己从上海的天空呼啸而过。

在上海接待我的是网上认识的一个朋友，他对人友善，一点也不像他的文字，那么颓废。同样，他也告诉我，我真像一个养尊处优的小孩子，一点也不像我的文字。我们彼此笑笑，笑声中上海永远不黑的天空飘过几朵优雅的白色云朵，散发出清凉的味道。

后来我们说起去复旦看一看。在去的路上，他告诉我可能复旦晚上会关门，我们可能进不去了。我听了之后心情一下子变得很恍惚，就像在梦境中什么也抓不住的感觉。我在心里说："复旦，难道我们真的就不能见面？我已经考进前十名了啊。"

后来我们很轻松地进了复旦的大门，那个门卫什么也没有问我，还对我微笑，就像我是复旦的学生一样。我开心得要死。

走进复旦之后我睁大眼睛到处看，我几乎是想把一切都塞进我的脑袋，把一切都变成那种很薄很薄的明亮底片放进我的脑袋，我想我不会忘记。

出来之后他对我说："你当时的眼睛异常地明亮，我都不敢和你说话了。"我对他很开心地笑，并且说："谢谢。"

在南洋模范中学进行最后考试的时候，我住在一家很干净的旅馆里，那是一栋旧上海的木头阁楼，上楼的时候会听见响亮浑厚的脚步声。和我同屋的是李飞。

旅馆附近有条很漂亮的马路，两边长满美丽而高大的法国梧桐，地面干净而清爽。我没事就会一个人在马路上散步，有时候和李飞一起。

李飞是个诗人，暂且这么叫他吧。他给我的感觉就是个寂寞的人，那时我感觉我们彼此很像。

21日颁奖的时候，我在一等奖的名单里听到了自己的名字。当无数的镁光灯在我的面前闪耀的时候，我更加觉得这个冬天对我来说是一个异常美丽的幻觉。

当我和李飞说再见的时候，他把他最喜欢的诗人海子的诗集送给了我，扉页上写有他初赛的作品《我是春天里的一只甲壳虫》。

22日我乘飞机飞回我的家乡，我在飞机上再一次俯视这个令我深深依恋的城市，灯火辉煌，照得我一脸阑珊。

我想我是很快乐的，在2000年的年尾。第二天就是除夕，我想快点回家过年。

爆竹的味道，红色鞭炮的纸屑，全世界的离人在这一天都会重新团聚在一起。

这是最美的一天。

# 崇明春天

(图案可扫描)

## 1

我叫崇明，我出生在上海的崇明，所以很多人第一次知道我的名字的时候都会告诉我你的名字很有意思。我在北京的那所全国闻名的大学里念书，我记得当初高中时班里的好学生几乎都是冲着复旦去的，而我准备单枪匹马地杀向北京，杀向那个比我的爷爷的爷爷都还要老上很多的城市。因为我的父母都是北京人，从我开始知道有高考那么一回事的那天起，父母就每天告诉我：你一定要考到北京去。我的父母在这个异常繁华但也异常冷漠的城市里，坚持着他们纯正的北京口音，所以我永远是一个外地的孩子。父母极为厌恶上海，他们总是告诉我上海没有钟鼓楼，上海没有什刹海，上海没有那种北京硫璃瓦反射出的暖色夕阳，上海没有精致玲珑的皇家园林。他们认为上海唯一比北京好的地方就是没有沙尘暴。当我们坐在飞机上俯瞰上海整齐的高楼时，父母也会告诉我你看下面多像一大片一大片的墓碑。只有母亲会说其实上海的衡山路也是很漂亮的。女人总是爱浪漫的，而上海高大的法国梧桐的确是北京无法比拟的。

当我最终考上北京的时候，我的父亲真的是格外地骄傲，他在酒店里请了二十几桌人吃饭，我清晰地记得，那天，在那么多上海人中间，父亲的北京话讲得格外地响亮。

父母把我送到了大学，而在我一切都整理完毕之后，在母亲对我说了十三次"北京天冷，记得多穿衣服"和十五次"有什么事记得往家里打电话"之后，父母离开北京回到上海，我清楚地记得在母亲走进登机口的时候我的眼泪大颗大颗地掉下来。

## 2

我叫春天，每个人都说这是个好名字。我出生的那天正是立春，并且北京居然没有像往常一样漫天黄沙，而且阳光明媚得一塌糊涂。所以我父母在亲了我一口之后就决定叫我春天。

而现在我在阳台上梳我刚刚洗过的长头发，湿漉漉的头发总有一股春暖花开的味道，妈妈总是选最好的洗发水。

我是个从小就被人宠的孩子，所以我很任性。我从来就不回避自己任性这个事实，就像玫瑰从不回避自己花朵下隐藏着尖刺的事实。

我从小开始学小提琴，学到现在学了十五年。认识我的朋友总会对这

守岁白驹

个显得太过漫长的数字长吁短叹，他们永远也不明白像我这样一个像风一样的双子座女孩怎么可能安守于一份长达十五年的坚持。我也不明白，我只知道自己可以站在琴谱面前几个小时。

朋友说我是个特立独行的人，说我唯美。我不介意他们的话是真诚的赞美或违心的巴结，但我真的介意自己是不是能行走得像春天里最柔和的风，是不是站立时像一株干净清爽的木棉。因为我真的不愿意成为那种每天翻看时尚杂志、毫无自我地变换衣着的女子，也不愿意自己成为那种走路时像一个个移动的化学方程式一样的女子。

我从小就是个幸运的孩子，小学直升初中，初中直升高中，高中保送进这所全国著名的大学。我写了大量的文字，同时有很多不同的陌生人给我回信。我长得还算漂亮并且从高一开始就有人追。我总是担心自己是不是幸运得有些过头了，会不会有一天所有被我躲掉的倒霉的事情一股脑砸在我的头上。

近来我就越来越担心这会变成现实，因为崇明快要回上海了。而我一个人将留在这里，迎接年复一年的沙尘暴。一个在上海，一个在北京，两颗流离失所的心。

3

我在学校的设计室内画图，这个设计已经被我修改了七次，可我的老师依然不满意。春天坐在我的旁边，摆弄着我桌上的东西。她总是将我摆好的橡皮、铅笔、大大小小的尺子弄得面目全非。

春天是一帆风顺的，她现在每天收到大量的约稿信，她只须每个月坐下来安静地写一个星期的字，然后就会有很多汇款单传到她的邮箱。而她的小说也马上要出版了。

而我却是一个太过于平凡的男孩子，一个即将成为男人的男孩子。我知道自己很快就不能再一边抱着足球一边傻傻地微笑，一边握着羽毛球拍一边幸福地流汗了，不能再穿那双NIKE球鞋和那件锐步风衣了，我应该习惯西装革履的生活，习惯面对电脑修改一根又一根线条的生活，习惯在大脑中构想一幢又一幢大厦的生活。

可是上海人想留在北京就正如北京人想留在上海一样困难。但我在努力，可是我没有告诉春天，我只希望我们可以在剩下的三个月中，照样在图书馆后面那条长满梧桐树的路上走，照样一起逃课去看一场前卫新锐的电影，照样戴着她送给我的手套然后牵着她的手走在人来人往的街头，就像我们四年一直以来的那样。

设计室除了我们两个没别人了，春天还是玩着我的大大小小的做图尺。

你要回上海了吧？春天突然问我。

也许吧。我回答她。然后我看见春天的手指在一刹那间变得僵硬。

没人说话。窗外的风刮得格外空旷，就像是一瞬间大地上的人、车、马、河水、瀑布，全部消失了动静。一刹那静得天旋地转。

春天盯着我的图纸一动不动。其实我很害怕春天安静的样子，全身是一种完美的防御姿势，眼中却有着让我恐惧的明明灭灭。

我饿了我先去吃饭。再见。春天起身时说。

好的。我继续埋头做我的设计图，可是我却一连画错了三根线条。

我一直等着看春天是否会同往常一样将我的饭盒盛满饭菜摆到我的手边，可是当我关好设计室的门时，春天都没有回来。

夜色阑珊。春寒料峭。今年的春天来得格外地迟。裹紧大衣的时候我莫名地想到。

然后我听到身后传来打开设计室大门的声音。是啊，为前途拼命的不止我一个，被老师骂的人也不止我一个，同样，从上海而来最终也将回到上海的人也不会只有我一个。

## 4

我从来没发现食堂的生意如此好，排队可以排到十分钟也不向前挪的地步。当我排到窗口的时候，后面有几个男生很无礼地将饭盒从我的头上传进去打饭。最终他手腕上的表带勾断了我几十根头发。

走出食堂已经暮色四合。风从遥不可知的夜色中吹过来。

## 守岁白驹

　　我将饭盒送到设计室。当我打开设计室的门的时候，突如其来的黑暗给了我个措手不及。我没有立即开灯而是下意识地喊出了崇明。然后我明白他已经走了。

　　然后我慢慢地关上门。

　　北京今年的春天来得格外地迟，梧桐树依然是光秃秃的样子，像是些前卫冷漠的后现代雕塑。崇明曾经告诉我上海有全国最漂亮的梧桐，两行梧桐间是温润干净的黑色柏油马路，上面印着金黄色的各种交通线。而马路的两边则是一幢一幢木质的房子，红墙白顶青墙灰顶。于是我告诉他将来我一定要住在那样的房子里面，如果可以住一辈子，我就住一辈子，看一辈子窗外美丽高大的梧桐。崇明说那好你来上海呀我给你买幢那样的房子。迎面走过两个牵着手的男生女生，女生很幸福地靠在男生肩膀上，一脸的青山绿水春光明媚。崇明的手指很细很长，可是有力，他的掌心干燥而温暖，可以将我的手完全覆盖。而我的手总是冰冷的，所以崇明总会叫我多穿点衣服。我告诉他衣服穿多了人就胖了，胖了就不好看了。崇明说那很好呀别人就不会要你了，只有我要你，你逃不了了。说完坏坏地笑，但眼睛却异常地明亮。

　　晚上的操场总是显得格外地空旷，同时也格外地寂寞。我傻傻地站在操场边的路灯下面，头顶上有大群大群的蛾子在绕着灯飞。

　　飞蛾就那么傻，明知道会受伤。我突然想起《大话西游》里的紫霞仙子，她是一边含着眼泪一边微笑同时说出这句话的。

　　我第一次遇到崇明就是在这个操场上。当时崇明在踢球，我的几个朋友是崇明队里的。后来他们中场休息的时候我跑过去告诉他我叫春天。

　　你叫什么名字呀？

　　崇明。

　　那你是哪儿的人啊？

　　崇明。

　　我知道你叫崇明，我是问你是哪儿的人。

　　崇明。

每次我想到我们第一次见面时傻傻的对话我就会忍不住笑起来。当时崇明在回答我的问题之后也笑了起来，眼睛亮晶晶的，风把他的白色球衣的领子吹得翻来翻去，汗水沿着他的发梢大颗大颗地滴下来，然后比赛继续，他不好意思地对我说再见。

我是个记忆力很好的人，我总是可以记住多到不可思议的东西。我喜欢在空气清凉的夜里将我所有的记忆全部倒出来，一点一点清理这些敝帚自珍的东西，像个幸福的小乞丐。

天空慢慢地走过一朵云，然后再走过一朵云。路灯顽强地将夜色撑开一个口子，夜色在路灯四周大批溃败。风吹过来，我摸到风中大量沙子的味道。

于是我想起崇明告诉过我的那个故事，我每想你一次，上帝就掉下一粒沙，于是便有了撒哈拉。

我将手伸出去停在风里，手指屈成寂寞的姿势。

这个春天里北京肯定会掉下大量的沙子。我忽然想到。

## 5

我忽然想到，这个春天我实在是个碌碌无为的人。

我撕掉了三张我不满意的设计图，剩下一张我满意的图纸被老师说像小朋友玩的积木。春天给我买了三条红色的鱼，结果我养了一个星期后就看到了鱼缸水面上漂着三具小小的尸体。我养了两年的小盆景在这个春天里却没有发出一个新芽，也许它再也长不出叶子了。我心爱的羽毛球拍出现了一道惊人的裂痕。

我想我是这个春天里最最倒霉的人。

我开始天天为工作，准确地说是为一个北京户口而奔忙。春天总是将我收拾得极为得体，我觉得自己穿得格外整齐连结婚都可以。我记得有很多公司都对我很满意，但当我一提到户口问题的时候，那些部门经理总会在一刹那间把笑容弄得僵硬死掉。他们总是对我说你北京话讲得那么好我还以为你是北京人呢，然后我得到的答复就变成了回家等候通知。

守岁白驹

  我第七次或者第八次从高级写字楼出来，然后一步一步走回学校。我的衣着绝对让别人认为我是个成功的小白领。我在一大群白领中间走，沿着与他们不同的方向，于是我觉得自己成了一种障碍。大群有着空洞眼神的人像鱼一样在街上游动。
  我松开领带以便让自己的呼吸顺畅一点。领带是春天送给我的，在领带的背面她调皮地签上了她的名字。我想起早上春天替我打好领带时的样子，微笑着，嘴角扬起，头发在风里一晃一晃的。
  我想我是又一次让春天失望了。
  从市区到学校有一条很干净的马路，两边长满我叫不出名的树木，它虽然比不上上海装点着高大的法国梧桐的长街，可是它干净，也清静。所以我也很喜欢在上面走，大走特走，走出忘记悲欢的姿势。
  这是我自小养成的习惯，习惯在干净漂亮的马路上走，走出我的心如止水，走出我的波澜不惊。其实我还有一个习惯，就是蹲在马路上，抬头仰望湛蓝的天空，看着马路边上梧桐树一片一片疯狂地掉叶子。后来春天告诉我这个姿势太过于寂寞，太像个受伤的孩子，她会心疼，所以我就再没有蹲在马路边上了。偶尔穿过一片树荫的时候，我会匆匆地抬头看一下天空。
  路过一个小学，孩子们还在上课。没有理由地我忽然就想进去。我在这所陌生的小学里来回地晃，偶尔碰到一两个上体育课的小孩子会站得很直然后对我说老师好，红领巾在胸前飘，很漂亮。
  我开始想起我在崇明的生活。想那个很小很小的操场上，我第一次踢球摔倒的样子，想我第一次戴上红领巾的样子，想我崇明的兄弟们，想起崇明的风里大把大把海水的味道，想起崇明的春暖花开，想起校门口的梧桐树一到春天便疯狂地掉叶子。
  崇明也许真的就应该待在崇明，过些面朝大海、春暖花开的生活。
  也许我真的应该回到上海去了。

## 6

今年的春天总算开始像点样了。学校湖边的柳树开出了大团大团白色的心事。风起，然后就飘得一天一地。我记得崇明告诉过我柳树是世界上最寂寞的树了，一个人悄悄地独自灿烂，但开出的是一点一点的寂寞的白。

而我最近常常坐在湖边的那张椅子上，就是那张我和崇明坐惯了坐熟了甚至想搬回家去坐的那张椅子，我坐在成千上万的柳絮中间，坐在春天的白色寂寞中赶我的书稿。或许崇明并不知道我最近在忙什么，甚至很有可能他连我正准备出书也不知道。他最近总是对我不温不火的，而我觉得有什么东西很不对劲，一定有什么东西。可是当我问他你最近怎么了，他总是说没什么呀真的没什么。

那天崇明陪我走过羽毛球场的时候我问他：你知不知道写书最大的好处是什么呀？他摆出一副很傻的姿势说不知道。于是我告诉他最大的好处就是可以在扉页上写下：谨以此书献给我最爱的某某某。我接着很有用心地问他，你说我写上谁的名字？他耸耸肩说随便啦。那一下我是真的傻掉了，我觉得自己是个很傻的人。

一滴眼泪掉下来，夜色很浓，崇明看不见。眼泪打在我的手背上，很快便被风吹干了。

崇明是个不怎么爱看书的人，我送给他的一本书被他放在书架的第二格，平放着，上面积满了灰尘。于是我在心里对自己说，不要再送他书了，他从里面读不懂什么的。

晚自修。晚自修的时候我不快乐。

我总是跑到崇明的教室上晚自修，以至于很多人以为我是学建筑的。后来他们看到我抱着很厚的《牛津词典》的时候他们才张大嘴巴说："你是学外语的啊！"

以前我是很快乐的，因为我坐在崇明旁边，整个晚上崇明都会握着我的手，然后两个人静静地看书。但最近崇明忽然坐到我后面去了，他说他要好好搞他的设计。

今天我去的时候崇明在看一本建筑杂志，我在他身边小心地坐下来，

## 守岁白驹

我看到他的眉头皱着，眉间一个"川"字，嘴角向下拉着，像个受了委屈但倔强的孩子，于是我伸出手准备将他的眉间抚平，可是崇明将头轻轻一歪让开了。崇明让开了。我的手就那么僵在空中。凝固的悲哀。崇明说，春天你乖，坐前面，我认真看书，好吧。

于是我坐到他前面，拿出我的《牛津词典》。

然后我就听到了崇明和他旁边一个女生的笑声。我回过头去的时候看到他和旁边的女生在一张纸上画什么，眉角飞扬的样子，眼睛笑得弯起来。

于是我悄悄地回过头来看书，258页，我看了一个小时。

九点二十分的时候我收到 CALL 机留言，我的编辑要我回电。我看到崇明认真看书的样子没敢打扰他。于是我将背包和衣服放在桌子上面，然后出教室回电话。

电话里编辑在谈我的书的问题，而我在不停地看表，我怕下了自修崇明看不见我，以至于对方说什么我都说好的。以至于我将交稿时间又提前了一个月。

挂掉电话我就朝教室跑，我担心崇明会不会一个人蹲在教室门口仰望黑色的天空，就是那个寂寞得让我害怕的姿势。

当我推开教室门的时候，我听到自己大口大口喘气的声音，八盏日光灯将教室照得灯火通明，可是人去楼空。我的背包与衣服孤零零地躺在桌子上。崇明走了，崇明看着我的背包孤零零地躺在桌子上，可是他走了。

我走过去拿起我的衣服和包，然后将灯一盏一盏拉灭。

我坐在教室门口的台阶上，双手抱着膝盖，学着崇明的样子仰望天空，这个寂寞的姿势令我像个受伤的孩子。崇明告诉过我上海的天空永远不黑，夜晚天空是暗暗的红色光亮，就像是大红灯笼上蒙了层黑布的光泽。而北京的天空却是如此地黑，黑得彻心彻肺。

我想到崇明最近真的是在疏远我，一大群朋友上街，他总是和别人说很多的话，而只是偶尔对我笑。我拉住崇明的手，他不躲，但也不弯曲手指将我的手握住，任我的手指暴露在风里面，于是它们就变得很凉。我知道只要一松手我们就分开了，于是我用力地抓着崇明的手。而他以前拉着我的手飞快地走的样子在我脑中真的很模糊了。

眼泪大颗大颗地掉下来，我听到它们砸在地上发出钻石的声响。

我鼻子一酸，对着天空说：崇明，我爱你。

然而天地空旷，除了我，除了四处出没的黑色的风，没有任何声响。

崇明，我爱你。我又说了一次，然后我抱着衣服回家。

我真的很想快点回家。洗个澡，听几首歌，赶几千字稿子，然后倒头大睡，然后明天就依然是春光明媚。

第二天早上的时候我睁开眼睛，就发现了几缕明媚的阳光在窗帘的缝隙处探头探脑。我很开心地坐起来，然后发现我的声带有剧烈的灼热感，我发不出声音了。

## 7

我是个偏爱乘车的人，就正如我是个喜欢走路的人一样。

车上总是有我所喜欢的人世的味道，不管是火车还是汽车，各种各样的人有着各种各样的表情与姿势。我喜欢坐在有着高高靠背的椅子上随着车上下颠簸，喜欢透过高大明亮的玻璃看外面这个繁衍生息的城市，看每个人匆匆奔走的方向，就像是在博物馆里看明亮的橱窗。

我喜欢在黄昏的时候坐在空荡荡的大巴士上，看窗外的淡蓝色天空一点一点逝去，逐渐沉淀出一些铅灰的颜色。空气中开始布满一粒一粒白色的斑点，像是很老很老的胶片电影的画面。然后亮起车灯，亮起万家灯火，霓虹从地面升起来，在整个城市间隐隐浮动。

北京的夜晚没有上海那么张扬，四合院透出的暖洋洋的灯火总会冲淡霓虹带来的冷漠与尖锐。

而我讨厌地铁与飞机，地铁和飞机上的人群总是给我异常冷漠的感觉，相同的表情，空洞的眼神，而我不习惯安静的环境，我是个习惯在阳光下幸福地流汗，流完汗倒在床上幸福地抽筋的人。健康的疲倦总可以给我生活的真实感，让我不至于感觉自己是个走钢索的人，在黑色的风中摇摇欲坠。让我逃开那些幻觉，让我可以真实地踩在大地上生活。

守岁白驹

　　而春天却是个不喜欢幻觉的人。听人说过，写字的女子多是寂寞的，像是开在夜空的烟花，像是浮在水中的萤火。我收集了所有春天发过的文章，装在厚厚的档案袋里，我在那些文字中读出了她寂寞的疼痛。我不是个称职的男朋友，最起码我自己感觉不是，因为我没有像阳光一样融解春天掌纹中结冰的孤独。春天笔下的崇明是相当完美的，我觉得自己差得太远。所以我总是告诉春天我是不看书的，不看任何文章。只有在夜深人静的时候我才会拿出春天写下的文字，透过字里行间看她寂寞的姿势，然后为我心爱的女子心疼。

　　我是真的心疼，为我的春天，为2001年我在北京最后的日子，如果不是发生奇迹的话，春天里过完春天的生日，夏天里过完我的生日，然后我就要启程回上海了。奇迹之所以称为奇迹就在于它不是经常发生的。我很早就明白了这个道理。

　　北方。南方。北京。上海。

　　爱可不可以投递，我可不可以飞檐走壁找到你？

　　南来北往的风，南来北往的人。

　　而我看见深藏在水中的离别渐渐浮出水面。

　　地铁。忽明忽灭的灯。

　　春天安静地靠在我的胸口，她的头发有着明媚的春天的味道，几缕头发滑进了我的衬衣领口。我们就那么站着，很平静的样子。而地铁一站一站仿佛开往永恒。

　　我真的希望地铁可以开往永恒。

　　而不是开往冬天。

　　那样我们就可以一直这么站着，没有悲欢，没有波澜，没有南北两处的分开，没有见鬼的北京户口，我们可以永远站成相互依偎的姿势，站到白发苍苍的样子。

## 8

　　我希望现在地铁可以开往永恒，那我和崇明就可以永远站成相互依偎的姿势。

我靠在崇明胸前，没有悲欢，周围的空气里是崇明身上干净的青草味道。崇明是个常常流汗的人，可他的身上永远有着青草的香味。我总会在他的味道中放下所有的悲喜，没有任何困难地安然入睡，睡得像个孩子。

我是个喜欢地铁的人，因为地铁总能激起黑色的穿堂而过的风，我喜欢风猎猎地迎面而过的感觉，那一刹那我总会感到宿命，还有生命中所有穿行而过的无常。

北京的晚上总有黑色而冰冷的风，我喜欢那种被风一点一点漫过皮肤的冰凉。

就像我拉琴的时候一样。我总是站得很孤傲的样子，然后我就可以感受雪峰融化而下的春水从指尖缓缓出来。

崇明在画图的时候总是喜欢我在他旁边拉琴，他说我的琴声可以给他带来灵感。崇明画图时的样子很认真，嘴唇紧紧抿着，眼神发亮，像一个认真做功课的小学生一样。我总是喜欢崇明脸上孩子气的表情，可是他总不承认自己像个孩子。

夜色如水。黑黑的凉凉的，漫过我的头发手指和嘴唇。

我忽然想到崇明在北京过的第一个冬天。上海的冬天没有北京冷，且空气温润。但上海也会下雪，可是都是又轻又薄，低眉顺眼地在天地间飘一会儿，然后便消失不见了。崇明曾经告诉过我：上海有全中国最寂寞的雪景。我一直很想看看，寂寞的雪景是什么样子，是不是就像我掌心大片大片苍白的荒芜。

崇明在北京过的第一个冬天里总是不断地对我说北京真的很冷。星期日的时候崇明总是睡在床上不肯起来，像个赖床的孩子。而我总会在他床边不断催促他起来，陪我上街。我觉得自己真的可以做个称职的闹钟。我总是将自己冰冷的手伸进崇明的被子，但崇明总会用他有力的手将我的手抓住，放在他的胸膛上面，然后继续睡觉。而这种时候，我总会清晰地听到天使在头顶扇动翅膀的声音。

那个冬天我和崇明花很长的时间在北京的街头四处乱逛，崇明戴着我

守岁白驹

送给他的手套，而手套包住我的手，我们手拉手地呼着大团白气在零度以下的天气里从宽街走到王府井再到天安门再到美术馆，走得艰苦卓绝像长征似的。我手上总是拿着大串大串的冰糖葫芦，而崇明总是喝大杯大杯的热咖啡。他总是爱舔我的嘴唇，然后笑眯眯地看着我的唇上结起一层薄薄的冰。而我总是爱说好冷啊好冷啊，然后崇明就会将他的羽绒外套脱下来将我裹住，而我看到崇明穿着白色毛衣抱着胳膊很冷的样子，我就不忍心了乖乖地脱下衣服还他。

北京的雪景永远都不会是寂寞的。

我想我一直到很老很老，老得可以退进日暮的余晖中去的时候，我也不会忘记，有个穿着白色毛衣的男人，牵着我的手，走在北京白雪皑皑的街头。

## 9

4月。

很多女生说这是个属于爱情的月份，因为人间四月天。而我在这个4月，这个也许是我在北京最后的一个4月里，整个人恍恍惚惚的。

我的老师突然对我很好，看见我画的设计图他赞不绝口，其实那张设计图他已经要求我修改了八遍了。他看见我做的模型马上说这个模型做得很有灵气，其实当时我只是在玩类似搭积木的游戏而已。甚至他看见我写的信时也赞不绝口，说我有一手漂亮的好字——事实上我的确有一手漂亮的好字。

看着他笑得异常灿烂的脸的时候，我总是很想问他是不是准备给我全额的奖学金，是不是准备让我提前毕业，是不是准备让我做他的女婿顺便给我个北京户口。

春天仍然忙她的书，而我依然忙我的设计图，尽管我们两个依然每天牵着手走过图书馆前干净的石板路，但空气里已经开始飘浮起春末夏初的味道。

那天早上我画了一会儿图，然后起身去打羽毛球。新买的球拍比原来那支重一点，可是用起来更有力。

当我中途休息的时候我看到了球场外面的春天，她笑得一脸明媚，很安静地站在那里望着我。于是我走过去，春天隔着铁丝网对我说，我们出去走走吧，好久没一块走了。

于是我叫春天等我，我换好衣服就出来。

我在更衣室脱下被汗水浸湿的衣服时，手上的链子突然被扯断了，十二颗芙蓉玉散落在光滑的地板上，而那十二颗芙蓉玉，是春天送给我的。

我被这突如其来的变故弄得目瞪口呆，我痴痴地站在那里，看着我心疼的玉石散落一地，如同一地晶莹的泪珠。

我将十二颗玉小心地拾起来放进口袋里，准备晚上重新用线穿起来。

我和春天又走在了北京的大街上。明晃晃的阳光从天幕上打下来，撞在大厦的玻璃外墙上碎成一片，叮叮当当地落在我们脚旁。

后来我们路过春天的小学，春天说进去看看吧，我就说好。

操场上有很多孩子在踢球，不是足球，是皮球。大群大群的孩子在空旷的场地上疯跑，看着这些柔软透明的小孩，我感到很长一段时间没有感受到的宁静。对，就是宁静。很长一段时间我都在为那个该死的北京户口而奔波，我花很长的时间看《人才报》，上人才招聘网站，打很多公司的电话，画我的毕业设计图，然后花很少的时间睡觉、打球和陪春天一起慢慢地走。

我拉起春天的手，暗暗地用力握了握。

你看那棵榕树。春天指着操场的一边很轻地对我说。

看见了。我又握了一下春天的手。

我小的时候，如果我不开心，我就会跑过去抱着那棵老榕树，抱着它粗糙但是温柔的树干，我的眼泪就会大颗大颗地掉下来。小时候不开心就是不开心，开心就是开心。开心就笑，不开心就可以抱着老树流眼泪。不用掩饰什么，单纯的样子，就像我小时候额前清汤挂面般的刘海。很小的时候我的爷爷就死了，我是从照片上知道我爷爷的样子的。我总是觉得这棵老树就像我的爷爷，怀抱坚硬粗糙但非常温柔，从那个时候起，我就开

守岁白驹

始喜欢上被人拥抱的感觉，一直到现在。现在看到老树依然茂盛，我很开心。

老树顶着成千上万新绿的叶子，很茂盛的样子。我望着春天，春天的眼睛突然就变得很明亮，星星点点亮晶晶的样子，很漂亮。

老树下有一座石头做的滑梯，石面很光滑，反射出阳光的明媚和老树新鲜的叶子。我和春天坐在滑梯顶上，仰望蓝得没有一丝杂质的天空，像两个小孩子，托着下巴。

阳光从千千万万的绿叶间流淌下来，已经被洗涤出了清凉芬芳的味道。我眯起眼睛就看到阳光凝结在睫毛上闪烁的美丽颜色以及透过眼皮的一大片明亮的红，红得那么嘹亮。

我又拉起春天的手，再次地握了握。

## 10

春天，你在想什么？崇明低低的声音在唤我。崇明的声音总是干净而柔软的，而这是我所喜欢的声音，我最爱的男孩子在叫我的名字，一声一声。春天，春天，春天。

崇明，我在想你的小学是什么样子。

我的小学很小，教室是用木头搭的，我们常在教室的木头墙壁上刻下各种各样的东西。我们学校有一个土质的操场，我们常在那上面踢球。操场上总是有石块，地也不平，所以我总是很努力地保持身体的平衡，但球还是经常改变方向。学校门口有棵很大的梧桐树，可是它很奇怪，总是会在春天大片大片地掉叶子。我小时候很皮，老爱爬到树上，在高高的枝丫上坐着，仰望头顶蓝色的天空。春天你知道吗，我爸爸是不要我学上海话的，而我却悄悄地学会了。有一天我爸爸看到我和一个同学用上海话起劲地聊天，他就非常生气，我父亲希望我将来能生活在北京，就像他们年轻时生活过的一样。

那你就留在北京呀。我很认真地对崇明说。

春天，你真是个小孩子，很多事情是不能光凭脑子想的。崇明的声音中竟然没有一丝悲喜。

于是我就很想告诉崇明我的爸爸可以凭借他的人际关系解决这个问题。可是我知道崇明是个倔强的孩子，他永远只相信自己的能力，而不愿凭借他眼中很是肮脏的人际关系。他就像是个洁白无瑕的瓷器，完美，可是易碎。所以我张了张口，欲言又止。

崇明站起来，拉着我的手说，我们回家。

我忽然就很快乐，我们回家。回家。而不是我们一起回学校。我拉着崇明的手，走得很快乐。

我记得我们走了很多的路，穿过了很多条马路，经过了一个菜市场，看见了一大群鸽子，逗了一个可爱的小孩，路过了几个在门前洗衣服的慈祥老太太。我们走，走，走。

暮色四合，我牵着崇明的手。

在我拉起他的手时，我突然发现他的手腕空荡荡的，在我一阵恍惚之后，我知道了，原来他没有戴我送给他的手链。那一刻我是不快乐的，因为我已经习惯了看到崇明一抬手，手腕上就是一圈粉红色的温润。我望着崇明，他的笑容依然清澈而灿烂，眼睛像是一池透明的春水，偶尔有鱼在其中一闪而过。

于是我没有作声，拉着崇明空荡荡的手继续走。

我看着自己纤细而略显苍白的手腕，依然是空荡荡的寂寞。我曾经告诉过崇明我想要一根手链，并且将手腕一直空着，等着崇明送我心爱的链子。我看过一个故事：有棵圣诞树爱上了一个美丽的女孩子，于是他就悄悄但充满企盼地站着，等着那个女孩子给他挂满心爱的玩具。我想我也是一棵美丽的树，在春天里郁郁葱葱，等着崇明给我挂上那个心爱的礼物。

于是我就一直空着手腕等，一直等到了现在。

可是如果崇明走了，我就要一直等下去了。我望着崇明，他额前的头发在风里晃，我忽然觉得崇明的笑容在以一种不可抗拒的速度向后退，于是我就很害怕。

我鼓起勇气对崇明说，崇明，其实我爸爸可以……

你别说了，春天。崇明的声音一下子变得有些凉。我望着他，他的样

守岁白驹

子让我害怕。

崇明,其实不是你想的样子,我爸爸他……

我叫你别说了。崇明的声音异常冷漠。于是我不再出声,牵着他悄悄地走。

我到家了,家门口的香樟大片大片地掉叶子,这个季节真是莫名其妙。崇明说他要回学校了,而我还想做最后的努力。

崇明,也许你可以和我爸爸谈谈,他真的……

够了!你烦不烦啦!崇明终于发火了,他转身的时候,我听到他的脚下落叶碎裂的声音,而我的眼泪也最终流了下来。

## 11

首都的光辉是温暖的,爸爸在我小的时候总是这么告诉我。爸爸总是说上海的霓虹有股妖艳的味道,而北京的霓虹是温暖的,不张扬。

我坐在马路边的花坛边上,街头的华灯全部映到我黑色的眼里,我可以想象得到那些美丽的华彩在我眼中混成了一摊怎样的油彩。我发现原来北京的霓虹也可以如此寂寞。

春天终于还是看不起我了。我漠然地想到。

我不明白自己现在的心情怎么会是漠然,就正如我不明白为什么眼前的这几棵高大的香樟会在春天都快要过去的时候还在大片大片地掉叶子。我就像是一个已经知道病情的绝症病人一样,在最后的确诊书打开的时候,会在那一刹那忘记悲喜。

路上偶尔开过一辆车,在这条寂静的街上,车轮驶过的震动就显得格外庞大,轰鸣像是砸在我的头盖骨上。还有那从黑暗中破空而来的车灯,总会让我像个孩子一样抬起手挡住我的眼睛。不知从什么时候起,我开始害怕黑暗中突然射出来的光,我想也许是我开始习惯黑暗的生活。

回宿舍的时候其他人都睡着了,于是我也准备好好地睡。最好是很沉的睡眠,不要有梦,那么我就不会难过。

脱掉衣服的时候,十二颗芙蓉玉掉了一地,我没有去捡,我一脸麻木地上床睡觉。我似乎可以看到自己的表情，就像从镜子里看到的那样，真的是一脸麻木。

然后还是睡不着。然后我起来跪在地上捡起散落一地的玉石，可是我只捡到十一颗，我像是疯了一样满地摸索，可是除了灰尘，就是冰冷的地板。

然后我靠着墙坐了一个晚上，窗外的虫子叫了一宿，我终于发现当天空一点一点变亮的时候，其实人是多么孤独。

两天以来我没有看见春天，她就像是春天阳光中最明媚的一段旋律，一晃即逝。我每天都站在外语系的门口，我希望看到一头明媚的黑色长发在风中舒展的样子，可是我每天都看到外语系的教学楼在人去楼空时的样子。我想到空城。而我站立的姿势像个迷路的孩子。

在我打球的时候，我总是会走神，我总是在想铁丝网外会不会有一个人笑颜如花地看着我，一脸春光明媚。

在我画图的时候，我总是拉错线条，我总是在想会不会有个人小心地在我身边坐下来，然后调皮地弄乱我大大小小的做图尺。

在我踢球的时候，我总是不住地望着操场边上，我在看是不是有个人站在场外看着我，手上拿着一瓶矿泉水。

而在我饿了的时候，我就会想起我放在春天那里的饭盒，想起春天对我说"马上吃饭，不然会胃疼"的样子。

而在春天消失四天之后，我真的无法安静地等在外语系的楼前了。

我开始不断地给春天打电话，而电话里总是她"有事外出，请留言"的声音。我开始在北京一条一条的街上找，找我的春天，找那个那么爱我我也爱她的春天。

那么好的春天，我却把她弄丢了，我把我的春天弄丢了。我开始发疯地想春天你怕不怕黑，晚上怕不怕一个人，你会不会急得掉下眼泪，你会不会是迷路了？没关系，你站在路口不要动，我马上来找你，我马上就过来。

我站在北京一个又一个我和春天曾经经过的路口，我傻傻地站在那里仰望天空，用那个春天叫我不要再做的寂寞姿势。

我对着天空说：春天，你得马上回来，我又不听话了，我又在一个人

守岁白驹

寂寞地仰望天空了,你得回来管管我呀!我不准你不回来。

## 12

崇明终于说我烦了。他最终还是说了。

我在黑夜中抱着我心爱的布绒兔子,我拉着兔子的长耳朵问它:兔子,崇明还爱不爱我?而兔子总是朝我笑,于是我的眼泪就掉下来。

第二天天亮的时候我决定去上海,父母出差,半个月才回来,如果一个人待在这个空荡荡的房子里,我想我会掉完最后一滴眼泪然后就再也哭不出来了。我打了电话给我的老师,说我要到上海的出版社去联系我出书的事。老师很温和地对我说春天你一个人小心。

忽然明白自己是"一个人"。

我一直希望有一天崇明能带我去一个美丽的地方,我们牵着手在陌生的城市里走。我对崇明说我们去西藏或者西安,要不就去你很想去的杭州。可是崇明总是回答等有了时间再说。

现在想想,这么长的时间以来崇明真的没给过我什么,除了一条灰色的围巾,就是我现在抱在怀里的那条,路上的行人向我投来奇怪的目光,是啊,在夏天已经开始的时候还抱着围巾的女孩子有多稀罕,我轻而易举地笑出了眼泪。

在关上行李箱的时候,我对自己说:春天你好傻啊,现在去看崇明长大的地方,再看一次,然后就松手吧。一直以来,我都将崇明紧紧握在我的手里,可是他还是像流水一样流完了最后一滴,对于崇明,我真的应该松开每一根手指了。

在飞机场的门口我突然决定转身,然后我匆匆地赶向火车站。既然我是最后一次去看和崇明有关的东西,那么就用崇明喜欢的方式去他住过的城市吧。崇明喜欢乘车,崇明不喜欢坐飞机。

火车行驶的声音像钟摆一样有准确的节奏。我将目光从暮色四合的车窗外收回来,然后看见自己空白的手腕。

在火车上的那个夜晚我的梦境经久不灭。梦中崇明一直在骂我,毫不留情。我的眼泪温暖地在我脸上铺展。我说崇明我是你的春天啊你怎么可以这么骂我。崇明一把将我推开了，我重重地撞在墙上，我缩在墙角里大声地哭，我说崇明我是你的春天啊，你怎么可以看着我缩在墙角而不过来哄我？

挣扎着从梦中醒过来，发现手臂上是一大片冰凉的眼泪，车窗外，如洗的月光将大地照出一片苍白的寂寞。

我终于到了上海。下火车的时候我对自己说我终于站在崇明住了十八年的城市了。

我开始一个人在上海走，走得气定神闲。

走过衡山路的时候，我看到了崇明给我讲过的法国梧桐，和崇明曾经说过要买给我的木质三层小阁楼以及温润的黑色柏油马路。

走过外滩的时候我投了一枚硬币进望远镜，我带着温暖的感觉望着对面的金茂大厦和东方明珠，想象着崇明也曾经这么傻傻地望过。望远镜里播放的音乐是《欢乐颂》。

走过人民广场的时候我坐下来看那些不断飞起来又落下去的鸽子，想找出哪只才是当年崇明放出去的。

可是我一直不敢去崇明。我真的怕到崇明去。

我怕见到崇明每天上学时要走过的长街；怕见到他常常爬的老梧桐在夏天里掉了一地的叶子；怕见到他小时候睡过的木床；怕见到他领过奖的主席台；怕见到他第一次踢球摔倒的小操场；怕见到他踢完球后冲洗头发的水龙头；怕见到他抬头喊过一个小女生名字的林荫道。

怕恍恍惚惚见到年轻的崇明抱着足球，露出好看的白牙齿，眼睛眯起来，朝我微笑，然后听见他叫我的名字，春天。

我在上海的行程将尽，而我最终还是没有去崇明。

回家的飞机将我的忧伤带到九千米的高空，而脚下上海灿烂的灯火，照出我一脸阑珊。

我又走在了人来人往的北京的大街上，四周是熟悉的北京话的声音，绵延不绝的温暖。

守岁白驹

在街的一个转角处,我突然看到崇明朝我跑过来,他紧紧抓住我的肩膀,都把我抓疼了,他就那么定定地望着我,然后嘴角突然一撇,抱着我像个孩子一样哭出了声音。他说春天你到哪里去了,我怕把你弄丢了,你干吗走呀?崇明的眼泪大颗大颗地掉进我的脖子。

我看着眼前抱着我的崇明,他的T恤已经脏了,NIKE球鞋落满了灰尘,头发也沾了好多尘埃,鬓角下也已经是一片青色的胡楂了。

想起往日崇明一身干净明亮的样子,我的心就狠狠地痛起来。

## 13

夏日的阳光很亮很薄,又轻又飘地荡在我的头顶,可是气温却出奇地高。我在这个夏天最终还是没有找到一份可以让我留在北京的工作。

春天的小说已经完稿了,现在已经进入最后的修改阶段。在我大学就要毕业的日子里,老师对我出奇地宽容甚至纵容,他现在正在研究我的设计图,他说我的设计很有灵性。

我不知道一张被他退回来修改了八次的设计图是怎么在最后的夏日里迸发出灵性的,如果我知道的话,我想我也应该在这个最后的夏天散发出我所有的灵性,那么某家公司的老板也许就会看上我,那我也许就能踏踏实实地留在北京了,那我就可以在北京宽阔的马路上抱着春天对她说我爱你。

春天我爱你。关上宿舍门的时候我小声地说。

我提着两只蓝灰色的旅行箱走在空空荡荡的校园里,就像我四年前进来的时候一样,而现在我要走出去了。

我知道当秋天到来的时候,这个学校里又会有一群来自天南地北的年轻人,我知道我在A-14寝室进门的第二张床的墙壁上留下的话会被另一个学生看到,我知道铁丝网围着的球场上又会有新的学生握着羽毛球拍幸福地流汗,我知道足球场上会有新的学生在那里摔倒,而学校长满梧桐的林荫道上,仍会有其他的人牵着手在上面走。

春天站在学校的门口,淡绿色的裙子在风里飞得有些寂寞。她将头发束起来了。

她站在那里定定地望着我，而我不敢望她。我告诉春天我真的要走了，我九点四十的火车。

春天说哦，真的走了。

春天很平静地望着我，没有悲喜。她说，要我送你吗？

我说不要。说完我的鼻子就酸酸的。

起风了，天上的鸽群被吹散了，我和春天同时抬起头来看鸽子。

我说春天，我们做好朋友吧。

春天看着我不说话，过了很久，春天说你这算什么，彻底地告别吗？

我低头，然后转身对春天说再见。

一滴眼泪掉下来，地面很烫，眼泪一下子被蒸发得不留痕迹。

头顶的太阳让我眩晕。

春天对不起。

春天：

我坐在床前的写字台上，准确地说是在我北京的寝室里面，在北京最后一次给你写信。我明天就要走了。我很难过。四年前你第一次叫我名字的样子总是飘荡在我的面前，可是又抓不住，很虚幻。我是个迟钝的男孩子，我不会写像你写的那样的漂亮的文字，所以四年来我没给你写过一封情书。我没送过你漂亮的戒指或者项链，送你的那条围巾是我妈妈亲手织的，她说叫我送给我最喜欢的女孩子。送给你的时候我没有说，因为我不好意思。我从来都没有说过我爱你，可是我比那些说这句话的人更爱你，我比谁都爱你。可是明天我还是会对你说我们做好朋友的，到时候我怕自己掉下泪来。因为我们相隔大半个中国，我希望自己能平淡地谈一次恋爱，然后平淡地结婚，只要有个人在睡觉时靠着我的肩膀，醒来时有个人望着我的眼睛，然后我就会很快乐。做个好丈夫，做个好爸爸，握着简单的小幸福。我们是两座无法挪动的城，中间隔着沧山泱水，我认为相爱的人就要守在一起，不要分开。可我们不能，尽管我们相爱。我是个害怕受伤的人，所以我无

守岁白驹

法让我相信我们可以维系两地动荡的爱情,所以我提前缩回了自己的手。你要找个北京的男孩子去爱,你才会幸福,你是个让人不放心的孩子。

春天我让你失望了,我没有留在北京。我也让我爸爸妈妈失望了。我在你那儿留下了一件白衬衣,一堆CD,和一堆厚厚的建筑图册,留在你那里吧,都留在你那里吧,就像我留在你那儿你留在我这儿的整个大学时代。

春天我哭了。

最后说一声,我爱你。

崇明于离开北京前一天

## 14

崇明最终还是走了,无法挽留,就像太阳一定会掉到地平线下面去一样,而我不想做追日的夸父,因为我知道夸父最后死掉了,倒在路上,又累又渴。

太阳落下去了还是会照样升起,可是崇明呢?

在这个北京最后的夏天,我一天天看着崇明为留京的事奔走,一天天看着我最心爱的男孩子眼睛深陷下去,我的心微微地疼。

崇明总是告诉我:春天如果我不能留下来,你一定不要继续爱我,我们分隔南北,你不会快乐的,你要找个人去爱,然后幸福地生活,写你想写的文字,去你最想去的地方。不要再想我。

有很多次我都想对崇明说我可以跟你去上海,我是个写字的人,到哪儿写字都一样。可是崇明好像从来都没有想到过要我去上海。有时候我甚至怀疑这是崇明为了和我分手的借口。

走的前一天崇明到我家拿了几样他放在我家的东西。他说那些CD和书就留在你那里吧。我说好啊。崇明离开的时候我望着自己的房间想掉泪。那个桌上的魔方是我和崇明共同拼好的,那幅画框里镶着的是我的绿手印和崇明的蓝手印。在那台电脑前我和崇明玩游戏笑得很开心,而我在电脑前写作的时候,崇明伏在身边睡得像个孩子。

这个房间有太多崇明的气息,就像是阳光的味道,任我怎么洗也洗不掉。

崇明最终还是走了。

崇明的背影消失在街的转角,而我还是在校门口站着,头顶飞着大群寂寞的鸽子。

后来我买票进了月台,我沿着火车跑我想找到崇明。空气灼热,汗水从我的发梢滴下来。

火车开动了,我没看见他。

在火车最后的加速中,我看到崇明炫目的冰蓝色T恤和他贴在窗上泪流满面的脸从我眼前一晃而过。

我蹲下身来,泪水流了一地。

我想我真的应该好好地流一场眼泪。

## 15

这是上海冬天的第一场雪,我终于体会到了上海最寂寞的雪景所释放的孤独。

我现在是一个见习设计师,生活平淡而安稳。

我每天穿着笔挺的西服穿行于如织的人流,袖口上是一圈粉红的温润。

我依然从杂志上收集春天的文章,然后放进档案袋里。从春天的文章里我看到,她似乎有了个新的男朋友,手指上有了个简洁的铂金戒指。

在上海今年第一场大雪的时候,我在上海地铁书店里买到了春天的书,书名叫《崇明,我最后的激流岛》。

扉页上写着:献给我最爱的C。

## 16

北京仍然是一如既往地寒冷,我裹紧外套一个人走在北京宽阔的马路上。

在最新一期的一本上海建筑杂志上,我看到了一幅我极为熟悉的设计,作者的名字是:崇明。

而建筑的名字是:春天。

一滴眼泪掉下来,打在我空荡荡的手腕上,在北京寒冷的风里迅速结

守岁白驹

成了冰。
　　像颗美丽的钻石。
　　就像我和崇明曾经看到过的一枚铂金戒指上的钻石一样。

# 阴天

## 1

这个世界上有种天气叫阴天,阴天里有种感受叫寂寞,阴天的寂寞里,总会有个听话的好孩子痴痴地仰望天空,那铅灰色的长满寂寞云朵的天空。

守岁白驹

　　这是我的一篇没有完成的小说的开头。我是个不善于写小说的人，因为我从来不善于讲一个完整的故事，我写着写着就会下意识地扯到自己身上去，将自己一切的一切全部扯出来，丢在阳光下供人欣赏或者唾弃。我总是不厌其烦地使用着"我是什么什么""我要怎么怎么"的句型，直到把自己掏空的一瞬间，虚脱感攫住了我，我方肯罢手。我就像是一个金黄色的橘子，努力剥掉自己光滑闪亮的外衣，执着地让别人看到我身体里面纤细复杂的白色经络一样。我想我具有祥林嫂的神经质，顽强且顽固。

## 2

　　我想很多时候我需要一个空气温柔的阴天，我想我需要一条两边长满法国梧桐的寂寞长街，我想我需要一条漆黑但温润的柏油马路，我想我需要一个人牵着我的手在上面走，大走特走，一直走，一直走到天昏地暗，走到日月无光，走到高考会考月考通通消失不见，走到我把所有的悲伤丢得彻底干净。

　　走到三生石上开满大朵大朵白色的蓝色的花，走到那个人说下辈子还要陪我。

　　可是，可是，可是什么叫梦想，什么叫现实，什么叫乌托邦，什么叫刀剑场？

　　所以我只有蹲在马路边，双手抱着膝盖，看着梧桐树叶一片一片地纷乱下坠，掉在我脚边悄悄地死去，看着太阳画出山坡的轮廓，看着群岚暗淡暮色四合，看着空气里开始布满白色斑点，如同恍恍惚惚的老胶片电影。

　　如果天冷，将腿抱紧一点，这是个好姿势。

　　我一天一天地，习惯了这个姿势。

## 3

阴天／在不开灯的房间／当所有思绪都一点一点沉淀

　　莫文蔚。她是个疯狂的女子，而我是个疯狂的孩子。

我知道一个十七岁的人不应该再叫自己孩子,因为杜拉斯说:"十八岁,我们就已经老了。"很多很多的人告诉我我应该长大应该成熟应该开始培养一个男生最终要成为男人的理智,可是我还是任性地把自己叫作孩子,我不想长大,就像彼得·潘一样,永远当一个小孩子,这样我就可以沿着时光的脚印退回来,抱着膝盖蹲下来小声唱歌。我是个小孩子,大家不要欺负我哦。

我总是喜欢一个人小声地唱歌,唱一些难唱却好听的歌。比如麦田守望者的《英雄》,比如王菲的《新房客》。别人不知道我在唱什么,可是我知道,这就够了,够我快乐的了。

可是,那天我去上学的时候,却听到前面的两个女生在说:"知道吗,原来高二(3)班的那个传说中爱写文章的郭敬明极其爱唱卡拉OK。"

## 4

我告诉别人我讨厌晴天,讨厌炫目的阳光,因为每个人都在狼狈地流汗,空气的味道像发霉的饼干。

我告诉别人我喜欢阴天,喜欢风吹起我刚洗过的健康的头发,喜欢均匀柔和的白色天光从天幕渐渐浸染下来。

其实一切都反了。

事实上我害怕阴天里那股阴冷的味道,因为我的激情会被屋外不痛不痒病怏怏的天气吸收殆尽,阴天像是块吸收生气的超级大海绵。

我喜欢阳光明媚的日子,阳光照在皮肤上热辣辣的感觉异常清晰,我可以一边挥动羽毛球拍一边幸福地流汗。这是所谓的平凡的幸福吗?我不知道。我只记得海子,就是那个在黑夜中独自高唱他的黑色夜歌的诗人,也说过:"我想有栋房子,面朝大海,春暖花开。"

我小心翼翼地守护着自己内心深处的愿望,像守护着一个布满裂痕的水晶杯子。我总是将自己真实的思想掩藏在深深的水里,所以朋友说很多时候我的话不能全信。小A说他发现我在说"好,没关系"的时候其实心里很难过。

守岁白驹

我记得我最初告诉过朋友我不快乐，可是他们觉得不可思议。他们说一个被父母宠爱得连扫帚都不提一下的孩子、一个成绩好得过头的孩子、一个有着大把朋友的孩子、一个有着一大书架小说和一大衣柜衣服的孩子如果说他不快乐那么他就是不知足。

做人要知足。

所以我每天都在笑，一直笑到每个人都满意地说："你看我说你是快乐的吧。"

直到那天小A对我说："你不快乐。"

我一直很喜欢一个寓言故事，我逢人就说，你一定听过，可我还是要说。如果一只野兽受了伤，它可以找一个山洞躲起来，一边舔舐自己的伤口一边咬牙坚持。可是一旦被嘘寒问暖，它就受不了了。

如果一个小孩摔疼了，没人看见，他会自己站起来拍拍膝盖。可是一旦心疼自己的人来了，眼泪就会大颗大颗地掉下来。

那个喜欢在阴天里仰望灰色天空的小孩也一样。

5

在很多个夜里，我都想好好地流一场眼泪。

6

让我再讲一个故事吧，有一群羊在山坡上吃草，突然一辆汽车开过来，于是所有的羊都抬起头来看车子，于是那只低头继续吃草的羊，就显得格外地孤单。

7

一个阴天散开来，一片树叶掉下来，一座秋天塌下来。

有个小孩迷路了。

## 8

我常常做一个梦，梦中我要乘地铁去一个很远的地方取回一样东西，而最终当我走出车厢的时候，发现地铁站一个人也没有，只有头顶明明暗暗的灯光。

我回不去了。

我想我骨子里是讨厌地铁的。我甚至有些害怕列车从远处呼啸过来时带起的风，那种穿堂而过的黑色的风，阴冷且黏腻，将我的肌肤一寸一寸侵蚀。地铁驶进黑暗的时候我总会想到这趟列车开往黄泉。我不喜欢地铁上的人，每张脸孔冷漠并且模糊，每个人都下意识地站成一种防范姿势。我甚至感觉如果有个人死在地铁上，大家真的只会往旁边挪一下，为死者空出点地方而已。

所以我讨厌那个梦。

可是我频繁地被它纠缠。

## 9

王菲唱，从头到尾再数一回生病了要喝药水。

莫文蔚唱，love yourself everyday。

我唱，我是个好孩子我要天天向上哪怕霹雳闪电哪怕狂风地震。

可是上帝丢给我一个阴天，在这种不温不火的天气里我只想裹紧被子说："我要好好睡一觉。"

2001年的元宵节晚上我坐在灯火通明的教室里做一本很厚的数学习题集。我一边想着椭圆的焦点究竟会落在哪条坐标轴上一边想母亲会不会将我挂在门口的大红灯笼再次点亮。

窗外偶尔响起烟花炸裂夜空的声音，寂寞而空旷。漆黑的天空盛开大朵大朵的烟花，异常美丽。

晚自习下课，我和小杰子回家，到家门口的时候我们发现马路对面有人在放焰火，于是我们停下来看。后来周围很多人都停下来看，于是我转过头来看他们，看这些忙碌了一年并且又要开始重新忙碌一年的人，结果

守岁白驹

我看到了成千上万的烟花，明明灭灭。

在小杰子的眼睛里面，在每个人的眼睛里面。

## 10

2001年2月8日，又是一个阴天。昨天下过一场雨，我想那应该是这个冬天的最后一场雨了。

羽毛球场的地面有些积水，可是我还是不知疲倦地在那里挥舞球拍，尽管我的手臂已经很是酸痛了。地面很滑，我摔了两个跟斗，掌心擦破了一层皮。

我喜欢打羽毛球，准确地说我喜欢的是被高手大力杀球时的感觉，白色的羽毛挟着风从眼前飞速闪过，你可以体会到什么叫真正的无能为力。我想我喜欢的是这种鲜血淋漓的快感。

我的羽毛球师父是同班的一个女生，我叫她小丹师父。她很厉害，而我很差劲。如果把全校打球的人分等级，从一流到九流，我想我是不入流。我对师父说："你打球的时候简直不像个女人。"而小丹对我说："你打球的时候也不像个男人。"

我和师父一直打到暮色四合，走的时候我的手臂已经抬不起来了。可是我喜欢这种健康的疲惫，因为它可以证明我生活得很充实，我不麻木也不冷漠，我是个快乐向上的好孩子。

## 11

谁的声音唱我的骊歌
我的黑色的楚楚骊歌
漂过地下平躺的黑色的河
有些水银 有些焰火
还有我长满鸢尾的黑色山坡
我的格桑 我的修罗
谁的声音高唱挽歌

新娘的尸体被月亮抬上山坡

我的灯盏 我的佛陀

下雪了 有孩子开始奔跑

有骆驼开始眺望

七颗星星指示的

挽歌飘来的方向

那是谁家寂寞小孩

夜夜夜夜 纵情歌唱

## 12

立春。阳光不明媚。阴。有风。

没想到立春竟然也是个阴沉沉的天气,我多多少少有些失望。我换下我那件"地球人都知道"的南极人,穿上轻便的春装,抽出我的羽毛球拍准备出门,开门的时候我看到小A一脸明媚地站在门口,手上拿着个蓝色的风筝。

我静静地躺在草地上,食指扣着风筝线。天空是那种令人讨厌的铅灰色,而那个蓝色的风筝在天空的衬托下就显得格外悦目,就如同后羿用箭将厚厚的云层射了个洞,一小块湛蓝的天壁露了出来。

小A在我身边坐下来,他说:"下学期就高三了。"我说:"是啊真的很快。"他说:"反正你是铁定考上海的了。"我说:"反正你是铁定考北京的了。"然后我们就都没有说话。我只是模模糊糊地意识到应该抓紧时间与小A多打几场球,挥汗如雨地舞动球拍的日子似乎不多了。

小A是个聪明的孩子,并且任性,和我很像。而且他还会耍小孩子脾气,如果你有机会看到大块头的男生闹得像个孩子,那你就会发现原来这个世界真的是丰富多彩的。据说小A当初能够顺利地去读文科班也是这么向父母撒娇撒来的。而我记得当我的父母要我读理科的时候,我连挣扎一下的企图都没有。

我想我是所有待宰羔羊中最温驯的一只。

守岁白驹

我突然就觉得自己像个华丽的木偶,演尽了所有的悲欢离合,可是背上却总是有无数闪亮的银色丝线,操纵我的哪怕是一举手一投足。

我突然就觉得那只风筝很是可怜,于是我松开了自己的手指,于是那块明亮的蓝色坠落了,就像我手中紧握的小小幸福。

一大片灰蒙蒙的天空向我压下来。

回家的时候,厚厚的铅灰色云层散得差不多了。阳光丝丝缕缕地从云缝射下来。我想阴天快要过完了,明天开始,阳光明媚。

明天开始,看书写字,做个单纯的乖孩子。

# 三月，我流离失所的生活

**part one**
　　从 3 月 4 日开始我的心情变得非常地坏。我总是莫名其妙地感到一阵忧伤恍恍惚惚地飘过我的每根神经末梢，然后我就变得不快乐。

守岁白驹

我开始写大量的字，因为很多的编辑在催我。很多个夜晚我就一个人孤孤单单地坐在窗台前面握着一支笔飞快地写，或者就是那么握着，一动也不动。窗户外面是飘忽不定的风，满天满地都是，很嚣张地叫着，一下一下撕我的窗帘。我就在想什么时候春天的风变成这个样子了。

我总是将我的闹钟调快半个小时，以便在凌晨的时候让我明白已经很晚了我应该去睡觉，然后在第二天清晨的时候再次让我明白已经天亮了我应该起床去上学。我知道我原来规规矩矩的生活被搅得一塌糊涂。我看见自己的眼睛在镜子里一天比一天黯淡，我很害怕。可是日子仍然这样继续下来。

很多个晚上我写着写着就想要哭了，觉得眼睛涨涨的鼻子酸得厉害，可是我总是忍住，深呼吸几下然后告诉自己不要慌不要慌。我很害怕在晚上一个人面对庞大的黑夜，害怕自己懦弱地掉下眼泪。

我从八个人的学校寝室搬出来，搬到学校附近的一座老房子里。搬家的时候我只有两个大纸箱子，里面有我很多很多的磁带和书，都是很久前买的。有些书甚至破了，被我小心地粘好。我希望我的新房间能够充满我自己家里的气息。搬进新家的第一个晚上，我彻彻底底地想念我的爸爸妈妈，想念我窗台上的那棵小仙人掌，想念我家白色的小狗点点，想念我的红木书柜，想念我用了四年的台灯。

想着想着我就睡着了，在渐渐沉入梦境的时候，我感受到了熟悉的气味以及气味背后的温暖，就像我家里我睡惯了的房间一样。于是我很幸福地抱紧了被子。

可是第二天早上我被冻醒了。在我清晰地感觉到寒冷的同时，我在一瞬间就想起了初中时妈妈早上给我煮牛奶的情景，于是我就想哭。可是最后我还是没有哭，我悄悄地起床穿好了衣服。出门的时候我给自己围上了一条厚厚的围巾。

我越来越清醒，这种状态令我恐慌。我总是在夜色越来越浓的时候眼睛越来越亮。很多时候我总是逼迫自己丢掉笔关掉台灯上床睡觉，可是当我盖好被子的时候我才发现自己真的睡不着。而这个时候，那些早就沉淀的往事又会重新铁马冰河般地闯入我的脑子里面。然后恍惚间，天就已经蒙蒙亮了。而我总是期待天可以再黑一段时间，那样我就可以像个孩子一样好好地睡，哪怕偶尔迟到也好，那样我看起来会是健康快乐的小孩子。可是天还是狠狠地亮了。

我一直不知道看着天幕渐渐亮起来的时候，人的感觉会是那么地孤单。先是地平线上开始蔓延出一丝苍白，然后一点一点浸染至整个天空。我开始怀念以前一睁开眼就看到天光大亮的日子。

那天我打电话给我的编辑，我说我写字写得生病了。电话里我的声音带着哭腔。我的编辑吓着了，他一向干净而稳定的声音里有着一丝游移，他说："郭敬明你不要慌，稿子你慢慢写。"我听了心里就很难过。他一向是最宠爱我的编辑，他会在和我打电话约稿的时候问我今天上什么课有没有吃饭。我突然就觉得自己对不起他。但我真的觉得脑子里硬生生嵌着几团灼热，烧得厉害。我看见眼前的空气里飘着一丝一丝奇怪颜色的风，不用看医生我也知道自己是真的病了。

打完电话我从电话亭独自走回我租的房间，走在路上的时候我想我一定不能半路倒下去。回到房间，我一头栽到床上，然后狠狠地睡到了天亮，然后我抱着很多的书跑去学校考试。

小A见我的时候表情真的很难描述，他在看了我很久之后就很凶地对我说："你看你都变成什么样子了？"我看着小A的脸，于是我就很想哭，可是我没有。那么久了，那么多的人只是说我变得冷漠变得孤傲，可是没人像小A一样这么凶狠地教训我，可是我感到温暖。就像一个顽皮任性的小孩子在无理取闹之后没人理他，这时候他的哥哥走过来拉着他的手，把他牵回家，这时候那个小孩子又开心又难过，于是他就想哭了。

于是我就想哭了。我一边把眼泪逼回体内一边对小A说："你看好奇怪啊，校门口的香樟在春天居然掉了一地的叶子。"小A的眼睛里闪闪亮亮的，像是盛着一碗阳光。

## 守岁白驹

这个3月我和很多人吵架和每个人吵架。

一大群人一起开开心心地玩，突然我就不愿意说话了，一个人抱着胳膊坐在一边，于是气氛就变得有点尴尬。其实都是一群很好的朋友，没有必要那个样子。可是我真的突然就不想说话了。那天我百无聊赖地翻一本杂志的时候看到了一段话。里面说："一个人一生说的话是有限的，年轻时说得多了，老了就说得少了。"我想写字也应该算在说话里面，因为我觉得写字的时候我更像是在诚实地说话。那么我写的字多了是不是我说的话就会越来越少？我不知道，我觉得有点可怕。

一大群人一起开开心心地打羽毛球，突然我就生气了。我把拍子往地上一扔然后背着包一个人走得头也不回。那天不知道因为什么我就对小蕾发火了，很大的火。可是没有原因。当时小蕾对我说："我懒得理你。"于是我知道自己真的无理取闹到了无可救药的地步。我当时很想对她说对不起，可是我还是转身走开了。还有那天，我生气离开时将放在我的包上的小杰子的衣服丢在地上小杰子在我背后说我疯了的声音我记得很清楚。

那天走到校门口的时候，我突然转身问小蓓："会不会有一天你突然就不理我了？"小蓓看着我然后很明媚地对我笑："放心，不会的。"小蓓是很爱笑的女生，我没有看见过她流眼泪。后来我看到小蓓写的文章，她说："我和很多幸福的人在一起，我告诉自己我也很幸福，别人也认为我很幸福，虽然我满脸的黯淡满脸的忧伤，可是我还在幸福地微笑。"再后来我听一个女生说了小蓓晚上躲在被子里流眼泪的情形，于是我知道了每个人都是有眼泪的。

那天中午和小蓓、小蕾吃饭，小蕾说我最近变得容易生气。我转头望着小蓓张了张口，最终还是没有说话。小蓓低头看着碗里的饭，小声说："我明白。"小蕾说："如果你想哭那你就彻彻底底地哭出来，昨天晚上我在朋友家狠狠地哭了一场，你看我今天多快乐。"我望着她，还是没有说话。

《莽原》转载了我的文章，可是没给我任何通知。于是我贴了张帖子问为什么。后来陈村老师回了一张帖，编辑也回了一张。可是有个人却骂了我，他说："他 × 的这个家伙真会炒作自己。"我没做错任何事，可是我被别人狠狠地骂了。

周末。可是我不想回家。我怕爸爸妈妈看见我的样子要心疼。我知道我看上去很憔悴。眼睛陷下去了，脸色苍白。于是我对小杰子说："这个星期我不回去了，你陪我玩。"于是小杰子对我说："好。"可是在放假的前一天小杰子突然告诉我他不陪我了，他说老同学约好了一起玩，上个星期就说好了。谁都听得出来这是个借口。可是我没说什么，他还费了心机去为我想了一个借口，没有硬生生地告诉我不行，人应该知足。

放假第一天我没有回家。中午吃完了饭小蓓和三个女生去玩，我不好意思跟着大堆女生跑，于是我一个人跑去网吧上网了。后来在 QQ 上碰到小丹师父，我问她在哪儿，她说："我在你旁边。"然后我回头看见了她和小游。

小丹师父要回学校睡觉，小游说："我们走走？"我就说："好。"

那个下午的阳光很明媚，我和小游沿着城区慢慢地走，一直从城区走到了农村然后又从农村走回了城市。有点像长征。

那个下午我在江边看了三十分钟别人捉螃蟹，在河岸上坐了一小会儿看别人钓鱼，在空旷的田野上被一只狗追，分清了家麦和野麦的区别并顺手折了枝野麦穗，在小南门书店里买了几本小说，在音像店里买了我遗失的 Enya 的《树的回忆》。

小游是个很好的人，陪我这个百无聊赖的人闲逛了一下午。

星期天早上我一个人提着行李孤单地回家。下楼的时候碰到小杰子，他一个人去看电影，于是我也没说什么。他送我到西门车站，然后我一个人提着行李上车。

回家了。

我就知道爸妈会担心的。爸爸问我为什么昨天没回来，他在家等了我一个下午。听完我就觉得很温暖，是啊，在我的家里面，我永远有人疼。

守岁白驹

晚上到外面吃饭，妈妈对我说："孩子，别再整天写文章了，就像原来一样，做个看书打球的好孩子，你这样我不放心。"我看着妈妈——我最心爱的妈妈，我真的想掉眼泪了。

吃完饭我们回家。路上碰到了小A。

小A说："我们出去走走。"我就说："好呀。"

城市变得越来越灯火辉煌，冷冷的夜风让人头脑有针刺的清晰。可是我在满城的灯火里竟然不知道何去何从，只是盲目地跟着小A到处乱逛。

我和小A又坐在了人行天桥的栏杆上，像原来那样将身子仰下去，看下面来来往往的车灯。我是个害怕晚上路上的车灯的人，当灯光从黑夜中向我射过来的时候我总会用手挡住我的眼睛。我不知道为什么，这是个可笑的习惯。可是那个晚上我看着下面的车灯来来往往，竟然没有一丝害怕，我觉得那些灯火变得异常温暖。可能是有小A这么一直陪着我，而我很久没人陪了。想到这里我又觉得鼻子酸酸的，我觉得自己像是个被全世界遗忘了的可怜鬼。

小A说："你要过一段丢开文字的生活，写好这本书之后你就好好地睡一觉。睡到忘记所有见鬼的烦心事之后你才可以醒过来。"

我望着小A，他脸上的笑容安静而稳定。

回家后我想到小杰子他们下午去江边捉螃蟹了，于是我打电话问他。我想他可以告诉我一些快乐的事情那我的心情也许能变得好一点。可是我在电话里听得出他很不耐烦，于是我冷冷地说："别对我不耐烦，我也烦着呢。"然后挂掉了电话。

我的眼泪最终掉了下来，这是我期待已久的一场宣泄、一场放肆的烟花，于是我狠狠地哭，用尽了我全部的力气，我就像一个孩子一样地哭了。

眼泪掉在我铺在地面的毛毯上，打湿了很大一片，我吃惊自己居然有这么多的眼泪，可是我还是继续哭。

最后我筋疲力尽了，倒在床上，沉沉地睡去了。

在掉进梦魇前的一瞬间，我心里在说："就这么睡吧，我不想醒过来了。"

**part two**

准确地说,我的3月,我的那个恍恍惚惚哀伤压抑的3月已经过去了。就在我下笔写这篇文章的时候,我刚刚下了晚自习,刚逗了几个朋友,刚做了几次小骗子,因为今天是愚人节。我想我是喜欢4月的,一个以如此美妙的节日作为开场的月份理应是充满快乐的。

而之前那段时间的自己,像一个蓄水过满的水库,水位早就超过警戒线了,哪怕一个小小的口子,我都会排山倒海地倾泻所有积蓄在心中的东西。既然等不到那个缺口的出现,我就自己弄一个出来。真的,再不宣泄的话我想我会被整个毁掉的——是真正地毁掉,从里面开始一直到外边,彻彻底底地碎成粉末,然后风一吹就没了。

在3月快要接近尾声的时候,我歇斯底里的愤怒已经渐渐转变成一种清淡且稀薄的忧伤,就像我原来一样,这是我喜欢的状态。

我把小叶从学校的寝室拉出来陪我住,我要让自己没有机会一个人对着空房间胡思乱想,我要让自己回到以前心平气和的状态。而日子真的就这么一天一天地好起来。

我每天晚上等着小叶同他一起回家,一路上很放肆地笑。晚上灭灯之后,我们躺在床上聊天,看见黑暗中迷糊的东西,听到空气里清晰的声音。我每天喝一大杯清水,妈妈说,这是个好习惯。我有时间就会去打球,当我大力杀球但球撞到网上的时候,我也不会像先前那样发脾气了,我会拍拍自己的头说:"好笨哦又撞死了。"

那些3月里令我恐慌的流离失所的状态在日渐明媚的阳光中一点一点地从我的生活中退去,就像那些在夏天里嘹亮而肆无忌惮的蝉鸣声一样,在填满了整整一个夏天之后,在秋风的来临中,它们一点一点地退到树林深处,不知不觉地,恍惚间,整个树林都安静了,只剩下树木悄悄生长的声音。这就有点像我现在的状态。

那些莫名的忧伤呢?我想找到它们,可是它们都不见了。难道真的就

## 守岁白驹

随风飘走了吗？我现在是心如止水一副波澜不惊的样子。只是偶尔回家，在地板上静静坐着的时候，在我喝下一大杯清水，喉咙里发出寂寞声响的时候，我才会看见眼前那条恍恍惚惚的忧伤，可是它已经被时光的流水洗涤得淡淡的，不着痕迹了，就像用橡皮在大幅素描上擦出一大块模糊的空白，是种隐隐约约的措手不及。

愤怒的状态已经从画纸上褪去了，留下这样一块空白，给我一个可以纪念的地方。

那个3月我真的不知道怎么了，说不出来。就像一个小孩子在看了一场美丽的焰火之后很兴奋地挥舞着小胳膊小腿，可是却说不出来，最多呀呀地叫两声。搞不好别人还以为他在哭呢。

距离那段令我恐慌的日子只有一个星期，可是仅仅隔着一个星期，我已经觉得像是隔了一年或者一个世纪那么久了。现在让我回望一下3月的状态，我就像是站在河的这边看着辽阔水面的另一边，一个小孩子坐在地上无助地哭，眼泪大颗大颗地掉下来，眼睛红红的，玩具扔了，糖果也扔了，而那个小孩就是我。

白岩松说："回望中的道路总是惊心动魄的。"

提到白岩松，我想到一个朋友，少年樱花。在我整个人陷入恐慌的时候，他发E-mail过来，他给我抄白岩松的句子，原句我忘了，大概的意思是这样的：一个人的一生中总会遇到这样的时候—— 一个人的战争。这种时候你的内心已经兵荒马乱天翻地覆了，可是在别人看来你只是比平时沉默了一点，没人会觉得奇怪。这种战争，注定单枪匹马。

这段话在当时给了我很温暖的感觉，也就是从那时候起我一点一点地从泰山压顶般的恐慌中逃出生天。我庆幸自己没有莫名其妙地丢掉小命。我从一个人的战场上回来了。

有人说，写字的人一辈子都会感到孤独。我吓着了。我不想要那样的生活，尽管有人说安守于一份孤独是一种品位，孤独的人是优秀的，可是我不要。我希望自己开心就好，有空可以看书，可以打球，偶尔问几个笨问题，这样才是真正幸福的生活。

我想我很快就会将这个3月忘记了。尽管它带给我的伤口很深，可是再深的伤口也会慢慢愈合，直到重新长出皮肤。或者这个3月将成为我对于痛苦的一种纪念。我可以哀伤但我不能永远哀伤，我不能像彼得·潘一样做个永远哀伤的长不大的孩子。孩子在丢失了心爱的气球之后可以哭泣也应该哭泣，因为我们的称呼是"孩子"，可是孩子也要慢慢长大的。长大了以后就不能再为一个气球而掉眼泪了。蝴蝶是毛毛虫变的，在从蛹破茧而出的瞬间，是撕掉一层皮的痛苦，撕心裂肺，很多蝴蝶就是在破茧的一刻被痛得死掉了，卡在那儿，死在羽化的途中，死在展翅飞翔的前一步。这就有点像我们的成长。

钟面上的指针没有停下，我们就要不停地走。留在原地是一种错误，我们要不断地告别，告别一些人、一些事，然后又马不停蹄地追逐无家的潮水。

3月，我要把你忘记。我记得自己在3月的最后一天是这么说的。

今天在杂志上看到一段话：你离开一个地方，才能这样仔细地审慎地重看自己，听新的歌，走新的路，一恍神间发现原先费尽心机想要忘记的真的就这么忘记了。剩下的才是最刻骨最心动的部分。

我觉得写得真的很好啊。原先以为不会忘记的事情现在也已经有点模糊了。剩下的是一种经过过滤的情绪，像是初夏凤凰花盛开的味道。

遗忘是我们不可更改的宿命。

最后引用一段村上春树的话：

这些简直就像没对准的绘图纸一样，
一切的一切都跟回不去的过去，
一点一点地错开了。

也许错开的东西，我们真的应该遗忘。

## 消失的天堂时光

**1**

崇明又在吃安眠药了。原来他一粒一粒地吃，现在他一把一把地吃。我曾经把他的安眠药全部收起来，他也没有反对，只是每夜端着一杯咖啡，在客厅里来回踱步，像只郁闷的狮子。

彻夜彻夜的脚步声最终让我手软把药全部还给了他。我当时的感觉像是把一根绳子给了一个想要上吊的人。

崇明是这个工业时代悲哀的缩影，是个富有而寂寞的孩子。

崇明十八岁的时候一场空难把巨额保险和庞大的家产一股脑砸给了他。他立刻成了一个令人羡慕也令人可怜的孩子。

我不需要你的可怜。这是崇明常说的一句话。

崇明现在二十二岁了。好听一点说他是个先锋诗人、流浪作家、网络写手，现实一点说他是个无业游民。但还算幸运，他有足够的钱供他挥霍一生。

而我是个普通的高二男生，我身上唯一不普通的地方就是我有个很了不起的妈。我妈不是白领，她是金领。所以我也握着大把大把的货币，和大把大把寂寞的时光。

## 2

我之所以和崇明住在一起，也是由于我妈的缘故。

我所就读的中学是全国重点，但我妈对学校住宿条件的评价却是：那不是住人的地方。

所以我就搬来和崇明住。

听我妈说，我姑姑的舅舅的侄子的某某某的某某某的儿子就是崇明。我记得当时我很没规矩地大笑，笑得带点讽刺带点阴冷。真他 × 滑稽，我八成与克林顿也能扯上关系。

达尔文说，千万年前我们都是猴子。

最终我还是住进了崇明家里，并且崇明没有把我当小孩子看。尽管崇明比我大五岁，但崇明比我更像个孩子。

我因为有个神通广大的妈，所以从小就耳濡目染地学会了极度商业化的微笑和八面玲珑的辞令。这为我在包括老师在内的大人世界里赢得了很好的评价。

守岁白驹

但崇明却没有如此的保护色。他不太爱说话,喜欢温柔平滑的黑夜,有时候我看着崇明的眼睛觉得里面是无穷无尽的黑色潮水。诗歌和网络是他身体里流淌的冰蓝色的血液。他像所有这个城市后现代阴影下成长起来的孩子一样,极度自恋,又极度脆弱。

我也一样,但我的外表有层润滑油,使我不至于被世俗磨得太伤。

我们都是靠灵感为生的发亮的虫子,都是极度自我崇拜的金光闪闪的神,都是空虚得无处可躲的黑暗天使,都是史前傲视百万生灵的恐龙,都是6月6日降生的魔鬼之子。

我们起舞不止,舞到涅槃方可止息。

我和崇明一样,天生血液是冰蓝色的。

而我或多或少还有些精神分裂。白天我把头发乖乖地梳下来,穿着朴实规矩的校服,背着书包乖乖地在马路边上等红绿灯。晚上,我把头发朝后面梳起,露出里面一缕一缕的金黄,穿上我偏爱的紧身T恤和硕大无比的裤子,戴上狗链一样的手链脚链,像个囚犯一样叮叮当当地招摇过市,看见美女就吹口哨,活脱脱一个痞子。

### 3

崇明最终还是没有把药吃下去,他说,才十一点,出去蹦会儿。我应声而起,全副武装破门而出。

晚上的时候我妈会用手机找我,我总是从容地躲到洗手间里,关门挡住外面震天的喧嚣,一边装模作样地念几句英语一边答我妈的话,还一边故意叫崇明把电视关小声一点。

黑夜永远是美丽的,耀眼的霓虹在整个城市间隐隐浮动。疯狂而迷幻的气息从发烫的地面升起来,午夜剧场在城市里拉开暧昧的帷幕。这个城市像莫文蔚说的那样,"愈夜愈美丽"。

世界末日之后的地球仍然旋转不止,自由与个性是我们存在的全部理由。在这个世界开始之初,我们就是上帝,就是一切,宇宙为我们闪烁不已。

## 4

木棉天堂。

看这个名字应该是个很安静的场所,应该是书店或者画廊。但它却是这个城市轻浮与张狂的所在。纸醉金迷的迪厅。

崇明曾经是这里的金牌DJ。他用天生锐利的触觉和对音乐近乎病态的偏激成功地谋杀了成千上万个空虚的灵魂。在他们眼里,崇明就是天堂门口的金字招牌。崇明在他最巅峰最光芒万丈的时候撒手不干了,躲到家里写诗——尽管这是个饿死诗人的年代。

推开玻璃门,震天的音乐把我们吸进这个充满黑暗、汗水、迷幻与个性的巨大旋涡,所有的人在疯狂的音乐中手舞足蹈,挣扎沉浮,如同溺水的火鸡。

很快我们就发现了舞台上抱着吉他猛甩头发的叶展。

叶展和他的"找天堂"乐队是这个城市年轻人的骄傲。他们唱出了我们所有的纯真所有的脆弱所有悲悲戚戚的年代和所有闪闪亮亮的时光。叶展也是我和崇明最好的朋友,因此我们更加骄傲。

叶展抱着一把金色的吉他,高高在上地向我们俯视,而我们在下面兴奋无比,像臣子朝见皇帝一样欢呼万岁。

## 5

那个二十岁左右的女孩子从台下突然跳上去的时候,人群中产生了一股小小的骚动。她跑上去站在叶展他们中间翩翩起舞。一头浓密的黑发在野蛮的音乐声中飞扬,如同波浪摇晃下的浓郁的水藻。一身全黑色的衣服把她的全身彻底地裹起来,只留下一张精致的脸,犹如一只骄傲而高贵的黑色天鹅。她像一个皇后一般站在叶展身边,母仪天下,引领众生。她又像是灯光下一尾斑斓的鱼,或者黑暗中一匹光滑绚丽的丝缎。

在休息的时候我在后台找到了叶展。那个黑天鹅一样的女人也在。我问叶展,你朋友?叶展说,不,我们不认识。

她走过来,睁着一双很大但似乎很空洞的眼睛说,我叫洛神。

守岁白驹

我看到她的眼睛中不时会有蓝光幽幽地一闪即灭，妖艳而诡异。可是有时候她的眼睛看上去又像是纯净的蓝色丝绒——很无辜的婴儿蓝。纯真和妖艳两种格格不入的气质在她身上却得到了完美的统一，撞击出慑人的魅力，令她比古代的洛神更有吸引力。

叶展说，你有一个漂亮的名字。

这句话很失水准，就如同夸奖一件顶尖时装上的纽扣很漂亮，夸奖一幅名画的纸张很好一样。

洛神微微一笑说，你的吉他也很漂亮。

崇明小声地说，好厉害的女人。

洛神回过头来望着崇明说，谢谢。

我转身看到崇明眼中涌动的黑色潮水。

叶展又该上台了，洛神依旧站在他旁边跳舞。灯光四散游离，音乐忽高忽低，我们在黑暗中大汗淋漓。我们跳舞，我们尖叫。没有人知道我是全年级顶尖的学生，没有人知道我拿过多少次大奖，我很简单，我很脆弱，我只是女娲高兴时捏出的一个泥人。

## 6

洛神成了叶展的女朋友。我没有任何惊奇，这是理所当然的，就如同太阳迟早会落下去，第二天迟早会升上来。他们是天造地设的一对，如同凹字和凸字一般天衣无缝。

他们成了木棉天堂新的金字招牌。

而我依然在学校里念书，依然是老师眼中顶尖的学生。崇明仍然上网，为几家摇滚音乐网站写专题，赚取在他眼中微不足道的电子货币，依然玩游戏，依然写诗，吃安眠药，对着黑暗发呆。没什么不一样。日子平滑而宁静，像温开水一样，既不令人兴奋也不令人堕落。

我妈依然每天从不同的地方给我打电话，今天在海南对我说椰子很好吃，明天就在哈尔滨对我说天气冷要多穿衣服。我知道她很爱我，我也很爱她。如果她不是金领我会更爱她。

## 7

星期天。

同任何一个星期天一样,我和崇明在十一点慢吞吞地起床。崇明打开电脑,而我收拾昨夜散落一地的稿子。

这时候有人敲门,敲得很有节奏很有修养。我一听就知道不是叶展和洛神。他们总是弄出夸张而令人毛骨悚然的钉棺材的声音。

我打开门,看见一个我不认识但气质还算不错的白领。我说,崇明,找你的。她说,不,我是找你的。她说,我可以进来吗?我说,当然。

她用手捋了一下头发开始自我介绍。我是电台音乐部的主任,是你的朋友叶展介绍我来找你的。我们需要一篇关于另类音乐的评论,大概两万字左右,如果你有兴趣,稿酬我们可以按照最优惠的价格算。

她自始至终都保持着白领特有的自信和些许的傲慢。不过既然我有个金领的妈,我就不会怕这种场合,所以我很熟练地和她应对。我看得出她有少许的吃惊,她一定在奇怪为什么一个高中生会有如此成人化的语言和商业化的笑容。

我很愉快地接受了那份差使,那毕竟不坏。

送走了那位主任之后,我开始为我新写的小说打电话找编辑。在经过了两次退稿之后我知道我要找更年轻一点的编辑,我的小说是写给年轻人看的,但这年头,年轻的编辑似乎不多。

这时突然响起了那种钉棺材的声音。

叶展很舒服地坐在沙发上喝咖啡,而洛神则像只猫一样趴在他的腿上。他们总是这么像连体婴儿一般黏在一起,我觉得怪异并且可笑。崇明依然在电脑面前打游戏,但是他不断地 GAME OVER。

叶展说,崇明我想请你帮我写一首歌。

崇明没有回过头来,很冷淡地说:内容,形式,有什么要求?

叶展说,我不想用那些东西来约束你的才华,我只想告诉你这首歌对我们乐队的重要性。歌名叫《找天堂》。

崇明回过头来,我看到他眼睛里的黑色潮水异常闪亮。然后他突然像个孩子一样对我笑了,他说看来我们都有差使了。

## 8

我们忙得快疯了。

我一张接一张地听电台送来的CD,然后不断地写字。而崇明则是坐在电脑前面,在黑暗中发呆一小时,然后再啪啪地打上一行字。或者他抱着吉他坐在落日的余晖里面,用手指小心地试音。所有的灵感以血液的形式从指间汩汩流出。

我们疯狂地迷恋文字带来的温暖感觉,就如同孔雀迷恋自己的羽毛,飞蛾迷恋灼热的火焰,水仙迷恋清澈的倒影,流星迷恋刹那间的坠落。我们以文字为生,以文字取暖,假如有天我们没有了文字,那我们就彻彻底底地死掉了。

错乱的状态使我最近常做同一个梦。梦中的湖面是块宽大明净的玻璃,我躺在上面,幸福地做着白日梦。突然玻璃融化了,凭我掌握的一丁点可怜的物理知识,我知道玻璃融化的时候会很烫,但我却感到刺骨的寒冷和缓缓下沉时无边无际的恐惧。

当水漫到我嘴边的时候,我总会挣扎着醒来,然后就会看到崇明在电脑前打字。

洛神和叶展每天都来。我看得出叶展对崇明的作品非常满意。我一直都相信崇明有天生锐利的音乐天分。

而洛神则负责我们全部的食物。她这几天没有化妆,一脸素净的她看上去像个年轻的大学生,有温婉动人的美丽。当她做饭的时候,她看上去像一个传统意义上的女人,而不是往常那个肥皂泡般精致而脆弱的黑色天鹅。吃饭的时候崇明和她开轻松的玩笑,而她笑得一脸明媚像个孩子。

于是我恍恍惚惚地有了一种家的感觉,一种质朴而厚重的感动。

两个星期之后,我们所有的工作都完成了。崇明的歌叫《找天堂》。之后铺天盖地的虚脱感席卷了我们,于是我们彻底而舒服地睡了整整两天。

## 9

稿子交上去了，白领主任打电话来说她很满意。

《找天堂》也全部完成了，只等着周末在木棉天堂进行处女演唱。

很幸运，最终的结果是我的那篇文章在电台火了，《找天堂》也火了。

于是有很多人知道了有个写歌的人叫崇明，有个写文章的人叫昂维。

在《找天堂》首唱的那天晚上，木棉天堂挤满了人。

所有人的面孔都泛着蓝色，目光灼灼，幻想与期待升腾起来，像庞大的烟雾笼罩黑压压的人群。没有喧哗，寂静无边无际膨胀，我听到有人吞口水的声音。

第一声吉他声响了，但不是电吉他，而是充满怀旧与破碎的木吉他声音。人们正准备扭动身体，甩起头发，准备像往常一样坠入疯狂、喧哗、野性的黑洞中去。然而没有黑洞，只有怀旧而伤感的音乐飘出来，像只小手在每个人最疼的心尖上捏了一把。

> 我在天堂向你俯身凝望
> 就像你凝望我一样略带忧伤
> 我在九泉向你抬头仰望
> 就像你站在旷野之上
> 仰望你曾经圣洁的理想
> 总有一天我会回来
> 带回满身木棉与紫荆的清香
> 带回我们闪闪亮亮的时光
> 然后告诉你
> 我已找到天堂

叶展足足唱了五遍，唱到最后，所有人都哭了，包括我。

我以为我们已经没有眼泪了，我们以为自己早已在黑暗中变成一块散发阴冷气息的坚硬岩石了，但是我们发现，我们仍有柔软敏感的地方，经

守岁白驹

不起触摸。

我们以黑夜为自己华丽的外衣，以疯狂作为手中的利刃，仅仅因为这世界令我们无知，令我们恐慌和无措，我们只有挥舞利刃，不断砍杀令我们害怕的东西，全身涂满保护色、警戒色，像脆弱的婴儿般艰难求生。其实我们都希望听到：

天上的星星不说话，地上的娃娃想妈妈。

我们都不喜欢麦当劳、可乐，我们喜欢吃父亲炒的菜，母亲削的苹果。

然而这些在这个繁华的都市里就像黑夜中的口琴声，可以感知，但无法抓住。

## 10

走出木棉天堂已经是凌晨了，我们四个像午夜幽灵一般游荡在街上。

脸上的泪已经干了，隐隐散发着清凉的气息。

崇明双手插在裤子口袋里，轻轻吹着口哨。叶展背着他的金光闪闪的吉他，不时用手习惯性地拨动琴弦。我一边走，一边踢着路上的易拉罐。一只猫从黑暗里突然蹿出来，我们吓了彼此一跳。

洛神说，我们应该去庆祝。

于是我们去了附近的一家小酒吧。

这的确是家小酒吧。人们的表情很平静，很悠闲，没有丝毫疯狂的迹象。音乐也很温柔，如水一般流过每个人的手指。灯光是美丽的琥珀色，我们像凝固在琥珀中的昆虫一样安详而宁静。

叶展开着不痛不痒的玩笑，洛神时不时银铃般地笑着，崇明一边慢慢地喝酒一边认真地听着如流水般的音乐，我时不时地和洛神、叶展猜拳。

叶展起来上洗手间，留下我们三个。洛神把头轻轻地靠在崇明肩上，她小声地说，崇明，我喜欢你。

崇明手中的酒泼了出来，他面无表情地推开洛神，说，你喝醉了。

洛神又倒过去，双手搂住崇明撒娇似的说，不，我没醉，我真的喜欢你。

崇明猛地站起来，用力推开洛神，伸出手指着她说，你这个婊子，你让我恶心。

　　洛神仿佛也清醒了，站起来，把一杯酒泼到崇明脸上，然后她的眼泪流了下来，她说，你他×畜生，我这么爱你，你骂我婊子！

　　然后，酒吧里所有的声音都退得很远，流水般的音乐凝固在琥珀色的灯光之中，一刹那静得斗转星移。前一分钟我们还惺惺相惜，后一分钟一切都变得不可收拾。

　　我听到某种兽类浓重急促的呼吸声，我回过头，叶展的眼睛在琥珀色的空气中闪出蓝光，像针尖一样朝我刺来，我感到彻彻底底的眩晕感。

　　他们最终还是打起来了，像两头斗红了眼的狮子。杯子、酒瓶、花瓶，能碎的东西都碎掉了，满地的玻璃碴子。身边是一些女人的尖叫和男人的喝彩。

　　最后他们俩都倒在了地上，倒在隐隐发亮的玻璃碎片上。

　　空气中飘出血液腥甜的味道。洛神坐在地上哭，一边哭一边骂，崇明你畜生，你王八蛋。我站在一边，手足无措看着这一切。

　　酒精把我的头弄得昏昏沉沉的，眼前的一切不那么真实了，我觉得这一切像是一幕滑稽而可笑的电影，可它演来演去都不肯散场。

　　他×的这是怎么了。

## 11

　　当刺眼的阳光像一柄匕首一般划开我沉重的眼帘，时钟不紧不慢地敲了十二下。我的头像要裂成两半，在这种疼痛之下，我的记忆模糊不清，像一摊快要蒸发掉的水渍一样。

　　我抱着我熟悉的枕头，盖着我熟悉的被单，我现在躺在家里面。也许是洛神把我送回来的，也许是我自己回来的，谁知道呢？

　　我走进客厅，在崇明身边坐下来，我问他，你喜欢洛神是不是？

　　崇明不说话。

　　我也无话可说了。我开始觉得洛神像一株诡异而华美的植物，身旁弥漫着带毒的紫气。

守岁白驹

我陪崇明一直坐到了晚上，然后我们又睡了。似乎沉睡是一种很好的逃避方式，我们都在使用。

**12**

洛神消失了，叶展消失了，没有身影，没有电话，彻彻底底的人间蒸发。崇明也一直闭门不出，除了我以外，在别人眼里，他也消失了。

我依然上课，依然考试，没什么不一样。

一个星期之后，我和崇明再一次看到了叶展，当时我们清楚地看到：他在飞。

我劝了崇明很久，反反复复地说着"我们是一起到死的朋友"之类的话。当最后我准备放弃，指着他骂"你他×的就这么一直睡吧"的时候，崇明从床上坐起来说，走吧，去找叶展。

就在我们走到叶展家楼下的时候，我们看到了叶展从阳台上坠下来。

然后就是西红柿摔到地面上的声响。

再然后就是刹车声、尖叫声，以及千千万万种复杂的声音。

叶展静静地躺在干净的水泥路面上。我看到了他苍白而冷峻的面容，他柔软的头发，他拨动吉他的修长的手指，以及，从他身下不断渗出来的血。

那一瞬间血光冲天，弥漫了整个城市。

他就像是从水泥地面长出来的一朵啼血的玫瑰，凄艳而高傲。

一记重锤打在我的胸口，我无力地靠在墙上，身子贴着墙壁下滑，整个慌乱的街开始在眼前晃荡不止。

在模糊晃荡的天光中，我看到崇明用力地挥舞着胳膊，撕心裂肺地喊，叶展，你真是他×的笨蛋！！

**13**

叶展的葬礼很冷清，只有麻雀两三只。我们无法联络到叶展的亲人，只知道他的父母住在北方。他们现在还以为自己的儿子正快乐地活在这个世上，活在南方那个不下雪的城市里。

我将那把金色的吉他和叶展的骨灰一起下葬了，我想，叶展死了之后也是离不了音乐的。我想他可以在天堂里为那些纯洁的小天使唱歌了，和她们一起跳舞了。

墓碑上照片里的叶展依旧苍白而冷峻，目光依然闪烁着吸引人的蓝色光芒。

然而从始至终，洛神都没有出现。我没有理由怪她，在这个爱情速朽的年代，她没有义务来承担这份悲痛。

她依旧可以和这个城市里千千万万的年轻人恋爱、狂欢。叶展对于她、对于这个城市而言，就像是雨后的一道彩虹。当彩虹出现的时候，人们停下来欣赏、赞叹；当迷人的色彩最终散去的时候，人们又重新步履匆匆地开始追逐风中猎猎作响的欲望旗帜，没有人回首没有人驻足。

我和崇明去叶展家收拾留下来的东西，当我打开门的时候，我看见崇明蹲下去哭了。

屋子每一面墙壁都用红漆写满了：

崇明，对不起！昂维，对不起！

我一个人走进屋子收拾东西，我在叶展桌子上看到了他最后的笔迹：崇明，昂维，原谅我，我在天堂祝福你们。

我的眼泪最终流了下来。

叶展的死像一片温柔的颜色，像一个童话里最美好的幻觉，像黑白电影里模糊的背景音乐，四面八方包围着我和崇明。我们开始用大量的时间去怀念。我们像是沿着记忆河流洄游产卵的鱼，最后的挣扎总会让我们精疲力竭。

电台又多了个写稿的好手，木棉天堂又出现了新的金牌DJ、金牌乐手。

我，崇明，叶展，我们开始被这个城市遗忘。

## 14

母亲又升职了。我不知道这是她的第几次升职，也不知道她究竟要升到多高的位置，我只知道她兴奋地对我说你又要转学了。我将去那个春天

守岁白驹

也会下雪的北方城市。

我提着一些衣服和一大箱子书和CD站到了门口。我对崇明说，你得好好活着。

崇明拍拍我的肩膀说，放心，只要我还能写出东西来，我就会好好地活着。

我说，放屁，你给我听好了，就是你写不出东西了，你也得给我好好地活着。

说完我转身，义无反顾地走了。

飞机起飞时加速的眩晕让我很难受。我目不转睛地看着这个我深爱并将我遗忘的都市渐渐消失。

## 15

新的学校让我更加沉默，更加孤独，孤独地看着时光从头顶飞过，投下深邃而寂寞的暗影。

顶尖的成绩和黑暗阴郁的性格让我成为同学和老师眼中的异数。我不屑与那些成绩与我不相上下的人说话。因为我不想成为一个开口硫酸闭口查理定律的笨蛋。

于是我更加依恋我的笔，更依恋我深爱的文字。但我那些精致凄艳的午夜灵感却被学校晚上的熄灯制度全部封杀。我每晚坐在黑暗中，感受着自己的手指握笔的快乐，但手指的灵性一点一点流失，终于有一天，灵感再也不肯降临，我知道，我的手死掉了。

于是我发疯地看书。我带来的书全部堆在床上。很可笑，这个全国有名的学校寝室里竟然没有书架。不过，和书睡在一起的感觉不算太坏。

这些书有很多是崇明喜欢的诗集，里面的空白处写满了崇明突然闪现的灵感。

我给崇明写了很多的信，可是他一封也没有回，只有洛神的一封信，信中说，她和崇明恋爱了。

这儿的生活像是一潭散发腥味的污泥。沉闷，恶心，混浊，压抑，像是头顶扣了个烂西瓜。每个人都像是丑陋的软体动物，贴在泥上向前爬行，为一场无意义却有价值的赛跑你争我夺，弄出沉闷而黏腻的声音，像水牛把蹄从污泥中拔出来的声音一样。

时间像猫爪落地一般无声无息地不停转动，花开了又谢，窗开了又关，春夏秋冬一次又一次涅槃，我一天天长大，一天天变老，日复一日地伤春悲秋。

当我最终拿到那所著名大学的录取通知书时，我妈很是高兴。我知道，我应该回到南方那个不下雪的城市去。

## 16

我再一次走在了这条街上，这条我熟悉而深深依恋的繁华长街。两边是美丽的法国梧桐，每片叶子都像是飞扬的绿色手掌，向我问候。

我拖着沉重的行李站在了崇明的门口。我想象着他阔别整整一年的苍白的面孔，惊讶的神情，凌乱的房间。我敲开了门，一位满头银发的老太太开了门，我看到了整洁的房间，接着看到了崇明。

崇明的遗像挂在墙上，笑容清澈可是落寂。

崇明是吃安眠药死的，他死的时候脸上都是安静的笑容。老太太对我说，我孙子是一个安静的人。

我问，崇明为什么要自杀。老太太轻轻地摇头。

那一瞬间我眼前飘过洛神蓝色的瞳孔，妖艳的蓝色光芒让我感到眩晕。

## 17

我真的该走了。这个城市没什么值得我留恋了。我看到路上行色匆匆的人们，我觉得他们都有自己的方向，而我一个人迷失在这个水泥森林里。我知道当人们散去之后，我就只剩下一个人了，这是座空城。

我真的该走了。我应该去北方了，我应该做一个戴着围巾和宽边眼镜的徐志摩一般的行吟诗人了，应该做一个浪漫的大学生了，我应该开始准备继承母亲的事业了。

守岁白驹

我最后一次徘徊在这条街上，我原地打转像是钟面上寂寞的指针。
我坐在行李箱上看着眼前匆匆的人流。我坐在这里看时间流过。
我又想起了朴树的歌：
他们都老了吧，他们在哪里呀，幸运的是我，曾陪他们开放。
耀眼的霓虹又升起来，千千万万的年轻人又开始像萤火虫一样在街上飘荡，隐隐发出蓝色的光。他们比我以前还要年轻，穿得更加另类。我真的老了，我从十八岁就开始老了。
我想起木棉天堂，我朝街对面望过去，却找不到熟悉的金字招牌，原来的地方挂着一块很大的蓝色荧幕，上面写着"北极尖叫"。

## 18

第二天早上，我收拾好东西离开这个城市。当我走过那座尖顶教堂的时候，我看到了穿婚纱的洛神。她正踮起脚尖吻身边的金发丈夫。她很端庄，也很幸福，她不再是我所熟悉的那个抹着蓝色唇膏的黑天鹅般的女人了。她是妩媚而温柔的新娘子。
钟声敲响，鸽子飞起来，我听到人们的祝福。

## 19

飞机升空的一刹那，我听到了叶展熟悉的歌声：

我在天堂向你俯身凝望
就像你凝望我一样略带忧伤
我在九泉向你抬头仰望
就像你站在旷野之上
仰望你曾经圣洁的理想
总有一天我会回来
带回满身木棉与紫荆的清香
带回我们闪闪亮亮的时光

> 然后告诉你
> 我已找到天堂

接着我看到了叶展和崇明苍白的脸,然后一瞬间又全部消失干净,只剩下一种叫失重的感觉排山倒海。

我想起了我的崇明,我的叶展,我的洛神,我的木棉天堂,我写过的美丽小说,我做过的电台节目,我丢失的午夜灵感,我死掉的手指,我生命中的灼灼桃花,我生命中的阳春白雪。你们在哪儿啊……

一滴眼泪掉下来,整个城市开始沦陷。

# 杨花

在我写这篇文章的时候,我刚刚从老师家补课回来。一路上灯火辉煌,满城的物质生活在我眼前飞扬不息,如同这个春天漫天漫地的杨花。

一瞬间我想起杜拉斯的《物质生活》,然后低头笑一笑继续往前走。

路上经过一个广场，有一些年轻的孩子在那里滑滑板，我听到轮子在水泥地面摩擦时真实的声音，其中一个孩子高声哼唱着一段诡异的旋律，我知道那是病医生《夜上浓妆》里的歌曲，那张唱片的封面上有句让我很崇拜的话，"仅以此张专辑以传世"。不知道为什么，我突然想起小A，也许是因为那些年轻孩子的身影太像我们原来的时候，整夜整夜在外面玩，然后在天亮的时候愉快地回家。

只是现在小A在日本念大学，而我，在中国念高三，念得几乎要绝望了。

我发现自己在犯一个很致命的错误，我开始把那些和我一样大的孩子称为年轻的孩子，好像我自己已经年华早逝的样子。当我发现这一点的时候，我不由得俯下身来，我想看看地面上有没有我成长的痕迹，看看那条痕迹是不是悄悄地向前蔓延了很多。因为，我仅仅十八岁而已。我还是该称自己为孩子。

小A从日本不断地打电话回来，国际长途，信号出奇地差，我可以从电话里隐约地听到那些低声的日语在他的身旁弥漫开来。他说你过得怎样？我说还好。他说还好就行，我怕你不开心。

放下电话，我才慢慢地说，其实我很累，可是，对你说有什么用？

然后我看到飞进住宅区的天空中的杨花，它们无声地落满了我的肩头。它们像是从很远的地方飞过来，带来一些我无法听懂但可以感受的暗示。

开学已经半个月了，我的生活平静地向前奔流，如同一条安静的河，而且日复一日地继续。

我现在住在学校一个退休老师家里，我租下他们家的一小间房间，真正有了属于自己的房间，有我所能想见的现阶段的最大的自由。按道理说我应该很快乐，我也真的很快乐。可是在每个笑容的背后，我却有着只有自己才能感受到的疲惫，如同用很薄很薄的刀片在皮肤上划出很浅很浅的伤痕，那种隐约但细腻持久的疼痛，有时候会被忽略，有时候却排山倒海地奔涌到我的面前，哗——哗——哗，我听到海浪的声音，以及天空海鸟的破鸣。

我的窗外是一排立在春风中树叶越来越密的树木，高大，挺拔，阳光

守岁白驹

从枝叶间穿透下来的时候，成为一块一块很小的碎片，纷乱地掉落在我的窗前，就像那些散落在我窗前的吉他声音一样。

卓越每天中午总是在窗户外面练习吉他，一大段一大段的练习曲。有次我看到了他的手，长出一个一个晶亮的茧。我总是羡慕他有花不完的时间，而且，他可以自由地追求他的自由。而我所谓的自由，必须要放弃另一段自由之后才可以得到。连我自己都不知道这是不是一个笑话。

这个春天给了我太多的东西也夺走了我太多的东西，只是我不知道究竟哪些是水中的幻象，哪些才是手中的真实。

我去上海的七日再次成为我的一个梦，一个我不愿意醒来的梦境。梦境中有清和，有爆破，有我们凌晨在宽敞的马路上游荡的身影，和我们如杨花般漫天飞翔的笑声。

在上海的第四天，清和在地铁站门口笑眯眯地对我说，今天立春。

然后我迅速地仰望了一下天空，我想知道，我的城市里，有没有四处飞满杨花。

在我待在上海的日子里，我和清和总是每天有走不完的路乘不完的地铁，在上海的地上地下频繁出没。在我的记忆里，那七天抽象为一幅明亮的油画，用色绚丽，光线明朗，一句话，直指人心的纯粹的快乐。我似乎是一直在笑，尽管我的脸上没有很多表情，可是我知道我内心的愉悦。

现在我还仍然记得清和从飞机场的厕所里走出来拿着手机用十分不敢确定的眼神看着我的样子。

我和清和走过市三女中门口看见居然有人去抱着那块写着"欢迎第四届新概念参赛选手"的牌子照相，我们同时深为绝倒。比如在离开上海的最后一天，我们坐在宾馆走廊的地毯上，偶尔有人从我们身旁走过，我们几乎没有说话，偶尔说一些，然后又是长时间的沉默。因为我们都知道，明天大家就要离开。

在我回到家的时候，我看到清和给我的留言，她说，那天晚上，她看着长长的走廊，觉得几乎没有尽头。

在飞机场的候机室里，我打电话给清和，想和她说再见，可是她已经关机。然后我登机，坐在座位上，拿出CD机，找到爆破送给我的CD，然后闭上眼睛听音乐。可是几秒钟之后，我突然坐直身子，因为我听到耳机里传来了摇滚的声音。我像是重新回到以前和颜叙一起整夜整夜听摇滚的日子，那些在黑暗中散发灼灼光芒的岁月。我旁边一个男人在翻着一本很无聊的航空杂志，空中小姐提醒我系好安全带，同时急促地挥手，让我关掉电子设备。我没有理她因为我想多听最后一秒。

在飞机起飞的轰鸣声中，在耳里歇斯底里破裂而华美的摇滚旋律中，我离开了上海，将我的忧伤带上九千米的高空。

在我正在写这篇文章的时候，我突然听到楼下的邮差在喊我的名字，然后我下去，那个人说有我的信。我从他手里接过信封，然后看见上面爆破的地址，湖南邵阳。当我上楼的时候，我看见我的电脑已经转到屏幕保护，大片大片的白色樱花不断飘逝。然后我拆开爆破的信。

爆破是我在上海比赛的时候认识的朋友，我很喜欢他。在比赛结束的那天晚上，我们和很多人在我们的房间505聊天，一直持续到凌晨一点。我很少说话，爆破也是，我蜷身坐在房间一角的沙发上，爆破则躺在我对角线的角落的那张床里。大家天南地北，无限畅谈，聊人生、聊理想、聊文学、聊生命里所有终极命题。我搭不上什么话。当所有喧闹的年轻面孔散去之后，我站在窗户前看楼下对面那个通宵灯火通明却不营业的家具店，然后感叹真是奢靡。然后我听见爆破在我背后说，你想睡吗？要不我们出去走走？然后我就笑了，我说正合我意。

那天我们一点多出门，然后在空旷且有点冷清的街道上一直荡到了五点，我们聊音乐，聊旅游，聊他的生活和朋友，街上偶尔驶过车子，车灯从我们脸上斑斓地照耀过去。当我和爆破看到一家特奢侈的陶瓷店的时候，我们同时说将来一定要有钱。我说要是我有钱了那该多好，我可以去多远的地方旅游啊！爆破仰天憧憬，要是我有钱了，那该多好啊，我可以买一屋子的CD了。于是我想起颜叙，那个在我的天花板上不断跳舞的孩子，那个摇滚乐听到死的孩子。于是我对他讲起我在《天亮说晚安》里写到的一切。在我讲述的过程中，爆破也一直在讲，当我讲完的时候，我从爆破

守岁白驹

的话中发现，其实他比颜叙更像个没有方向的孩子。

我们走上天桥，走下天桥，走过灯火通明的工地，走过安静得像要闹鬼的街心花园，走过一家一家二十四小时营业的超市，走在上海永远不黑的红色的天空下。

五点多的时候，我们在路边吃拉面。六点的时候，我们回到了旅馆，我们拉好被子准备睡下的时候，天已经蒙蒙亮了。于是我对他说晚安，天亮说晚安。那一夜，我睡得很安稳。

第二天是4号，我们一起去参加青松城的颁奖。我们安静地坐在最后一排，然后我听到一等奖里我的名字。镁光灯再一次闪疼了我的眼睛，我觉得这又是一个美丽的幻觉。

我5号的飞机，而爆破要在4号的晚上回去。我说你能再留一天吗，他想了想然后说我去退票看看能不能行。当颁奖结束后我从那些大学招办的房间里出来，去徐家汇的麦当劳里面找到清和。然后我们一起回旅馆，因为爆破在等我们。

结果我们回去的时候，爆破已经去火车站了。他留字条给我，说，如果我八点半之前没回来就不要等了。然后他就真的没回来。我坐在走廊里等他，等到了接近午夜。其间爆破打过一个电话回来，说他正在排队退票，我听到火车站里喧嚣的人声和各种杂音从电话里冒出来，可就是爆破的声音格外地小，然后电话就莫名其妙地断了。

那天晚上我带清和出去走我和爆破那天走过的路，走上天桥，走下天桥，走过灯火通明的工地，走过安静得像要闹鬼的街心花园，走过一家一家二十四小时营业的超市，走在上海永远不黑的红色的天空下。

然后我就从上海回来了，最后走的那天我甚至没有与清和说声再见。

爆破在信中说：

我觉得我像处在无数的梦里——上海，长沙，广州，学校，小洲……我失败地没有抓住任何痕迹。但我喜欢这种一无所有的感觉，它让我干净得像一个死去了多年的人：从一开始我就知道我们是很不同的——虽然我们有很多共同的爱好。但是你有希望，更像几年前的我。我陪你在一起——走路，看夜景，坐公交车……我很喜欢你，甚至可以感觉到你身上的血肉。可我在疏远，我想疏远一切，一面又拼命地想抓住什么据为己有。我努力地记住，又努力地去忘记。我用力地看着你，很用力地在这里，其实我早在某个地方死去了，四仰八叉，臭不可闻。你的一切都难以到达我，难以灼伤我。

我不知道为什么要说这么扫兴的话——回忆应该是美好温馨而模糊的。我就像一个垂死的蹩脚的巫师一样不合时宜。

信的最后，爆破对我说，*Run Through The Light* 是唯一一首他听了一百次后仍让他头发竖立的歌。

于是我找出那张专辑，放进电脑。

回来的生活一如既往，只是学校对我的成绩大为肯定。我走在长满树木的校园里面，偶尔会看到杨花从江边飞来，飞遍整个校园。那些白色的寂寞飞行，那么像我匆匆流过的时光，一去不回来。

我挎着单肩包重新低调地穿行在这个校园里，并且在开学的第一天将头发染回了黑色。我为着我的大学向前艰难地行进，信箱中的信件爆满，可是我都没时间回。有时候我看见我装信的盒子落满灰尘的时候，我心里的那些难过都有点支离破碎了。

开学后我收到了清和给我的三张极地双子星的CD。我没好意思告诉她，我已经把CD机放在家里了，不再带到学校来。

小蓓昨天离开了这个城市去另外的地方学影视编导，她真的是选择了自己的理想，她说不想再那么累了，为了那张薄薄的录取通知书。她说这句话的时候脸上没有表情，我也不知道她是开心还是难过，不过我好像隐约地记得，曾经有段时间，小蓓是很爱很爱华师大的。她离开的前一天，我将我的蓝狮背包借给了她，结果第二天，我们还没有说再见，小蓓就突然离开了。我想，也许真的再也见不到了。

## 守岁白驹

至于小A的离开、颜叙的离开、齐勒铭的离开，我想我写得已经够多了。

我的同桌荻是个超人，全市第三名，比第一名少两分。我很喜欢他。善良，沉默，干净，独来独往，符合我欣赏的人的全部条件。他一直在鼓励我考复旦，在我没信心的时候他都依然有信心。

我们上课的时候他总是写很多漂亮的古典诗词给我看，然后顺便给我出道诗词鉴赏题。曾经有一次我说我不想考复旦了，然后他写了句"人到难处须放胆"给我。

有时候我们不想上课，于是我们伏在课桌上，整节课整节课地睡觉。

我突然想起我在上海给他打电话的时候，他在电话里对我大声说，你快点回来，我很想你的呀。

当我听到他的声音的时候，我一个人站在上海的街上。那天的风很大，黑色而且凛冽。不过我却感到很温暖。

我从上海回来的时候，荻给了我假期补课里发的全部的试卷。后来小王子告诉我，其实里面很多试卷在发下来的时候已经遗失，遗失掉的部分荻又去街上买了回来。

小王子和我有相同的悲哀，因为她想上同济的建筑，而我想上复旦。而那两个"东西"，对于我们来说是不能称为目标的，最多是希望，悲观一点应该说是梦想。不过我在证明我的梦境是否能成真。

就像我对荻经常开的玩笑，我告诉他人可以不断给自己精神暗示：我可以，我可以，我真的可以。然后我就可以了。每次荻听到我这么说的时候都是笑一笑，脸上露出孩子一样的酒窝。

这篇文章写得支离破碎完全不成章法，可是这些都是真的。这本书其实是为我的那些朋友所写的，小A，颜叙，齐勒铭，FOX，黄药师，清和，林岚，爆破，还有荻。我看着自己曾经的生活，发现它们居然离我那么遥远，遥远得像是在看一场梦，甚至我都不知道那是别人的梦还是自己的。特别是当我背着装满试卷的书包沿着墙根快快走的时候，当我在午夜喝着咖啡在参考书上飞快地写着ABCD的时候，当我再也看不见天花板上掉落下来的柔软灰尘的时候，我真的是怅然若失。

我觉得生命中一些珍贵的东西已经被我遗落在某个血色的黄昏，可是我却再也找不到那张泛黄的地图，我曾经记得那张地图上面路途彼此交错，可是现在我的面前，为什么只有一座长满荆棘的独木桥？

　　我希望所有的人都能快乐，都能在他们各自所在的城市，安静而满足地穿行，而不是一脸张皇地站在十字路口，遗失了所有的方向。

　　我希望真的就像那句话说的一样，过了这个7月，一切都会好的，一切都会有的。如果不可以，起码让我离开。

　　过了这个7月，请让我离开。

# 回首又见它

(图案可扫描)

　　我在高三，我写下这些我生活中真实的文字只是为了一场见证，虽然也许结果会很惨烈。我行走在校园里的时候总是在想，我要的是怎样的一种生活。而那句很哀伤的话，被我写下来放在相框里：过了这个7月，一切都会好的，一切都会有的。

那天在杂志上看到一句话：毕业于我是一窗玻璃，用身体撞碎了之后不躲不避擦着凌厉的碎片走过去，一窗一窗地走过去。回头看时却只是横流一地的碎片，看不清楚，拾不起来。

"皇后"有句歌词，我听了很感慨："当有一天，我长大了。"我总是重复着这句话，然后想下面该说的话。最后，我想：当有一天，我长大了，我希望回头看我的成长的时候，回首又见它——我的那些闪耀的年华。

2001年的最后一刻，我站在阳台上观望着漆黑的夜空和天幕上偶尔出现的冷清的烟火，夜风冷冷地吹过来，我看见一年的时光在掌心中翻涌、升腾，最后归于平静，留下无法抹去的痕迹和似水般温和的年华。而天使从头顶渐次走过，没有声音。

2001年我过了十八岁的生日，那些美好的祝福、朋友真诚的眼神、心上人温和的声音，一切都让我感恩并且难以忘记。而我就像我的仙人掌一样，一点一点地长大了。

我越来越感觉，这个世界太复杂，好多事情都没有理由，没有道理。但还是有人要执着地每天不停地问为什么。问了又如何，不问又如何，到最后轮回依然不停地转，日升月落，花开寂无声，那些过去的往事再也回不来，我见过的最无奈的一句话："那些原本想要费尽心机忘掉的事情，原来真的就那么忘了。"是难过吗？是悲哀吗？巨大的空白无法排遣，如同一幅精致的银灰色素描上突然被擦出了一大块突兀的白色，看着的时候让人彻底绝望，于是只好独自站在夜空下流泪。以前我是个爱仰望天空的人，苍蓝的天壁总是给我求生的勇气，而现在我喜欢深邃的夜空，包容一切的黑暗和隐忍，流下的眼泪也没人看见。

没有尽头的漂泊让我难过，也许一个人最好的样子就是平静一点，哪怕一个人生活，穿越一个又一个城市，走过一条又一条街道，仰望一片又一片天空，见证一场又一场的别离。生离死别都是别人的热闹，我有我自己的孤寂。有时候我就站在夜晚空旷的操场上想，我要的究竟是怎样的生活？我不喜欢说话却每天说最多的话，我不喜欢笑却总笑个不停。身边每

## 守岁白驹

个人都说我的生活好快乐，于是我也就认为自己真的快乐。可是为什么我会在一大群朋友中突然地就沉默？为什么在人群中看到个相似的背影就难过，看见秋天树木疯狂地掉叶子我就忘记了说话，看见天色渐晚路上暖黄色的灯火我就忘记了自己原来的方向？那个会预言的巫师呢？你在哪儿？请你告诉我。而最有意义的生活是什么？也请你告诉我。当爱丽丝丢失了通往仙境的钥匙，她是应该难过地往回走，还是蹲下来难过地哭泣？而我还是得继续走下去，而某个人的话必定成为我的信仰，我会胸中装着这样的信仰一个人独自走下去，没有恐惧。那些在我的生命中绽放过的花朵，那些在我头顶飞逝而过的流星，那些曾经温暖的诺言和温和的笑容，那些明亮的眼神和善良的任性，一切都成为我难以抚平的伤痕和无法忘却的纪念。

2001年我最喜欢的乐器是大提琴。这个城市有家音像店，每天都在放着大提琴的CD。每次我经过的时候总是慢下自己的脚步，然后听到心脏的声音渐次衰弱。大提琴的音色总是让我似曾相识，如同我的一个经久不灭的梦境。梦中总有一个人压抑的哭声，像是大提琴婉转悠扬的低音。有个有名的大提琴演奏家说："我总是和我的琴一起哭。"曾经有部电影，可是我忘记了名字，那里面有段独白的背景音乐就是大提琴，独白说："我生命中的温暖就那么多，我全部给了你，但是你离开了我，你叫我以后怎么再对别人笑？"曾经也有一个笑容出现在我的生命里，可是最后还是如雾霭般消散，而那个笑容，就成为我心中深深埋藏的一条湍急河流，无法泅渡，那河流的声音，就成为我每日每夜绝望的歌唱。如果不是朋友的亲切、父母的关爱，这些东西给我苟且的能力，我想我会变得越来越冷漠。

以前我总是在旅途上认识不同的人，大家开心地说话，而现在我只希望拥有自己不被打扰的隔膜，裹紧毯子，在梦境中走完我的旅程，因为我越来越不明白，那些风雨中飘摇的灯火、飞逝而过的站牌、陌生的面容、廉价的外卖咖啡、喧嚣的车厢、充满眼泪和离别的站台、延伸的铁轨、寂寞的飞鸟与我之间，究竟谁是谁的过客，谁是谁命中的点缀。

大提琴的声音像是一条河，平静地流过我的岁月，却带给我最多的感伤。

左岸是我无法忘却的回忆，右岸是我值得紧握的璀璨年华，而中间飞快流淌，是我年年岁岁淡淡的感伤。最喜欢的一首曲子《我在冬天的中央等你》，我眼前总是浮现这样的画面：一个裹着黑色风衣的人站在大雪的中央，夜色在四周发出锦缎般撕裂的声音，那个人回首，早已是泪流满面，我知道他的忧伤无比巨大，可是他已经哭不出声音了，他眼中的绝望如同冰面下的黑色潮水，可是他还在微笑着说："我会等你，一直等到你出现为止。"

2002年的年尾，我在上海光怪陆离的霓虹下怅然若失，我穿着黑色的长风衣走在灯火通明的石头森林的裂缝里面，走在时代广场苹果倒计时汹涌的黑色人群中，走在时光与时光的断裂处，喝着奶昔，哼着逍遥调，摇头晃脑地对所有面容亲切的人微笑，如同一个小混混儿。这一切有点像一个梦，一个冗长而斑驳杂乱的梦。一年前的这个时候我还站在四川的家的阳台上，看着黑色的天空和斑斓的焰火热泪盈眶，而一年后的今天，我已经站在我曾经喜爱的城市的土地上，站在充满奢靡气氛的十里洋场。

2002年我过了十九岁的生日。那个生日过得格外仓皇，因为那个时候我还在高三，每天抱着一大堆书不断地跑上楼梯跑下楼梯。过生日那天我记得还有一场考试，是在下午。上午上课的时候CKJ他们就把礼物传过来了，跟传纸条一样。大包小包的让我很惊讶。我以为他们忘记了，可是他们都记得。中午的时候我坐在床上拆礼物，包装纸哗啦啦地响。我的心里有潮水涌过，哗，哗，哗。只是我都不知道那是悲伤还是快乐。我从来没有想过自己会这么快站在十九岁，站在成人的门口等待破茧般撕裂的痛。一直以为自己会一直是那个提着羽毛球拍在球场上挥汗如雨的孩子，会一直是那个和朋友无论男女都勾肩搭背地在学校里横冲直撞的孩子，会一直活在十八岁，一直活在单车上的青春里，永不老去。

再把时光倒退，如同我们看影碟时，用手按着back键，然后一切就可以重新出现在你的眼前，我们还是那么年轻，我们还是那么任性，好像时光从来没有消失过，好像日子从来没有打乱过，一切清晰如同阳光下的溪涧，我们几个好朋友，站在青春的河岸边，看流岚，猜火车，清晰得毫发毕现，听着时光哗啦啦地奔跑，于是我们哈哈地笑。就这样退，就这样一直退，

## 守岁白驹

退到几个月前。几个月之前我站在四川黑色盆地的中央，躲在三十五摄氏度热的树荫下喝可乐，听周围的知了彼此唱和兴高采烈，阳光如同碎银，明亮到近乎奢侈。风从树林最深处穿越出来然后从树顶疾驰而去，声音空旷而辽远。我的学校有着无穷无尽的树，我和微微总是行走在那些苍翠得如同漫溢的湖水一样的绿荫下面。我和微微已经认识快一年了。一年里面，彼此的眼泪和欢笑都一点一滴地刻进对方狭窄的年轮里，那是我们干涩而颠簸的一年，这一年，我们高三。而几个月之后，我站在上海，在零度的清晨擦去自行车座上结的薄薄的一层冰霜去上课，周围人流快速移动，如同精美的MV中拉长的模糊的光线。而我在其中，清晰得毫发毕现。我学的是影视艺术技术，我知道怎么用摄像机和后期技术来做到这种效果，只是我不明白，这样的景况预示着什么。

2002年，我从四川离开，飞往上海，我独自背着沉重的行囊走出那个我生长了十九年的盆地，那个黑色而温暖的盆地，过安检，登机，升空，脱离的痛苦，如同从身上撕裂下一块皮肤。在飞机上，我靠着玻璃窗沉沉地睡去，梦里不断回闪曾经的碎片，回闪出微微和卓越的笑容，回闪出小A白衣如雪的样子，回闪出我遗落在四川的十八岁。梦里想起一个朋友说过的话："我的理想就是存钱，存很多的钱，存到有一天我们可以买很大的包，装下我们所有的书所有的CD和所有的理想，我们手挽手一起跳上火车咣当咣当，我们迷迷糊糊地随着人群下车，然后出现在我们喜欢的人的城市，就那么出现在自己想见的人的面前，嘻嘻哈哈，热泪盈眶。"2002年我没有喜欢的乐器，如果说有，也是大提琴延续下来。我在上海大学，在空旷而寂寞的草地上穿行。每个星期二的晚上，我骑着车从教室回寝室，一个人穿越夜晚黑色的风，有时候和阿亮在一起。这个时候我会听见大提琴演奏的乐曲，是我们学校的广播节目，我不知道选这些乐曲的是谁，只是我总是在想，他或者她，也许是个有着落寂的笑容的孩子，一个站在年轻光阴尾巴上的牧童。我的寝室对面有个人是学大提琴的，我在一个傍晚看到他把琴从楼下搬上去。很多个夜晚我就是坐在二十瓦的台灯面前，写文章，看小说，听那个人生涩的琴音。在翻动书页的瞬间，我总是听到马蹄穿花而过的声响。

三月的牧童，打马而过。惊雷。雨点一滴一滴飘下来。

2002年我几乎没有听CD，我的CD机遗忘在四川的家里，所以我在上海过了一段宁静的日子。后来某天心血来潮，跑去买了个松下，然后又跑到宿舍门口的马路边上买盗版买打口CD，甚至花掉四十块钱买了一张国外来的"皇后"的精选集，我抱着一大堆的CD跑上楼去，然后倒头就睡，耳朵里面轰隆隆地响，跟开火车一样。但是以后我很少再听CD，我也不知道是什么原因。那个CD机被我放在写字台的上面，已经有了一层薄薄的尘埃。我突然想起自己高二高三的时候，没日没夜地沉浸在近乎破裂的呐喊声里面，想起那些日子，内心就惶惶然般纷乱，下雪般地惆怅。

2002年，似乎真是一个时光的断层，我对自己的过去开始一种决绝的割裂，如同一种背叛，我将那个忧伤的寂寞的孩子孤独地留在他的十八岁，将那个怕黑怕人多却又怕孤单的孩子留在那片黑色的大地上，然后一个人如同夸父一样朝着成长义无反顾地奔过去。曾经有位诗人说过："既然追不上了，就撞上。"

我已经没有什么我以前必须买的杂志了。《旅行者》和《通俗歌曲》以及《我爱摇滚乐》都没有再在书报亭里看到。我忘记了我曾经沧山泱水四季春秋，我忘记了我曾经听摇滚听到死，我忘记了颜叙忘记了齐勒铭，忘记了年轻得无法无天的日子，我甚至忘记了自己曾经是个那么乖戾的孩子，尽管现在在别人眼睛里面，我依然是个乖戾的人，可是只有我自己才明白，我已经变得失去了所有的棱角，变得不再爱去计较一些什么事，不再爱去争一些什么事，以前那个倔强而任性、冲动而自负的孩子被我留在了逐渐向后奔跑的时光中，我听不见他的哭泣看不到他的脸，可是我的心为什么像刀割一样疼？

"山顶上的微风吹，心跟着四处飞。我为什么掉眼泪？夜色那么美。一段回忆翻箱倒柜，跟着我在追，想的是谁？"2002年我最喜欢听的歌：《祝我幸福》。我记得那段时间我将这张CD放在我的CD机里，然后单曲循环单曲循环，听到耳朵都要起茧了还在听着。公车上，操场上，马路

## 守岁白驹

上，在这个城市的各个地方，我带着这张CD如同带着我孤独而巨大的财富踽踽而行，满眼观花，浑身落尘。杨乃文的声音不好听，又破裂又嘶哑，可是我喜欢。因为太多的往事，在歌曲中，在每个难以入睡的夜里，雪崩般将我灭顶。

2002年我做得最多的事情就是回忆，如同一个迟暮的老人，坐在摇椅上，一遍一遍感怀自己的青春。我在上海不断地接触新的人群，融进新的圈子，彼此钩心斗角或者彼此肝胆相照。这样的生活让我说不出任何评价的话。我只记得以前，我还可以在没有人的时候告诉自己，我在过怎样的生活，是孤单，是快乐，还是无聊地消磨光阴。可是现在呢，我在上海，在这个灯火通明却刀光剑影的城市，每天轰轰烈烈地忙事，然后倒头沉沉地睡去。可是怎么还是觉得空虚呢？觉得自己的身体空洞而单薄，于是大口大口地吃东西，大口大口地喝奶茶。似乎可以用物质来填满精神，这是一种怎样的愚蠢怎样的自欺欺人啊。2002年的冬天，如同村上春树说的，我喝掉的奶茶可以注满一个游泳池。我是个喜欢回忆的人，我总是觉得一切的纷扰一定要沉淀一段时光之后再回过头去看，那样一切才可以更加清晰。只是年轻的我们不明白这个道理，所以才可以在年轻的时候轰轰烈烈地彼此喜欢，彼此仇恨，然后彼此淡然地遗忘。以前我也不明白，我也是穿越了十九年漫长的光阴之后才渐渐明白这个道理，可是我也已经不再是个孩子了。如同以前的人说的，站在十几岁的尾巴上，在抬头看天的时候，我总是想起朴树嘶哑的声音，他唱："他们都老了吧，他们在哪里啊……"

2002年我在上海，在上海大学数万平方米空旷的草地上看落日，在上海的灯红酒绿声色犬马中看光阴的剪影。以前看书的时候看到过有人说，人总是要走陌生的路，听陌生的歌，看陌生的书，才会在某一天猛然间发现，原本费尽心机想要忘记的事情原来真的就那么忘记了。我总是反复体会说这句话的人的语气，是历尽沧桑后的平静抑或是想要再次追忆时的无可奈何。可是水晶球不在我手上，我永远无法洞悉别人的思想。我只能一次一次地用自我的感觉去设想甚至去实践，而这样的过程，被所有老去的人称为青春。

我有我的现实，我生活在物质精致的上海，我也有我的梦境，我曾经生长的散发着浓郁时光味道的地方。我从来没有发现过自己那么想念我的故乡，以前我只是以为，我可以了无牵挂地走，独来独往。

看到朋友以前写的话，说我们无论在什么时候都要坚强，孤单的日子里，我们才可以听见生命转动时咔嚓咔嚓掉屑的声音和成长时身体如同麦子样拔节的声响。寂寞难过，仰天一笑泪光寒。

而以前的电视剧中总是唱："滚滚红尘翻两番，天南地北随遇而安。"

2002年的寒假，我从上海回四川，见以前的朋友，走以前的路，在我曾经念书的高中发现自己的照片被很傻地贴在橱窗里面。那个时候的自己，头发短短的，一脸单纯。而现在，当我穿着黑色的风衣头发纠缠不清地走在曾经走过的学校里的时候，我真的觉得自己是个孤单的过客。那些孩子的青春飞扬弥漫在四周，我看着他们想到我的曾经，想到我的九瓦台灯，那些昏黄的灯光，那些伤感的梦。

2002年的年末已经过去，2003年的轮子轰轰烈烈地碾过来。我写完这篇文章的时候，已经是离开四川去上海的最后一天了，这个寒假匆忙地就过去了，好像我就是昨天才回到家，然后睡了一个冗长的觉，第二天就提着行李又起程。

2002年已经过去，而我依然匍匐在时光中，等待心里一直等待的东西，尽管它从来没有出现过。也许又要到很久之后，在某一个清晨，在某一个陌生的街道，回首又见它。

# 天下

　　当我将手中的唱月剑刺入那个人的咽喉的时候，那个人的血沿着剑锋流下来然后从我的手腕上一滴一滴地掉下去，大理石的地面上，他的血蜿蜒成了汩汩的流水，像是我从小在江南听过看过的温柔的河。婉转凝重的流水，四散开来。我转过身，看到我娘倾国倾城的容颜，她的青丝飞扬在江南充满水汽的风里，她笑着对我说，莲花，这个人叫辽溅，江南第二的杀手，现在他死在你的手上，你将接替他的位置。母亲的笑容弥漫在风里，最终变得不再清晰，像是一幅年代久远的水墨画，氤氲着厚厚的水汽。

我叫莲花，从小在江南长大，我和我娘母子俩相依为命。说是相依为命其实我从小过着帝王般的生活，因为我娘是江南第一的杀手。她的名字叫莲桨。只是在精神上，我们是真正的相依为命。因为我从小就没有父亲。

我曾经问过我娘，我说，娘，我爹在什么地方？

我娘总会捧着我的脸，然后俯身下来吻我的眉毛，她说，莲花，你的父亲在遥远的大漠，在一个风沙弥漫的地方，他在那里守候着一群飞鸟，寂寞，可是桀骜。

我问过我娘我父亲的容貌，她告诉我，莲花，他和你一样，星目剑眉。

我从小在莲漪山庄长大，陪我长大的是我的表哥，他的名字叫星效。我们从五岁开始在莲漪山庄中学习练剑，只是他学的是正统而绚丽的华山剑法，而我，由我娘亲自教我。她告诉我，我的剑法没有名字没有来历没有招数，只有目的，那就是杀人。在我年幼的时候我总是对杀人有着恐惧，可是每次我听见娘说杀人的时候我总会看见她的笑容，如杨花般柔媚而艳丽，每次我的恐惧都会减弱，直到最后我可以平静地听我娘对我说，莲花，你将来要成为最好的杀手。然后我笑着对我娘点头。那一年我七岁。

星效总是穿着一身白色的长袍，玉树临风，气宇轩昂，白色的珠冠纶巾系住头发。而我总是穿黑色的长袍，头发用黑色的绳子高高束起，额前有凌乱的发丝四散飞扬。母亲告诉我，一个杀手总要尽量地内敛，否则必死。我曾经问过她，我说为什么要是黑色？她笑着对我说，莲花，你有没有看过人的血，那些在身体里流淌奔涌的鲜红的血，却会在人垂死的前一刻，变成黑色，如同纯正的金墨。

星效的剑法大气而流畅，华美如同翱翔的凤凰，而我的剑法，直截了当，像一声短促的飞鸟的破鸣。可是每次我和星效比剑的时候，我总能轻易地

## 守岁白驹

在十五招内将唱月剑停在他的咽喉处，然后看见他眼中的恐惧。然后我转身，就会看见我娘绝世的容颜在风中微笑如同绽开的涟漪。

我第一次杀人是在十一岁的时候，那个时候我还没有资格用唱月剑去杀人，因为那是我娘用的武器。我用的是一把淬有剧毒的掌中剑，狭长的剑锋呈现出碧绿色的光芒，如同江南那些日夜流淌回旋缠绕我梦境的流水，如同莲漪山庄中六十六条狭长的溪涧。第一个死在我手上的人是一个二流的杀手，可是已经在江南成名三十年。母亲告诉我说其实那些成名的杀手在暮年的时候已经丢失了全部的光芒与锐利，奢靡的生活早就断送了他们的杀手生涯，所以你可以轻易地击败他们。因为杀手如果不能杀人，只能被别人杀死。莲花，记住这句话，这是你父亲曾经说过的话，你父亲的名字叫作花丞。

那个人最后就像我母亲说的那样，轻易地死在了我的手上，我用了七招就将狭长的剑锋洞穿了他的咽喉。当他的血从咽喉沿着我的剑锋缓缓流下的时候，我的母亲出现在我的背后。我问她，我可以轻易取他的性命，为什么我的剑还要淬上剧毒？娘望着地面上漫延如流水的血对我说，因为要成为天下第一的杀手，必须置对方于绝对的死地，不要给他任何反抗的机会。

那个人在临死的时候看见了我身后的母亲——莲桨，他的眼中弥漫着无数的恐惧。他用模糊的声音问我，她是你什么人。我告诉他，她是我娘，她叫莲桨。然后我看见他诡异的笑容在脸上徐徐绽放，最终那个笑容僵死在他的脸上。

母亲将唱月剑给我的时候我十五岁，她对我说我已经有资格使用唱月了。我用唱月杀死的第一个人是星效，和我一起长大的表哥，和我同样居住在莲漪山庄中的挺拔的少年。我记得我们最后一次比剑的那天是立春，娘站在流水边，杨花从天空飘落在她的头发上肩膀上，她将唱月给我，然后叫我杀死星效，她说，莲花，杀死星效，然后你就可以成为真正的杀手，因为杀手必须无情。

那天白色的杨花不断飘落到我的身上，我知道江南的春天正在渐次苏醒，我站在明晃晃的水边，听着杨花落满整个江南的声音，听到黄昏，然后我去找星效，然后我一剑刺穿了他的咽喉，用的是那把唱月剑。

我对星效说的最后一句话是：我们来比剑，点到即止。尽管我可以轻易杀死星效，可是我还是骗了他。因为我娘告诉过我，要用一切方法置敌人于死地。

星效的血绵延在我的脚边，像是火焰般的红莲开满了整个莲漪山庄。我听到头顶飞鸟的破鸣，它在叫，杀，杀，杀。

从那个时候起我开始职业杀手的生涯，我一个月会杀一个人，我娘总是会告诉我那个人的姓名和背景，家世和武功路数，开始的几次她总是陪着我，后来我就开始一个人行动。我总会在杀人之后在那个人的咽喉上放上一朵莲花，江湖上就开始有人盛传我的诡异和飘忽以及绝世的武功。其实我留下莲花只是想让那些出钱的人知道，是莲花杀死了那些人，他们的银子没有白花。

在我十八岁的时候我杀死了辽溅，江南第二的杀手。莲漪山庄成为江南最好的杀手庄园，因为里面住着莲桨，还有莲花。从那之后我娘总是会捧着我的脸，对我说，莲花，你一定会成为天下第一的杀手，连娘都不知道，现在江南第一的杀手是我，还是你。我想有一天，不是我死在你的手上，就是你死在我的剑下。

然后我就会看见娘的笑容荡漾开来，如同江南清晨弥漫的水汽，弥散在整个莲漪山庄。她笑着对我说，莲花，你的面容像极了你的父亲，他的名字叫花丞。

在我十八岁之后我开始很少说话，我总是坐在岸边的柳树下，看白色的柳絮飞满整个苍蓝色的天空，等到秋天的时候，我可以看到大片大片的黄叶在风中残酷地凋零。小时候娘对我说过，每个人在死的时候都会回到自己的家乡，落叶归根，那些无法回去的人，就会成为漂泊的孤魂，永世流放。每次我仰望天空的时候，我都会想，江南是不是我的故乡，我死后，会不会葬在那些碧绿的流水下面。

有次母亲问我在仰望什么，我说没什么，只是因为寂寞。然后天空飞

## 守岁白驹

过一只鸟,它在叫,杀,杀,杀。我装作没有听见,而我娘什么话也没说。

那天晚上,我娘告诉我,其实我有一个妹妹,她的名字和我一样叫莲花,她和我的父亲住在大漠中,守望着一群寂寞的飞鸟。我的父亲是天下最好的两个杀手之一,我的妹妹,现在也应该是个绝顶的杀手。

我问我娘,那另外一个与我父亲同样的杀手是谁?

我听到她微弱的叹息,她说,是我。然后她说,莲花,其实你出生在塞外的大漠中,你的故乡不是江南,是塞北风沙弥漫的沙漠。

当我将葬月剑深深地划过那个刀客的颈部动脉的时候,我听到血喷涌而出时呼呼的风声,他的血细小纷扬地喷洒出来,像大漠的黄沙一样四散在风中,细小的血珠散落在发热的沙上,迅速风干变黑,如同我父亲花丞的瞳仁的颜色,黑如金墨。当那个刀客在我面前像棵树一样地倒下去的时候,我的父亲出现在我的身后,他的表情冷峻而桀骜,头顶盘旋着寂寞鸣叫的飞鸟,疾疾地掠天而去。父亲低低地对我说,莲花,这个人的名字叫寒挞,是这个大漠中仅次于我的杀手,他成名已经十年,现在才二十七岁。他十七岁的时候就已经是关外一流的杀手。父亲转过身来对我微笑,他说,莲花,从现在起这个大漠中除了我之外,没有人可以杀死你,也许,连我都不能杀死你。父亲的笑容最终弥漫在风沙中,我的眼睛感到丝丝的涨痛。那一年,我十五岁。

我叫莲花,我在西北的大漠中长大,我和我的父亲一起生活,每天早上,我都会站在他的旁边,陪他看天边地平线上疾疾掠过的飞鸟。我从小听着那些鸟的叫声长大,一声一声紧紧贴在大漠昏黄的天空上。我的父亲总是告诉我,他说,莲花你看,那个方向就是江南,那个雾气弥漫的地方,丝竹萦绕的城郭。那里的流水碧绿而清澈,可以回旋缠绕你的梦境。我的父亲名叫花丞,天下第一流的杀手。

我从小跟着父亲学剑,他从没有教给过我女子应学的花哨的剑法,他教给我的剑法简单而明朗,直截了当,没有名字没有来历没有招数,只有目的，那就是杀人。

我和父亲居住的地方在沙漠的中央，我们的房屋背后是一口泉水，我问过父亲为什么在沙漠中会有泉水，他笑着说，因为曾经有人在这里哭泣。他的笑容弥散在风里，混合着细腻的黄沙纷纷扬扬地凋落在我的脸上。

父亲在那口泉水中种了莲花，鲜如火焰般的红莲。父亲告诉过我那种红莲来自西域，花瓣中的汁液剧毒，见血封喉，如同孔雀胆和鹤顶红。我记得刚开始的时候红莲总是死亡，最好的一次是成活到了开花的时候，可是当第一朵花蕾形成的时候，莲花就开始从根部溃烂，最终死掉。六岁时下了一场大雪，泉水冰封了三个月，解冻之后，父亲从西域移植过来的莲花全部成活，温润如玉的莲叶覆盖了整个泉池。我问过父亲为什么要种莲花，父亲笑着摸着我的头发，他说，因为我最爱的两个女人，一个叫莲浆，一个叫莲花。我还有一个最爱的男人，他的名字也叫莲花。

我在十五岁之前杀人用的武器都是银针，淬过红莲汁液的剧毒。每次我用那些毒针划破对手颈部的动脉，然后我就会看见血喷洒而出的情景，像是风中弥漫的红色的尘埃，一点一点洒落在沙漠的黄沙之上，然后迅速被风吹干，被流沙湮没，没有痕迹。我曾经问过我的父亲，我说，父亲，我可以用银针轻易结束那些人的性命，为什么还要在针上淬毒。父亲望着地平线的方向，缓缓地说，因为不要给对手留下任何还手的余地，要置对方于死地。

父亲总是在黄昏的时候弹奏他那张落满尘埃的六弦琴，声音苍凉深远，荡漾在暮色弥漫的大漠上，有时候会有远方的骆驼商旅的队伍经过，驼铃声从远方飘过来，同悠扬的琴声一起纠缠着在风中弥散。我问过父亲那是什么曲调，他告诉我那是我母亲写的词，曾经用江南丝竹每日每夜在他耳边弹唱。父亲总是用他苍凉而又有磁性的声音唱着那首江南小调：

灯影桨声里，天犹寒，水犹寒。梦中丝竹轻唱，楼外楼，山外山，楼山之外人未还。人未还，雁字回首，早过忘川。抚琴之人泪满衫。杨花萧萧落满肩。落满肩，笛声寒，窗影残，烟波桨声里，何处是江南。

## 守岁白驹

　　每次父亲唱着这首词的时候，他总是泪满衣襟，我一直没有问他，他为什么不回到江南去，回到那个碧水荡漾的水上之城。我只知道父亲总会唱到太阳完全隐没在黄沙堆砌的地平线下，他才会小心地收好古琴，可是依然不擦去上面柔软的灰尘。然后他会在月光下舞剑，寂寞，可是桀骜，那些剑式他从来没有教过我，我看到月光下的父亲飞扬的黑色长袍和黑色凌乱的头发，如同一只展翅的鹰，月光沿着他脸上深深的轮廓流淌，弥漫在他的胸膛、腰肢、握剑的手指，最终融化在他黑如金墨的瞳仁中。

　　父亲告诉我，这个大漠看似平和，其实隐藏了太多的风浪。有太多杀手和刀客藏身于这个沙漠之中。我见过父亲说的那些沉默无语的刀客，他们总是蒙着黑色的头巾，孤独地穿行在这个滚烫的沙漠之上烈日之下，像是孤独但桀骜的狼。他们的刀总是缠在黑色的布匹之中，背在他们身后。我曾经看见过一个刀客的刀法，快如闪电，而且一招毙命。那个刀客在对手倒下之后抬头仰望着天空，然后看到飞鸟疾疾掠过天空，杀，杀，杀。不知道为什么，看到那个刀客，我想到我的父亲，花丞。

　　我问过父亲为什么他们的刀法全部没有来历，父亲对我说，因为他们的刀法和你的剑法一样，没有名字没有来历没有招数，只有目的，就是杀人。所以他们是这个沙漠中最危险的动物。

　　在我十五岁的时候，父亲叫我去杀一队经过这片沙漠的刀客，七个人，全部是绝顶的高手。父亲把他的葬月剑给我，然后带我去了黄石镇，这个沙漠边陲唯一的小镇。

　　当我走在飞沙走石的街道上的时候，我感到一丝恐惧。因为我从来没有见过这么多人。我从小就和父亲一起长大，没和第二个人有过语言上的接触。父亲将路边的小贩、老妪、乞丐、垂髫童子一一指给我看，告诉我他们中谁是杀手，谁是剑客，谁是平民。其中，父亲指着一个八岁左右的小男孩对我说，他是南海冰泉岛的小主人，中原杀手的前五十位。

　　当那条街走到尽头的时候，我看到飞扬肆虐的黄沙纷纷扬扬地沉淀下来，黄沙落尽的尽头，是一家喧嚣的酒楼，我看到里面的七个刀客，其中最中间的一个，最为可怕。

父亲对我说，莲花，上去，然后杀死他们。

父亲说这句话的时候像是对我说一件理所当然的事情、满脸平静，没有波澜。

后来那七个人全部死在我的手上，都是被我一剑划开了血管，鲜血喷洒出来。最后死的那个刀客是个面容瘦削的人，他一直望着我，在最后的时刻，他问我，花丞是你什么人。我在他的咽喉上轻轻放下最后一朵莲花，然后对他说，他是我父亲。然后我看见他诡异的笑容，这个笑容最终僵死在他的脸上，永远凝固了下来。

那天我和父亲离开的时候，那家酒楼重新燃起了灯火，红色的灯笼在混满黄沙的风中摇晃，父亲对我说，莲花，现在你是大漠中最好的杀手了，除了我，也许没有人可以再杀死你。

我望着手中的葬月剑，它雪白的光芒映痛了我的眼睛，它上面没有一滴鲜血，光洁如同象牙白的月亮，那么满那么满的月亮。

父亲离开黄石镇的时候将腰上的一块玉佩给了路边的一个小乞丐，我知道那块玉佩是上古的吉祥物，曾经被父亲用五千两银子买下来。我问父亲他为什么要给一个小乞丐。父亲对我说，因为他是个真正的乞丐。

那天晚上回到家之后，父亲又开始抚琴，然后舞剑，黑暗中我可以听到剑锋划破夜色的声音，短促尖锐如同飞鸟的破鸣。那天晚上我又听到父亲在唱那首词：

灯影桨声里，天犹寒，水犹寒。梦中丝竹轻唱，楼外楼，山外山，楼山之外人未还。人未还，雁字回首，早过忘川，抚琴之人泪满衫。杨花萧萧落满肩。落满肩，笛声寒，窗影残，烟波桨声里，何处是江南。

在我十八岁那年父亲对我说，我们离开大漠。

我不知道为什么父亲要离开，离开他守望了十八年的飞鸟和荒漠，离开他的莲池，离开这里登峰造极的杀手地位。我对父亲说，父亲，我们离开就要放弃一切，你决定了吗？

## 守岁白驹

父亲点点头，他说，因为我们要去找你娘，还有你哥哥，他的名字，也叫莲花。

父亲望着漆黑的天空说，因为那个约定的时间到了。

我总是喜欢在莲漪山庄内看杨花飘零的样子，无穷无尽，席卷一切。那些绵延在庄园中的细小的河流总是照出我寂寞的身影，其实很多时候我想找人说话，可是我每次接触陌生人的时候，我只有一个目的，那就是杀死他们。

每次当我用剑刺破他们的咽喉，我都很难过，像是自己在不断地死亡。

其实人不是到了断气的时候才叫作死亡的，很多时候我都觉得自己已经死亡，我像是木偶，被剪断了身后银亮的操纵我的丝线。

我总是梦见我的父亲，他和我的妹妹一起在大漠中生活，我梦见他英俊桀骜不驯的面容，黑色飞扬的长袍，和他凌乱的头发，如同我现在的样子。还有他身后的那把用黑色布匹包裹着的明亮长剑葬月。还有我的妹妹，莲花。她应该有娘年轻时倾城的容颜，笑的时候带着江南温柔的雾气，可是杀人的时候，肯定和我一样果断而彻底。

我的梦中有时候还有大火，连绵不断的大火烧遍了莲漪山庄的每个角落。我在漫天的火光中看不到娘看不到我的唱月剑看不到山庄看不到江南，只看到死神步步逼近。

每次我挣扎着醒来，总会看见婆婆慈祥的面容，她总是对我微笑，不说话。

婆婆陪我在莲漪山庄里长大，小时候我就一直睡在婆婆的怀抱中。可是婆婆不会说话，她总是一直一直对我笑，笑容温暖而包容一切。我喜欢她的头发上温暖的槐花味道，那是我童年中掺杂着香味的美好记忆。

其实当我第一次用唱月剑的时候我总是在想娘会不会要我杀婆婆，不过娘还是没有。也许因为婆婆不会武功，不能对我有所提高。

我总是对婆婆不断地说话，她是唯一一个可以听我说话的人，因为她不能说话。很多次我都难过地抱着婆婆哭了，她还是慈祥地对我笑，我仿佛听见她对我说，莲花，不要哭，你要成为天下第一的剑客，你怎么可以哭。

婆婆教给我一首歌谣，她写在纸上给我看：

灯影桨声里，天犹寒，水犹寒。梦中丝竹轻唱，楼外楼，山外山，楼山之外人未还。人未还，雁字回首，早过忘川，抚琴之人泪满衫。杨花萧萧落满肩。落满肩，笛声寒，窗影残，烟波桨声里，何处是江南。

我不知道这首歌谣怎么唱，只是我喜欢把它们念出来，我总是坐在河边上，坐在飘飞着杨花的风里面念这首歌谣，它让我觉得很温暖。

从我十八岁开始，母亲总是在说着同一句话，她说，约定的时间就要到了。

每次我问她约定是什么，她总是摇摇头，然后我就看见她深不可测却又倾国倾城的笑容。

那天我去繁华的城市中杀一个有名的剑客，那个剑客是真正的沽名钓誉之徒。所以当我在客栈的酒楼上看见他的时候，我走过去对他说，你想自尽还是要我来动手杀你。那个人望着我，笑声格外嚣张，他说，我活得很好，不想死，而且还可以让像你这种无知的毛孩子去死。

我叹息着摇头，然后用桌上的三支筷子迅速地插入了他的咽喉。我看见他死的时候一直望着我身后的剑，我笑了，我问他，你是不是想问我为什么不用剑杀你？他点点头。我说，因为你不配我的剑。

我又问他，你是不是很想看看我的剑？

他点点头，目光开始涣散。

于是我拔出了剑，白色如月光的光芒瞬间照亮了周围的黑色。然后我听见他喉咙中模糊的声音在说，原来你就是莲花。

我笑了，我说，对，我就是莲花。然后我将唱月剑再次刺进了他的咽喉，因为母亲告诉过我，不要给对手任何余地。当我看见他的血被红莲的剧毒染成碧绿之后，我将一朵红色的西域红莲放在他的咽喉上，转身离开。

当我走下来的时候我看到庭院中的那个男人和一个年轻的女子，两个

## 守岁白驹

人都是黑色的长袍，飞扬的头发。那个男的桀骜不驯，那个年轻的女子背上背着一把用黑色布匹包裹的长剑。直觉上我知道他们的身份，他们和我一样，也是杀手。而且是一流的杀手。

我安静地从他们旁边走过去，然后我听到那个男人在唱一首词，就是婆婆教我的那首，我终于知道了这首词的唱法，那段旋律弥漫了忧伤，我仿佛看到江南的流水百转千回。

回到莲漪山庄的时候我看见母亲站在屋檐下，她望着黑色屋檐上的燕子堆起的巢穴，露出天真甜美如少女的笑容。我呼唤她，我叫她，娘。

那天晚上我很久都没有睡着，我一直在想那个男人和那个女子，我觉得我应该见过他们，因为他们的面容是那么熟悉。可是我想不起我们在什么情况下见过。那天晚上我唱起了那个男人所唱的那首小调，我听见自己的声音在莲漪山庄的树木和回廊间寂寞地飘扬，然后我听到急促的敲门声，我打开门，看见母亲惊愕的面容，她望着我，急促地问，谁教你唱的这首歌？她一把抓住我的衣襟，问我，告诉我，是谁？

我说，我不知道。

那天母亲离开的时候，我听见她小声地低语，她说，约定的时间已经到了，原来你已经回来。

那天婆婆不知道是什么时候站在我们身后的，当我转身的时候我就看见了她慈祥的面容，可是我第一次从她的面容中，看到无法隐藏的忧伤。

婆婆，你在担心什么呢？

父亲告诉我，其实现在的天下，只有江南和塞外这两个地方，才有最好的杀手，所以我们要回到江南，而且，我娘在那里等我，还有我的哥哥，莲花。

我从来没有见过我娘，我哥哥也从来没有见过他的父亲。而且，我们彼此都没见过。父亲总是喜欢摸着我柔软的黑色头发对我说，莲花，你娘和你一样漂亮，她的名字叫莲桨。

当我们到达江南小镇的时候，已经是黄昏，有细雨开始从天空缓缓飘落。

江南的雨总是温柔得不带半点肃杀的气息，缠绵悱恻如同那些满天飞扬的纸鸢。

我记得我在大漠中第一次见到纸鸢是在杀死一个镖师之后，他的车上有一个蝴蝶纸鸢。我问父亲，这是什么，父亲对我说，那是纸鸢，可以在有风的时候飞上天空，就像那些寂寞的飞鸟一样。

我问他，为什么大漠里没看过有人放纸鸢？

父亲说，因为大漠里的风，太肃杀。那些脆弱的纸鸢会被风肢解，然后散成碎片，飘落到天涯。

而现在，我终于在天空中看到了飞舞的纸鸢，那么恬淡、安静。突然间，我热泪盈眶。我问父亲，我为什么不从小生活在江南，为什么我娘不在我身边？

父亲摸着我的头发，没有说话，可是我看到了他眼中的疼痛。他一遍一遍叫我的名字，莲花，莲花，莲花。

我喜欢江南的流水，它们婉转地缠绕着整个城市。看到那些从石桥上走过的长衫少年，我总是会开心地笑。我问父亲，爹，你年轻的时候是不是也是那个样子，羽扇纶巾，风流倜傥？父亲总是摸摸我的头发，对我说，不是，我年轻的时候背上总是背着葬月剑，深居简出。很多时候在夜色中赶路，然后在黎明时杀人。父亲的语气中没有任何的波澜，所以我不知道他对他曾经年轻的岁月是怎样的一种回忆。

我见过那些乘着乌篷船扬起皓腕采莲的女子，她们的头发黑如金墨，柔顺地从肩膀上垂下来，然后没进水中。那些头发荡漾在水草里面，像是她们低低的吴侬软语。偶尔有燕子斜斜地飞过水面，然后隐没在黑色的屋檐下。

我对父亲说，爹，我喜欢江南。

我们第一天来到江南的时候，住在一家客栈里。那天晚上我和父亲站在庭院中，我看到星光落在父亲黑色飞扬的头发上闪闪发光。他在唱那首小调，可是他的琴没有带来，遗落在大漠的风沙里。父亲磁性的声音蔓延

守岁白驹

在江南的水汽中。

灯影桨声里，天犹寒，水犹寒。梦中丝竹轻唱，楼外楼，山外山，楼山之外人未还。人未还，雁字回首，早过忘川，抚琴之人泪满衫。杨花萧萧落满肩。落满肩，笛声寒，窗影残，烟波桨声里，何处是江南。

然后我看到一个穿着黑色长袍的男子从我们身边擦肩而过，那一瞬间我觉得似曾相识，他像极了父亲，斜飞的浓黑的眉毛，如星的眼睛，挺拔的鼻梁，如刀片般薄薄的嘴唇。父亲背对着他没有看见，我想叫父亲，可是他已经走出了客栈。我望着他的背影，突然觉得很难过。

然后我们听见楼上人群惊呼的声音。

当我和父亲赶上去的时候，我看到一个倒在血泊中的人，他的血从他的身下流淌出来，像是江南婉转的流水，四散奔流，渐渐在风中变成黑色。然后我发现他咽喉上的伤口，一剑致命，而且伤口呈现诡异的蓝色，我知道剑锋上淬有剧毒，而且就是那种西域红莲汁液中的毒。而且那个人的咽喉上，有朵鲜艳如火焰的红莲。

我转身对父亲说，我没有杀他。可是我发现父亲根本没有看着我，他只是一个人神情恍惚地低低地说着两个字，而且那两个字很奇怪，那是我的名字。

父亲一直在念，莲花，莲花，莲花……

初十日，北星侧移，忌利器，大利北方，有血光，宜沐浴，诵经解灾。那天的黄历上这样写道。

那天早上娘很早就起来，她的头发绾起来，精致的发钗，飞扬的丝衣，手上拿着我的唱月。

娘，你要到什么地方去？

去见一个天下无双的杀手，我想看看是我天下第一，还是他天下第一。母亲的头发在风中依然丝毫不乱。我看到她的笑容，恍惚而迷离。

娘，你可不可以不要去。我心里突然有种恐惧，可是我也不知道自己在担心什么。

不行，这是二十年前的约定。莲花，你等着我回来，我会成为天下第一的杀手。

我看着她的背影消失在山庄的大门口，她的衣裳飞扬开来，我突然觉得她像只欲飞的蝴蝶，可是我怕她再也飞不回来。

那天我一直等到晚上，山庄里已经点燃了橘黄色的灯火，屋檐下的宫灯亮起，柔和的灯光从我的头顶笼罩下来。

当我听到北面山上传来的厚重的晚钟声，我站起来，然后告诉婆婆我要出门。

婆婆拉着我的手，望着我。我对她微笑，我说婆婆，我只是去找我娘，我很快回来。

我在丽水的南面看见了我娘，还有我在客栈里看到的那个会唱小调的男人，当我赶到的时候我刚好看到那个男人的剑锋划破我娘的咽喉，鲜血如同飞扬的花瓣四散开来，汹涌地喷洒而出，落在草地上。母亲手中的唱月跌落下来，砸在草坪上，没有声音。

我轻声地呼唤我娘，我说，娘，娘。

然后她转过身来望着我，绽放了一个笑容，笑容幸福而满足，在她死的时候，我也在她身边。我娘的身体倒下来，倒在我的怀里，她伸出手抚摩我的脸庞。我看到她的眼角流出了一滴泪，那是我第一次看见我娘哭，也是最后一次。她伸出手，指着那个男人，然后我听见她喉咙里模糊的声音，她说，他……是他……

我抱紧我娘，小声地说，我明白，娘，我会为你报仇。可是，我的话还没有说完，娘的手就从我的脸上跌落下去，我看到她安静的面容，荡漾着幸福。

我拾起地上的唱月，然后抱着我娘离开。离开的时候那个男人在背后叫我的名字，他叫我莲花。

我没有回头，可是却停了下来，然后我对他说，既然你知道我的名字，

守岁白驹

那你应该知道我是江南第一的杀手，可是你却在我面前杀死了我娘。

那个人没有说话，我听见他叹息的声音在夜色的冰凉水汽中弥漫开来。他突然问，你家是不是有个婆婆？

我没有回答他，抱着我娘离开。

眼泪从我的眼睛中大颗大颗地掉下来，我从来不知道原来一个人的眼泪有这么烫。

我忘记了那天是不是秋天，可是我却清晰地记得在我离开的时候，周围开始大片大片地掉叶子，掉在我的肩上，掉在我娘的脸上。我突然想起我娘曾经对我说的话，她说，每个人在死的时候都会回到自己的家乡，落叶归根，那些无法回去的人，就会成为漂泊的孤魂，永世流放。

娘，你不要害怕，我马上带你回家，回到莲漪山庄，你还是要教我继续练剑，还是要抚摸着我的脸庞，叫我的名字，莲花。娘，你不可以死，因为你就是我的天下。

当我离开那片弥漫着我娘鲜血的草坪的时候，我再次听到那个男人的歌唱：灯影桨声里，天犹寒，水犹寒。梦中丝竹轻唱，楼外楼，山外山，楼山之外人未还。人未还，雁字回首，早过忘川，抚琴之人泪满衫。杨花萧萧落满肩。落满肩，笛声寒，窗影残，烟波桨声里，何处是江南。

我不知道是我的幻觉还是声音在雾气中变得恍惚，我听到那个男人的歌声在最后竟然变成了压抑的啜泣，像江南潺潺的流水，呜咽着奔流。

黑色的天空中传来飞鸟的声音，杀，杀，杀。我抬起头，可是却看不见飞鸟在哪儿。只有那些明亮的星斗，星光落满了我娘的头发。

回到莲漪山庄的时候，我看到婆婆提着红色的官灯站在门口，风吹起她银白色的头发，她深蓝色的衣衫在夜色中发出幽暗的光芒。我抱着我娘站在她的面前，然后看见她漠然的面容，像是在说，注定的总是注定，然后她步履蹒跚地走进去。

我望着在我怀里像睡着的母亲，泪流满面。

娘，你叫我的名字好吗，我叫莲花。

十五，天龙冲煞，诸事不宜。

那天的月亮在我的记忆中格外地圆，也格外地亮。我在丽水的南岸，我的面前站着那个杀死我娘的黑衣男人，他的剑也背在他的身后。

他问我，你回去之后见过你的婆婆吗？

见过。

那你已经知道我是谁了吗？

知道。

然后我看见他的笑容，像月光一样柔和的笑容，那一刻我竟然感到莫名地温暖。

我想和你比剑，点到即止，行吗？

当然。我看到他的笑容，神采飞扬。

那天晚上他的剑总是在刚要到我的咽喉的时候就收了回去，可是，当我将剑逼近他的咽喉的时候，我直接贯穿了他的咽喉，然后我听到喉结碎裂的声音。

鲜血从剑锋上流下来，从我的手腕上滴下去，染红了丽水边的草坪。鲜血从岸上流进河中，一丝一丝扩散开来。我知道这条河的水会将他的鲜血带到整个江南。

我望着他的面容，他的脸上竟然没有怨恨只是忧伤，我对他说，比剑之前你问过我知不知道你是谁，我当然知道，你就是杀我娘的人，而且你是个愚蠢的杀手，难道你以为我真的会点到即止？

他的脸上突然出现了那种包容一切而又怜惜的表情，然后我听见他喉咙里模糊的声音，他说，我……是……我是……你……的父亲，我的……名字叫花……丞。

然后他手中的剑跌落下去，我的剑同时也跌落下去，两把剑安静地躺在草坪上，唱月，葬月。

花丞，我的父亲。我亲手杀了我的父亲，杀了那个我十八年来一直想见的人。

我抬头看天，树叶纷纷扬扬地飘落下来，掉在我和我父亲的身上。

守岁白驹

　　然后我看到了那个和他一起的女子,她从黑暗中走出来,抱起花丞,然后离开。

　　我望着她的背影,一瞬间我的难过竟然那么巨大。我试着叫她的名字,我叫她莲花。我想知道她是不是我的妹妹。

　　她没有转身,但是停了下来。她说,既然你知道我的名字,那么你应该知道,我是大漠中的第一杀手,可是你竟然在我面前杀死了我爹。

　　她离开的时候落叶不断掉落在她的身上,我突然觉得这个场景似曾相识。我突然想起了那首小调,于是我轻轻唱起来:灯影桨声里,天犹寒,水犹寒。梦中丝竹轻唱,楼外楼,山外山……

　　那天当我抱着父亲离开的时候,我听到那个男人在背后唱的歌谣。我不知道他怎么会唱这首曲子,可是,他的面容,像极了年轻时候的父亲,孤独,可是桀骜。一瞬间我几乎有种错觉,我像是觉得在我身后歌唱的,其实就是我的父亲,花丞。

　　离开那片草坪的时候我听到树林深处飞鸟的破鸣,杀,杀,杀。我想起父亲从前一直喜欢观望天空中寂寞的飞鸟。我突然很后悔来江南,如果我和父亲一直待在大漠,那么现在,父亲还是在莲池边舞剑、抚琴,唱着歌谣直到泪满衣襟。

　　我突然很想回到大漠,我想看看那里的莲花有没有死掉,我想看看那些沉默的刀客有没有再在沙漠中出现。我想看看黄石镇上那个小乞丐,顺便问问那块玉佩在什么地方,我想找回来。

　　不过在我离开之前,我还要结束在江南的记忆。我要回到我生长的大漠,在那里,成为第一的杀手。

　　我来江南是为了寻找我的母亲,可是却连父亲也失去了。那个我从没有见过面的母亲我想我今生今世也无法见到了,因为我要离开江南,其实我很想见见她,因为父亲说,我和我娘年轻的时候一模一样。我想让她在我离开江南的最后时刻陪我放一放纸鸢,因为我从来都没有放过,我也想让她陪我乘着乌篷船去采一朵水莲花,我要带回大漠去。我想让她抱抱我,让我可以叫她一声娘，可是娘，你在哪儿？

那天莲花来莲漪山庄找我，她说她要离开江南。我问她，你知道了我是谁吗？

她点点头，眼神中的疲倦让我心疼。

她说，在我走之前，我们比一次剑，那是我父亲最后的心愿。

我说好，可是必须点到即止。

那天比剑我发现我们的剑术几乎一模一样，有几次我将剑送到了她的颈部，然后又小心地收回来，可是当莲花刺出第七剑的时候，她直接用她的剑划破了我的咽喉。我看到我的血从我的下颌喷洒而出，像是带血的杨花，纷纷扬扬，我感到身体不断变得空洞乏力。

我问莲花，你知道我是谁吗？

然后她笑了，她说我当然知道，你就是杀我父亲的人，你也是个失败的杀手，因为你居然真的点到即止。

那一刻，我感到那么难过，可是我却再也发不出声音，我突然明白为什么我父亲死在我剑下的时候表情没有怨恨只有怜悯。于是我笑了，我看到莲花脸上的不解。可是我却再也没机会和她说话。我最后听到的声音是我手中的唱月剑跌到地面的声响，然后我看到婆婆出现在山庄的大门后面，然后一切突然消失。

当我用剑划破他的咽喉的时候，我听到他的血喷洒出来时呼呼的风声。在他倒下去的时候，我突然觉得他像我的父亲，我的父亲也是那么倒在我的面前，再也没有起来。他的血漫延在地面上，像是江南温柔的流水。那天有很多的落叶从天而降，覆盖了苍茫的大地。

我在江南的事情已经全部做完，我要回大漠去了。

当我离开的时候，我看到一个老人从门后面走出来，她小声地叫我的名字，莲花。

我转过身，问，你是在叫我吗？

## 守岁白驹

她的面容很疲惫,她点点头,说是。她说,其实我也是在叫死了的他,可是他却不知道,我是可以说话的。

那个老人抚摸着地下的那个男人的脸,说,莲花,我从来没有叫过你。现在我叫你的名字,你听见了吗?

我突然感到一阵眩晕,我问,你说他的名字叫莲花?

然后那个老人站起来,说,是的,他叫莲花,他就是你的哥哥,这辈子唯一的一个哥哥。

我突然感到一阵风将我围绕,我从来不知道原来江南的风也可以那么冷。我问她,这到底是怎么回事?

那个老人说,你父亲杀了你母亲,然后你哥哥杀了你父亲替他娘报仇,然后你杀了他替你爹报仇。一切就是这样。命中的定数。

那我爹为什么要杀我娘?

因为二十年前的一场约定,那个时候你爹是大漠第一的杀手,而你娘莲桨,是江南莲漪山庄最好的杀手,二十年前他们曾经较量过一次,从日出到日暮,可是不分胜负,于是他们约定二十年后重新比剑。可是,他们却在相遇的两年后彼此相爱,最后成亲。可是他们都不想违背约定,所以二十年后,你娘死在了你爹的剑下。一切就这么简单。

那你为什么不阻止这一切?

因为天下不能有四个天下第一的杀手,你们之间,只能剩下一个。最好的杀手,才能接掌莲漪山庄,成为天下的主宰。

你为什么会知道这一切?你是谁?

那个老人叹了口气,然后缓缓地说,莲桨是你娘,而我,是莲桨的娘,你的外婆。现在开始,你是莲漪山庄的新主人。

我不会再当个杀手了。

你不能不当,莲花。这是没有选择的事情。如果你要离开,我就会杀死你。因为莲漪山庄不允许外面有比庄内更厉害的杀手存在。

我最终还是离开了江南,尽管外婆要我留下来接管莲漪山庄,可是我自己明白，我再也无法使用葬月剑来杀人，因为我已经有了感情，我走到了杀手的尽头。离开的时候我最后一次舞动葬月剑，将我的外婆刺杀在我的剑下。当外婆缓缓在我面前倒下的时候，我的手几乎握不住剑了。我想我再也不能使出杀人的剑术了。

那年冬天我回到大漠，重新有风沙撒落在我的面容上。可是当我走到莲池边上的时候，莲花已经全部枯死，我不知道来年它们会不会重新发芽、开花。

我坐在莲池边上，解下我的发钗，我突然发现我的头发已经那么长了，黑色的发丝垂到水中，同莲花的残梗纠缠在一起，我看到水中那个女子的影子，一瞬间想到我娘。也想起父亲曾经说过的他生命中最重要的三个人，莲桨，莲花，莲花。

我想以后我会像我的父亲一样，安静地生活在这个大漠，每天早晨起来看天边寂寞的飞鸟，想象着东边水汽弥漫的江南。我也会像父亲一样在夜色中舞剑，让星光落满肩膀，同时抚琴，哼唱那首小调。

我披散着头发走进我居住了十多年的房子，一切都在，只是都蒙上了一层柔软的灰尘，像是我已经离开了很久。我在房间里走来走去，一直走到日落。每走一步我都会听到我父亲的声音。

我看到桌上的那些银针，那些淬着红莲剧毒的银针，十五岁前我的杀人利器，一瞬间我感到沧海桑田。我捏着银针，叹息声弥漫在房间中。

我突然想起我未曾见过面的母亲，想起与父亲酷似的最终死在我手上的哥哥莲花，想起我们的剑术，想起莲漪山庄门前哥哥流淌如江南流水的鲜血。

然后我突然听到有人破门而入的声音，我从恍惚中回过神，看到一个陌生的刀客，他问我他可不可以在这里借住一个晚上，我说可以。

等我回过头时，才发现刚才的惊吓让我捏银针过于用力，我的皮肤被银针划破了，我看到我的鲜血渗出来，变成幽蓝色。

然后一切在我眼前晃动不止，所有的色彩开始涣散，我听到天空上飞鸟的鸣叫，杀，杀，杀。在我倒向地面的时候，我听到了熟悉的声音，只

守岁白驹

是我已经分不出那是我的父亲,还是我的哥哥。只是我知道,那个低沉的声音在唱:

灯影桨声里,天犹寒,水犹寒。梦中丝竹轻唱,楼外楼,山外山,楼山之外人未还,人未还,雁字回首,早过忘川,抚琴之人泪满衫。杨花萧萧落满肩。落满肩,笛声寒,窗影残,烟波桨声里,何处是江南。

# 第三章

PAGES
夜页

写在前面 / 190
一个仰望天空的小孩 / 193
桃成蹊里的双子座人 / 202
永远哀伤的孩子 / 210
水中的蓝色鸢尾 / 217
一个人的城市 / 222
坐井观天的幸福 / 229
关于《生活在别处》的生活 / 233

# 写在前面

(图案可扫描)

  首先交代一下,"四维读书"就是我读书。"四维"取之于我的网名"第四维"。

  我是爱看书的人,我想是的。

我看很多的书，各种各样的书，我喜欢在灿烂的阳光里在膝上摊开一本书，旁边放上一杯水，然后听风吹开书页的美妙声音。

我有一个红木书架，里面塞满了各种各样的书。在我小的时候我常常站在书架前面，仰着脖子看那些花花绿绿的厚的薄的册子。当然这一切是我的母亲告诉我的，我记不起来了。

我们往往能够记住成长中的寂寞、疼痛，却记不住童年时那段透明时光中简单快乐的小幸福。也许就像人说的那样，人往往能记住痛苦，因为痛苦比快乐更为深刻。

可是很多时候我却怀念我的小幸福，如果人能不长大，多好，不用死命地念书，不用去想那个人爱不爱我，不用在黑夜里一个人想要流泪。如果人能不长大，那我就会每天穿上漂亮的衣服，拿着玩具枪出去玩一整天，不用担心明天是否有物理考试，可以全身滚得满是泥巴，回家后指着衣服对妈妈傻傻地笑，于是妈妈疼爱地给我换上刚晒干的衣服，上面还有阳光的清香。如果和一个小朋友打架了，我可以痛痛快快地流泪，大声哭，并说我再也不和你好了，然后第二天又开心地把自己的糖果分给他吃。

永远长不大其实是一种清澈的"柏拉图"，美好的水晶花园。就像彼得·潘一样，做个永远长不大的孩子。记得在刚看《彼得·潘》时，我是不喜欢这个孩子的。而现在，当我站在"孩子"这个称呼的尾巴上时，我想我已经原谅他了。

一个永远也不肯长大的孩子也许永远值得原谅。

我习惯走到哪里都带着我的包，朋友说就像蜗牛一定要带着它的小房子。我的包里有我写稿子用的本和笔，最重要的是还有一两本我要看的书。

我白天的时候喜欢朝快餐店里跑，在人声喧哗的场所，我找个角落安静地看书。这个习惯是被顾湘教出来的。她喜欢坐在快餐店里，然后用铅笔快乐地写自己想写的东西。我也试过，可是不行，我是个容易分神的人，风吹草动我的思绪就会跑得很远。所以我总是在夜晚的窗台前一个人悄悄地写，所以我写的东西是忧伤的。朋友说我平淡的口气里有深深的忧伤。而顾湘的东西是明亮且明媚的，看了让人快乐。

守岁白驹

　　记得我在给一家杂志写专栏稿的时候，我写过一篇文章叫《纸间岁月》，在里面我说：我灼灼闪耀的青春就在散发芳香的纸页间流过了。
　　流过了，我的年轻的生活，可是我不后悔。
　　我的青春，白纸黑字。
　　一个十七岁的人说自己的年轻生活流过了，听起来怪怪的。或许是我看的书多了，灵魂就成熟或者说苍老起来。就像台湾的朱天心一样，被人称为"老灵魂"。
　　老灵魂就老灵魂吧，如果可以，我也希望自己有足够沧桑的心来看纸间的悲欢离合。
　　我看的书真的很杂，包括平面设计和广告画册，甚至连建筑杂志我都会看。我喜欢在空气清凉的日子里，坐在阳台上，旁边有杯咖啡，膝盖上摊开一本建筑杂志或者《牛津词典》，我不是喜欢看我膝上放的我永远也看不明白的建筑设计，而是喜欢在翻书页的空闲时候，抬头看阳台外高大美丽的香樟，我不是喜欢背单词，而是喜欢那些很长很长的词条给我的平静安稳的感觉。
　　读书是我生命的一个状态，飞行的状态。
　　四维读书，我在纸间摸到过的华彩，遇到过的人，拾起过的感动，流过的眼泪。

# 一个仰望天空的小孩

　　我是一个在感到寂寞的时候就会仰望天空的小孩，望着那个大太阳，望着那个大月亮，望到脖子酸痛，望到眼中噙满泪水。这是真的，好孩子不说假话。而我笔下的那些东西，那些看上去像是开放在水中的幻觉一样

守岁白驹

的东西，它们也是真的。

## 音乐

一直以来我就是个爱音乐的人，爱得排山倒海，骨子里的坚持在别人看来往往是不可理喻的。

在天空清澈的夜晚，我总会在CD机中放进一张民谣。我总是喜欢扬琴叮叮咚咚的声音，像是一个满腹心事的宋朝女词人的浅吟轻唱。红了樱桃，绿了芭蕉，雨打窗台湿绫绡。而我在沙发温暖的包围中，在雀巢咖啡低调而飞扬的香味中，清清楚楚地知道，窗外的风无比地清凉，白云镶着月光如水的银边，一切完美，明日一定阳光明媚，我可以放肆得无法无天。

然而大多数夜晚我的心情是不好的。寂寞。苍凉。和一点点呼之欲出的恐惧。而这个时候我会选择张楚，或者窦唯。我总是以一种抗拒的姿态坐在客厅墙角的蓝白色沙发里，像个寂寞但倔强的小孩子。满脸的抗拒和愤怒，却睁着发亮的眼睛听着张楚唱"上苍保佑吃饱了饭的人民"以及窦唯的无字哼唱。我是个不按时吃饭的人，所以上苍并不保佑我，我常常胃疼，并且疼得掉下眼泪。我那个心爱的蓝白色沙发的对面是堵白色的墙，很大的一片白色，蔓延出泰山压顶般的空虚感。我曾经试图在上面挂上几幅我心爱的油画，可最终我把它们全部取了下来。空白，还是空白。那堵白色的墙让我想到安妮宝贝掌心的空洞，以及我内心大片大片不为人知的荒芜。都是些暧昧且疼痛的东西。而一旦音乐响起，我就会在墙上摸到华丽的色彩，凹凸有致。

张楚总是让人想到烈日当空照的闷热长街，大群大群游手好闲的赤着上身穿着拖鞋的人从发烫的地面上走过，目光呆滞，像是一头头温驯愚蠢的羊。而有个孩子却穿着黑色的长衣长裤站在浸满沥青的黑色马路上，以炯炯的目光宣告他的寒冷。冷得骨头出现一道一道裂缝，像个易碎的水晶杯子。那个孩子叫张楚，他说孤独的人是可耻的。他说蚂蚁没问题。

而窦唯总是给人一股春末夏初的味道，每次听到他的声音我都能敏锐地感受到悬浮在空气中的大把大把的水分子，附到睫毛上便成了眼泪。窦唯的声音总会激起一股穿堂而过的黑色的风,风中盛开大朵大朵黑色的寂寞,灼灼的光华烧疼了我浅灰色的瞳仁。窦唯总是给我一种向后退的感觉。一退再退。一直退到有个黑色的角落可以让他依靠,他才肯发出他春水般流淌的声音。孩子通常都具有抗拒的天性,我不知道窦唯还算不算个孩子,反正我是个孩子。我总是坐在图书馆的角落里,营造并且守候那个角落里我的小幸福,热血沸腾或者全身僵硬怎么都无所谓,总之我不想有人靠近。

音乐真的是一种很好的镇痛剂,对我而言,它像一个可供一只四处流浪常常受伤的野兽藏身的洞穴,我可以在里面舔舐我的伤口。

朋友说她可以在音乐里自由地飞翔,一直飞过太阳飞过月亮,飞过沧山泱水四季春秋,飞过绵延的河流和黑色的山峰,飞到乌云散尽飞到阳光普照。

我想我没有那么自由,我只能在音乐中将身子蜷缩得紧一点更紧一点,我好沉沉睡去,一直睡到我睁开眼睛的时候一切烦恼通通消失不见。

那样我就会很快乐,我就不会再在黑夜里一个人流下眼泪。

那些如天如地如梦如幻如云如电如泣如诉如花如风如行板如秦腔的歌／我的黑色的挽歌

## 电影

王家卫。

写下这三个字的时候我的指尖很细微但尖锐地疼了一下。他是个善于制造幻觉的人,而我是个善于在幻觉中沉沦的人,正如他是个很好的戏子,我是个铁杆的票友。王家卫操纵了太多太多的宿命,也寂寞了太多太多的人。欢乐的角色在剧终时总会悲伤,而悲伤的角色在剧终时不是疯了便是死了。寂寞是王家卫的撒手锏,而失落是他夜行的锦衣。

那些热闹的风啊,那些寂寞的人。不停地吃着过期的凤梨罐头不停地等待奇迹的金城武,目光空洞手势寂寞的王菲,反复地念着黄历的张国荣,对着水中的倒影舞剑的林青霞,对着墙上的一个洞口不停倾诉最终用泥封

## 守岁白驹

住了一切秘密的梁朝伟，在恍惚的路灯下穿着妖艳旗袍的张曼玉，这些如同不肯愈合的伤口一样寂寞的人，总会在每个夜晚铁马冰河般地闯入我的梦中。前世今生。物是人非。斗转星移。沧海桑田。一梦千年。永世不醒。

王家卫一边创造着幻觉一边创造着黑色的伤口，每个伤口都像是一朵黑色的曼陀罗，一边妖艳一边疼痛，并且涌动无穷无尽的黑色暗香。

算算我的八字，看看我的掌纹，我想我在劫难逃。

一个人总是下意识地靠近一些与自己相似的人。我记得有人这么说过。于是我知道了，原来我身体里流淌的血液是如此地寂寞。冰蓝色的血液最寂寞。

我总是对一些非主流电影中的人物有着细腻得惊人的触感，就像细小的冲击对含羞草都是雷霆万钧一样。我看过很多不为人知的电影，多数是我在成千上万张盗版碟中挑出来的。而那些电影里的人总是寂寞的。我清楚地记得一个男人站在灯火阑珊的落地窗前撕日历，一页一页，执着且近乎疯狂，一直撕到最后他整个人都疯掉了，从十八楼跳了下去。在他凌空飞行的时候，天空闪出大朵大朵色泽华丽的云彩。我也记得有个女人每晚都给自己买一束玫瑰，然后第二天早上看也不看就扔掉了，直到有天终于有个人送了她一束玫瑰，她第二天早上看到玫瑰凋谢却无能为力时，她怎样流了一地的眼泪。

还有《东京爱情故事》，我一直将其看作一部加长版的电影。每当《东京爱情故事》的主题音乐响起的时候，我的眼前总会闪现出赤名莉香痛苦的微笑，而那种微笑总会在一瞬间就将我的灵魂抽离我的身体，然后再在一瞬间将我的身体抽离这个世界。每看一次，心就缩紧一次，看到无人的车站栏杆上系着的迎风飞扬的写着"永尾完治"的手帕，看到赤名莉香在火车上蹲下来哭得像个孩子，我就会觉得眼眶隐隐发涨。

看到你的身影蹲在足球场上，我也把球踢了过去，完治，我轻轻唤着你的名字。看到了吗？完治，我将"赤名莉香"刻在学校的柱子上了，上面有你十二年前毕业时刻下的字迹，那时的你该是个小萝卜头吧？真的希望刻下的名字能填补你我之间那段空白的记忆。我不知道我的名字是不是也能在此保留十年、二十年，正如你的名字一般。即使它可能很短暂，但只要我们的名字能够并排在一起，那就足够了。

> 是谁唱起黑色的挽歌／是谁守望白色的村落／我的水银／我的烟火／还有我长满鸢尾的黑色山坡／热闹的风／寂寞的人／灼灼光华的清澈灵魂／你们是我／不肯愈合的温柔伤痕

## 阅读

阅读是午夜里的御风飞行，我一直这么认为。阅读似乎成了我生命中的一种极其重要的状态，黑色的风从翅膀底下穿过的时候，我总会有莫名的兴奋。

我所看的书很是极端，要么就是如许佳、恩雅般的安静恬淡，要么就如苏童、安妮宝贝般的冷艳张扬，或许我天生就是个极端的人。

记得我刚看许佳的《我爱阳光》的时候，我初中已经快毕业了。那时候第一次发现居然可以有作者用那么不动声色的文字而成就那么庞大的精致。后来看了她的《最有意义的生活》和《租一条船漫游江南》。她是安静的，像一株静立的木棉，而她的文字则像是从木棉枝叶间渗透下来的被洗涤了千百次的阳光，不急不缓地如春水般流进我的皮肤。因为彼此都是学生，所以看她的文字不太费力，很多时候共鸣可以毫无障碍无边无际地蔓延。而且最最重要的是她的文字有一种向上的张力，就像是有人站在很高很高的蓝天之上嘹亮地歌唱。很多时候当我压抑或者寂寞的时候，我就会去翻《我爱阳光》的最后一章，看完之后我的心情就会波澜不惊了，我就可以毫无怨言地抱着数学参考书一直做到日月无光做到山无棱天地合。

然而安妮宝贝和苏童却给予我文字上的囚牢，犹如波光潋滟的水牢。而我站在水牢深处，仰望天空疾疾掠过的飞鸟，口袋里装着坐井观天的幸福。

苏童。我一直无法明白为什么一个男人会有那么冷艳张扬的想象力，像是海中色彩斑斓的海葵，漂亮，但会蜇人。他笔下的那口关于宿命的井总会在有风声有雨的晚上闯进我的梦中。我走到很多地方都会去看那个地

守岁白驹

方的井，看井下会不会有人喊我下去。

　　安妮宝贝。我不知道应该怎么去写她。一个异常漂泊的灵魂，一个可以将文字写成寂寞花朵的灵魂。安妮宝贝在水中编织了一座空城，而我仓皇地站在这个城中，像个迷路的孩子。安妮说她的掌心是有空洞的，而我看看自己的掌心，干燥而温暖，掌纹虽然错综但脉络清晰，我想我最终还是一个好孩子。我只是需要安妮以尖锐的姿态在适当的时候用适当的力度对我的灵魂进行必要的穿刺，好证明我并不麻木，证明我是个好孩子。

　　杜拉斯。她的那些支离破碎的语法像是海中茂密的水藻，一大团一大团晃动的灵魂，丝丝缕缕将我缠绕。她的文字总是潜藏在深深的水中，你一定要屏住呼吸潜下水去才可以看到那些深水中绽放的美丽焰火，那些华丽到极致的透明幻觉，然后你浮出水面，大口呼吸，同时迎接暴雨后的虚脱。

　　还有另外的一些他们或者她们，那些感动我的人。

　　梦中我是个爱走路的人，我走过了所有书中写到的村庄以及城市，甚至花朵开遍但空无一人的庞大草原。走过我的泱泱四季，走过我的悲悲戚戚。

*骆驼的头流水的酒／下雪的城市空空的楼／我要拉着荞麦的手／向着风走／向着云走／走到落满桃花的／河的源头／谁的右手／拎起银针／挽起袖口／将一枚一枚铜扣／缝在我的世界尽头*

## 疗伤的方式

　　我是个容易受伤的孩子，打场羽毛球之后，手臂可以因为肌肉拉伤而疼痛一个月。拿着筷子发抖的样子挺难看的，可是一个月之后我又能握起球拍幸福地流汗了。但内心的伤痕却可以在每个晚上清清楚楚从头到尾地再疼一遍，那些伤口就像我一样，是个倔强的孩子，不肯愈合，因为内心是温暖潮湿的地方，适合任何东西生长。

　　我喜欢找一条漂亮的马路，然后在上面气定神闲地走，走过斑斑树荫的时候我像是走过了自己心中明明灭灭的悲喜。一直以来我希望自己是个心如止水的人，不以物喜，不以己悲，就像白白一样，"忘记悲欢的姿势"。

可是我不得不承认自己是面太大的湖，些许的风就可以让我波澜起伏。很多时候毫无先兆的悲喜在一瞬间就可以将我淹没。

我也喜欢蹲在马路边上，看着梧桐树叶一片一片地掉下来，一直掉满整个大地。我总是觉得那些树叶慌慌张张地掉下来是为了遮住一个大秘密，而我扫开落叶，看到的总是黑色的柏油马路。就像我蹲在路边看见天上慢慢走过一朵云，我就会傻傻地望着天空，想看看云走过了露出来的是什么，但云后面还是那个千年不变的天空，仍是那个天空，总是那个天空。同样，我家曾有个上了锁但找不到钥匙的漂亮的红木箱子，妈妈告诉我那是个空箱子，可是我不相信，于是有一天我终于用斧子将它弄开了，结果我毫无遮盖地看到了箱子的底部。为了一些空气我毁掉了一只漂亮的箱子。很多时候我就是为了这样一些莫名其妙的怀疑或者说是由不确定所带来的恐慌而将自己弄得心力交瘁。我想我真的是个麻烦的人。

身边的人说我走路的姿势是寂寞的，双手插在口袋里，眼睛盯着前面一处不可知的地方。朋友说我写字的时候才是真正寂寞的，眼睛里是忽明忽暗的色泽，姿势是一种完美的防御。其实当我抬头仰望天空的时候我才是真正寂寞的，可是我总是在只有一个人的时候才仰望天空。正如那个作家说的那样：你永远也看不见我最爱你的时候，因为我只有在看不见你的时候，才最爱你。同样，你永远也看不见我最寂寞的时候，因为我只有在你看不见我的时候，才最寂寞。

和我一起玩的朋友很多，也许多到一个广告牌掉下来就能砸死三个的地步。可是我真正愿意去爱——不是男女之爱，而是真正敞开自己的灵魂去接纳另一个灵魂的爱——的人，真的不是很多。并且，我不是个高傲的人。我真的是个好孩子，只是偶尔寂寞的时候会傻傻地仰望天空。

小A说世界上最寂寞的植物是柳，在明媚的春天她抱着满怀白色的心事，抖落在空气里，随着风飘，一点一点寂寞的白。

我想也许我的前世就是一棵柳树，站在山风上，在风中开出大团大团白色的寂寞。

守岁白驹

　　谁的寂寞／衣我华裳／谁的华裳／盖住我伤痕累累的肩膀／谁的明月／照我黑色的松冈／谁的孤独／挫疼山间呼啸的沧江／那是谁家寂寞小孩／头插茱萸／夜夜夜夜／纵情歌唱／如此辽阔／如此苍凉

## 写作

　　写作是一种暗无天日的自杀，杜拉斯是这么说的。
　　有人说我很会讲故事，所以我拿了个在全国相当显赫的一等奖。其实他们错了，我一点也不会讲故事。我只是善于把自己一点一点地剖开，然后一点一点地告诉他们我的一切。我不会是个好的写小说的人，因为我不习惯去讲别人的故事。哪怕我想写一个宋朝勤劳的农民，写到最后我还是会扯到自己身上来。甚至我在写到女主角的时候，我都习惯用第一人称来铺展故事，构好框架，然后一点一点填进自己的血肉，这种状态需要有足够的神经质才能坚持。
　　并且我是双子座的人，所以我写出来的东西会有很大的反差。我是双重性格的人，而且明显，小A总是告诉我说他分不清到底我是个阳光中乐天的人还是个习惯在黑夜里疼痛的人。
　　我现在一个人住在学校附近的一座老房子里，晚上我总是坐在窗台前写大量的字，一直写到手指开始抽搐我才停下。小A说我是个不要命的人。还有些时候我坐在书桌前看窗外树枝在窗帘上投下的影子，晃啊晃的，像是手语。
　　其实我将来想要过真正平静的生活，干一份平常稳定的工作，找一个人好好地去爱，普普通通地结婚，住在一套普通的房子里。我想我总有一天要丢开写字的生活，丢开这种内心流离失所的生活。我只需要做一个好丈夫，当一个好爸爸。我想：紧握在手里的幸福应该是简单而透明的。就像两只大雁，依偎在一起飞过天空，那么简单，那么快乐。
　　一直以来我是个性格复杂的孩子，很多人说我很难了解。我于是对他们笑，我是个经常笑的人，可是我不是经常快乐，很多时候当我感到悲伤，泪水还没来得及涌上来，笑容已经爬上了眼角眉梢。我对我喜欢的人才会生气，不喜欢的人却对他们微笑。

　　直到有天我发现写字给我带来的快感，于是我开始不停地写字。就像蒙着眼睛不断追逐那黑色的幸福。

　　河水的手／黑夜的喉／月光吊起竹楼／是谁为我煮好清酒／那些灼灼的竹简／那些盛开的伤口／而我的双子星／一颗在这头／一颗在那头

　　我就是这样一个孩子，我诚实，我不说谎。但如果有天你在街上碰见一个仰望天空的孩子，那一定不是我。因为我仰望天空的时候，没人看见。

# 桃成蹊里的双子座人

**双子座·结束**
　　很多时候我的脑子里冷不丁会冒出个念头：我的生活结束了。不论这个念头是怎么来的总之它不可思议并且可怕。虽然我长得并不是貌比潘安颜如宋玉，但起码我不会影响市容，偶尔碰上母亲的同事她们还说我长得很乖；虽然我的成绩上北大清华有点困难，但起码上个重点应该没问题；虽然我的零花钱不够隔三岔五买台电脑，但起码对付日常的吃喝拉撒不成问题；虽然我父母并不是把我捧在手心里怕化了，但我知道他们是爱我的——这我敢肯定；虽然我的朋友还没有多到一个广告牌掉下来就能砸倒三个的地步，但起码我不会寂寞。

那么"生活结束"的念头从何而来呢？我问夜叉，夜叉告诉我："因为你不知足。"是吗？我搞不清楚。我觉得自己挺知足的。我没有过高的愿望，很多时候我连过低的愿望都没有。那么要不就是夜叉说错了，要不就是我不够了解自己。而我觉得后者的可能性更大。

### 桃成蹊·夜叉

我和夜叉是在桃成蹊认识的。我和他是那种在父辈眼里不可思议、在前卫分子眼里俗不可耐，但在我们眼里挺好玩的——网络朋友。

我最初的一个傻气的网名是阿修罗，佛经中善恶参半的战斗神。某天一个叫夜叉的人找上了我，我说我不是MM要找MM走远点儿。夜叉说我知道你不是美眉，你现在在哪儿？告诉我。你别怕，我没什么企图。我说我怕什么呀，是人是妖你都放马过来，我在桃成蹊。夜叉说那简单，你举几下手我就可以看见你了。于是我举了手，于是我们成了朋友。

如果我不说大概没人知道桃成蹊是个什么东西。它是书店，也是咖啡店也是网吧，夜叉称之为三面夏娃。我至今仍不知道"桃成蹊"这三个字所代表的意思，估计不是现代人说出来的。我知道我才疏学浅，但中国的古典书籍浩如烟海，天知道是出自哪本经哪本传里的。但孔子曰：不耻下问。于是我去问卖书的收银员，她冷冰冰地说："不知道。"于是我自作聪明地去买了一本书，然后结账的时候再问，终于她微笑着对我说："对不起先生我还是不知道。"夜叉在旁边笑得几乎病危，大有撒手而去之势。那个时候网络还不发达，没有百度百科维基百科之类的东西。我懒得查字典。我懒得干很多事情，查字典是其中最懒得干的事情之一。

守岁白驹

　　桃成蹊里有网虫、书虫还有懒虫。很多人在这里一泡就是半天，喝喝咖啡，翻翻书，上上网，吹吹牛，说说这个小小寰球还有几只苍蝇在碰壁之类的，悠闲得不行。看着他们你会发现其实中国人挺会生活的。

　　夜叉是个高三的学生，而我高一。按照那种"三年一代沟"的理论来说，我和夜叉能做朋友真是幸运。如果他早出生一年或者我晚出生一年，那么"鸡同鸭讲"或"对牛弹琴"就在所难免。

　　就在我写这篇文字的时候，夜叉走进了桃成蹊。我说我在写你。他说写吧我不收你钱。我望着眼前的夜叉叹了口气。是羡慕是自卑。

　　夜叉具有太多我不具有的东西。比如一个男人应有的冷静，比如我可望而不可即的一米八五的身高，比如一头金黄色的头发，比如一只能画油画的右手，比如稳上清华、北大的成绩，比如其他一切可以比如的东西。

　　还有夜叉家比我家有钱，他家富得不像话，就算他用钱来当墙纸贴我也不会太奇怪。坦白地说钱是样好东西，我对好东西的态度一般是"来者不拒"。这句话很可能会触动某些卫道士的神经，他们可能会说我"爱慕虚荣"什么的，同时告诉我"金钱买不到朋友，朋友比金钱珍贵"之类的。我同意我也承认，但我看不出金钱与朋友之间有什么不共戴天之处。再退一步讲，古人说："金钱如粪土，朋友值千金。"从这句话不难得出"朋友如一千堆粪土"这个概念，这就正如数学上的 A=B，B=C，从而推出 A=C 的结论一样。

　　北京有个女生写篇《我是个钻进钱眼里的妞》仍然拿到了作文比赛的一等奖，而《我爱美元》的作者却被骂得狗血淋头。原来中国人的民族激情依然是汹涌澎湃的。也许作者把书名改成《我爱人民币》会少挨一点骂。

　　我把写好的这一段拿给夜叉看，他看完之后说原来我一直是你的偶像啊。

### 双子座·沉思者

　　很多时候我在沉思，思考这个世界，思考我的生活，想的多，做的少。但这个忙碌的城市和尘世却要求我做的多想的少。所以我很多时候都有种幻想美好现实残酷的感觉。

我随时随地都在思考，睡觉时思考，吃饭时思考，连走路也在思考，为此我常常被突如其来的汽车喇叭声吓得目瞪口呆，常常走错路，常常撞树撞人撞电线杆。但我最爱思考的地方还是在车上。

我是个偏爱乘车的人。

但我不是什么车都爱往上跳，我喜欢的仅仅是那种玻璃宽大、硬座硬椅的大巴士，准确地说，我喜欢的是那种一边随着汽车上下颠簸，一边看着玻璃窗外芸芸众生奔走不息，一边思考是生存还是死亡的感觉，那时候，伤感劲儿就汹涌啦。

那种感觉是在小车里感觉不到的，为此母亲说我是天生的劳碌命。劳碌命就劳碌命吧，我依旧偏爱庞大的巴士。

我思考的东西很多，包括我这个年龄应该思考的和不应该思考的。我思考的东西大多与时间有关，对于时间，我敏感得如同枝繁叶茂的含羞草。我想自己很快就会进入高三，很快就会上大学，很快毕业，很快工作，很快结婚，很快把孩子带大，很快老了，坐着摇椅晒太阳，我的一生简单得只剩下几个"很快"。

夜叉说你上辈子一定有九个脑袋。我问他，你是说我上辈子很聪明吗？夜叉说，不，我是说你这辈子只有一个脑袋所以你这么笨。别人都知道要轻装上阵，你却想东想西地把一个个包袱压到肩上，把一个个解不开的死结塞到脑子里，把自己搞得那么悲观，你累不累呀？以后再想不通什么就告诉自己：这是宿命。

我的确很累，可这也是宿命吗？

## 桃成蹊·美丽新世界

我对桃成蹊有种依赖，我会把稿子拿到桃成蹊去写，把作业拿到桃成蹊去做，把小说拿到桃成蹊去看，夜叉说我很可能死也要到桃成蹊去死。

很多时候都是我一个人在桃成蹊里写写画画而其他人都忙着喝咖啡上网聊天谈恋爱。我是唯一一个背着书包走进桃成蹊的人。

守岁白驹

我很爱写东西，诗、小说、日记、信及其他。我想我前世的前世一定是秦始皇焚书坑儒的帮凶，上上上辈子毁掉的文字注定要我这辈子写出来作补偿。我写东西很拼命，常会写到凌晨一点方肯罢休。熬夜伤身，我妈常常告诉我。伟人说："人们在四十岁之前拿身体去换钱，四十岁之后再拿钱去换身体。"这不仅仅是个黑色幽默而已，有太多太多的人正沿着这条轨道前进。尽管我写稿的主要目的不是为了钱，但我依然可以算是这条轨道上玩命飞奔的火车头。

我对自己写的东西很自负，说孤芳自赏也行，因为老师不喜欢。在每篇文章开头的时候我都对自己说这一定要是篇传世之作，但我天生缺乏耐性，写到后来传不传世也无所谓了，草草收场。所以我写的小说前半部分人物一个接一个层出不穷，到后来不想写了最简单的方法就是让他们全部死掉，剩一个人来收尾就行了。写小说最大的好处就是：杀人不用偿命。

这样写出来的东西头重脚轻在所难免。夜叉读了我的小说之后问我，你写最后部分的时候是不是尿急呀？

桃成蹊的环境很中庸，不会太安静也不会太喧闹，音乐不痛不痒，灯光不明不暗，这样的环境可以给我最大的自由，我认为这是最适合我写作的美丽新世界。

## 双子座·迷路

我降生到这个世界十七年，有十六年在迷路。剩下的一年我停在原地思考我为什么迷路。

我想上个普通的高中，结果我被送进了省重点。

我想读文科，结果鬼使神差地进了理科。

迷路。迷路。迷路。

都说是久病成医，但我足足迷路了十七年，我是久病不愈。

我一直迷路的原因恐怕得归结于我是个双子座的人，有着双重性格。我有一些朋友说我是个彻头彻尾无药可救的小疯子，而另一些朋友说我像个温文尔雅书卷气的书生。要不就是我矛盾得要死，要不就是他们辩证得要命。而我认为多半是前者。一句"我是双子座的"就可以解释很多事情，但"很多"不是"全部"。比如我做不出一道物理题我就不能说：这很正常，因为我是双子座的。

星座书上说，双子座的人永远不安分，渴望扮演不同的角色。

很对，但没人知道我想扮演什么。夜叉有句口头禅：打死我也想不到。我相信，打死再多的人都想不到。

流浪作家，小太监，乞丐。这就是我向往的人生。

一直很喜欢流浪作家身上那种若有若无的自恋气质。夜叉说"自恋"是"自信"的比较级。大凡作家都自恋，视文学的神圣如贞操。但在物质需要飞扬跋扈的年代，精神方面的执着往往退居二线。也听说过知名作家为了生计而被迫写鬼故事的。而流浪作家压根儿就不在乎什么钱不钱的事儿，一个旅行包、一支笔足够了。路上没钱了，在饭馆里打一阵工之后继续上路。三毛为了钱会跑到撒哈拉去？怪事！

相信小太监会令大家大跌眼镜甚至跌破眼镜吧？当我这么对夜叉说的时候，他伸手做出一个剪刀手的姿势对我说，我也能帮你咔嚓那么一刀，让你美梦成真。我其实喜欢的是那种古代的氛围。天色微亮的时候，小太监捧着个金盆，穿过朱门红柱的走廊，步履匆匆怕金盆里的水冷了主子生气，单薄的身影荡开悬浮不动的浓雾。这是我所向往的单纯宁静的生活，没有正弦函数和全校排名。夜叉说这反映了你血液中有奴性。我不同意，其实它反映的是我对这个社会的一种畏惧，一种退让。一种与世无争甘愿平凡甘愿低贱，甘愿成为万丈高楼最底层的石粒。

更彻底的退让就是当一个乞丐。因为乞丐的欲望已经降到了只剩"生存"二字。乞丐浪迹于城市的每个角落，比任何人都敏锐地观察着这个尘世。所有为名为利为权奔走的人在他们眼里只是粉墨登场的跳梁小丑。乞丐是另一种形式的得道高僧。看破红尘得先看不起红尘。无处不在的竞争已经把人们训练成了各种各样的机器，六七岁的小孩子为上重点小学而竞争不再是什么新鲜事儿了，托儿所里也有婴儿爬行比赛。我对乞丐的感觉无法说得很清楚，一句话，就像麦田守望者唱的那样：他没钱他孤单他流浪可

守岁白驹

我喜欢。

并不是我有多高尚、多纯粹、多觉悟，我也在人流俗世中摸爬滚打垂死坚持，为将来的名、利、权头悬梁锥刺股。所以现实与理想的落差让我觉得迷失了自我迷失了路，就像王菲唱的一样：红灯绿灯红灯。

所以当我看到成龙在屋顶上大喊"我是谁"的时候，我一方面觉得有点好笑，但同时我的眼睛有一点湿。

### 桃成蹊·静夜思

我是个奇怪的人，从晚上八点开始我不是越来越疲倦而是越来越清醒，我想我要是在美国就好了。

书上说："在黑夜中坚持苏醒的人代表着人类灵魂最后的坚守。"我并没有那么伟大。并且我知道高中生是没有资格去坚守什么的，那不属于我们的职责范围。我们生存的全部意义就在于高考，而高考的全部意义就在于将来能生活得好一点，而生活得好一点则是为了将来能舒舒服服风风光光地死掉。

但如果我现在去死的话我依旧可以死得舒舒服服风风光光。我所需要做的唯一一件事情就是从这个窗口跳下去。我家住在第二十层楼，离地六十米，通过自由落体公式我可以计算出我在死亡之前可以享受三到四秒的飞翔感觉，然后"砰"的一声把整个城市惊醒，在万家茫然不知所措的灯光中，我在街心摊成一朵红色的玫瑰，接着在众人的尖叫声中我的灵魂微笑着升入天国，找马克思、张爱玲聊聊天。

那么我们现在这么拼死拼活地读书还有什么意义呢？我困惑。没有人给我指点。长辈们总叫我们摸着石头过河，但河水中却没有供我们摸索的石头，冷不丁还会摸到一把锋利的匕首。

星期六晚上我常把夜叉约出来，坐在天桥的栏杆上，看看车，喝喝可乐，对着路过的美女吹吹口哨，活脱脱像个痞子。痞子也是分很多种的，痞子蔡那种网络英雄注定离我们很遥远，而我们只能是那种人见人恨的学痞地痞。

在这种时候，我和夜叉往往会讨论一些沉重的话题。

也许大人们都认为"沉重"是不应该出现在我们身上的。他们认为我们永远都该阳光灿烂，永远天不怕地不怕像三毛一样大喊："远方有多远？请你告诉我。"但他们永远也不知道，我们已经没有时间和心情去问这种浪漫而没有价值的问题了，如果要我们问，我们就一定会问："高考考什么？请你告诉我。"

世界杯的主题曲已经被我们改成了"啊累啊累啊累"，但长辈们还是在说，你们玩得太好了。谎言重复一千遍也是真理，于是我们向题海更深处猛扎。

我对同桌说我除了上语数外理化之外，其余的课都在回信，这样是不是很堕落？同桌说，我除了体育课之外都在睡觉，那我堕落吗？我觉得说"是"太伤人了，说"不是"又太虚伪了，所以我只好斜四十五度角晃动脑袋。我拿这个问题问夜叉，夜叉说我也常上课写信。我问那你的成绩为什么还是那么好？问完之后我觉得这是个傻问题。并不是所有顶尖的学生都会上课认真听讲，就正如并不是所有上课认真听讲的就都是顶尖学生一样。

人和人本来就不平等。

老师和教堂里的神父都说："人世美好生命可贵，你们要相信人相信爱，没有什么错误不可原谅。"

只有张爱玲说："人生是一袭华丽的袍，里面爬满了虱子。"

### 双子座·开始

夜叉顺利地考上了他理想的大学，我目送他的火车越走越远，最终跌到地平线以下。星星很赏脸地布满夜空，为夜叉的离开提供了一个很好的背景。夜叉走前对我说的最后一句话是："你要相信你的生活才刚刚开始。"

回家的路上一片霓虹。我对自己说："你的生活才刚刚开始，你的未来一片光明，青蛙复生，美人鱼唱歌，王子和公主幸福地生活。"

# 永远哀伤的孩子

## ——读《彼得·潘》

(图案可扫描)

彼得·潘是个永远长不大的孩子,他永远也长不大。
看到这句话的时候我想我是嫉妒他的。
我的童年很快乐,像童话里的水晶花园一样只有纯粹透明的快乐。有父母爱,有外公外婆疼,还有我的哥哥姐姐以及邻家一个头发软软的小姑娘。我常常有新衣服穿,有糖吃,还有很多玩具,和其他小朋友不一样,我还有很多很多的书。我五岁的时候就可以看有字的连环画和算两位数的乘法了。我是个在幸福里长大的孩子。如果可以,我真的希望时光可以留在我的童年,不要飞快地流走。

可是我还是在明媚的阳光中,在父母的疼爱中,在寂寞的风中悄悄地长大了。我心中流过的色彩不再像是童年那种纯粹的明黄或者暗蓝,代表纯粹的开心或者哀伤。长大以后,成千上万的色彩从我的心里流过,我以为它们会像清水流过光滑的石板一样转瞬即逝,可是它们却在我的心的表面留下了斑斑驳驳的投影,像是一个在水里泡了几千年的铜罐的表面一样。有痛苦的微笑,也有快乐时恍恍惚惚的忧伤。各种各样的光汇在一起是明亮的白色,可是各种各样的油彩汇在一起却是颓败的黑色。我曾经尝试着改变,可随即发现自己无能为力,我的忧伤太巨大。于是日子就这样继续下来。

彼得·潘永远待在永无岛(never land)上,待在他的童年里面。而且他会飞,每个人都疼他,我应该是羡慕他的。可是我没有。我是不喜欢彼得·潘的,甚至有些时候有点恨他。因为他任性得一塌糊涂。他总是伤害爱他的人,他从来就不考虑别人心里是否难过。

我不喜欢这个长不大的小怪物。

可是那天在"榕树下"网站,小许对我说:"彼得·潘是个落拓的孩子,他太任性了。可你和他一样。"

可你和他一样。

看到这句话的时候我的心开始下坠,无穷无尽地下坠——每次我都以为跌到底了,可是它依然下坠。原来我是个让人伤心的孩子。

6月6日。午夜十二点。双子星明亮。我的降生。

我出生在两天的交界边缘,出生在双子星庞大的笼罩之下,我是个性格双重的人。黑夜给了我黑色的眼睛,可是它却让我爱上黑色给我的敏锐的疼痛。

## 守岁白驹

我从小被教育成一个听话的孩子，有涵养，外表干净清爽。小许曾经对我说："彼得·潘是个落拓的孩子，而你太听话，太规矩，你的生命像是沿着一条画好的轨迹在滑翔，翅膀虽然张开了，可是保持着同样的姿势低空徘徊，僵硬而麻木。"

我知道彼得·潘是会飞的，而且飞得很好很顽皮。他时而掠过海面，时而又钻进很高很高的云里面去。

"眼看迈克尔就要坠到海面上了，彼得·潘才飞快地冲下去，一把抓住他。彼得·潘这一下干得可真漂亮，但是他总是等到最后那一瞬间才去救人，而且，他好像是在故意炫耀自己的本事，而不是专门为了救人。"

你看，他就是这样一个骄傲而任性的孩子，他又伤害他的朋友们了。

小许曾经写下过这样的句子：

"爱的背面是什么？"

"是恨。"

"不是，是遗忘。"

彼得是个经常忘记别人的人，或者说他从来就没有去爱过别人。

"既然他把那些事情忘得那么快……"文蒂深思地说，"怎么指望他能一直记住咱们呢？"

真的，有时彼得飞回来的时候，就不认识他们了，至少是认不清他们了。文蒂看清了这一点，"无论是白天还是别的时候，彼得飞过来看见他们的时候，眼里竟流露出努力辨认的神色。有一次，文蒂不得不向他喊出自己的名字。"

我不喜欢彼得这个样子，他需要大家对他的爱，他可以在那些爱里面任性地撒娇，就像个在雪地上撒野的孩子，可是他却不爱别人。或者说得更悲哀一点，他不懂得怎样去爱别人。

一个失去爱别人的能力的人是悲哀的。安妮不轻易地去爱别人，因为她被爱情的宿命割出了一条很大的伤口。可是彼得纯粹是因为幼稚，因为他任性的自私。于是所有爱他的人都感到难过，为他伤心，包括文蒂，包括那个为他嫉妒文蒂为他去死的小仙女丁卡，包括印第安公主虎莲，包括永无岛上的孩子们，以及那些甘愿让彼得骑在自己的尾巴上玩耍的美人鱼。也包括我，我想我也是爱他的，我对别人说："我觉得彼得·潘是个可怜的孩子。"

我觉得彼得·潘是个可怜的孩子。

在这篇文章写到一半的时候我打电话给小许。那天晚上已经七点十五分了，大家都在上晚自习。我握着电话站在校门口的电话亭里，夜风吹过来，我闻到自己刚洗过的头发上有青草的香味。我对小许说："我在给《彼得·潘》写书评呢。"小许说："为什么想到要写彼得呢？"我说："因为他是个让人恨也让人心疼的可怜的孩子。"小许说："你是第一个觉得彼得可怜的人。"

小许坚持认为彼得是个落拓的孩子，我不知道彼得什么地方让小许感到落拓，就正如小许弄不明白彼得什么地方让我感到可怜。

小许说我是第一个给童话写书评的人。我对她说："其实顾湘也给童话写书评，写《小王子》，也写《彼得·潘》。顾湘对《彼得·潘》的书评写得相当地好，我觉得自己现在又写《彼得·潘》是在干一件隔纸描红或者画蛇添足的笨事情。"

小许鼓励我说："不是呀，你和顾湘写的东西不一样呀。"

于是我也笑了，安慰自己："是呀，真的不一样呀，我们看的《彼得·潘》是两个版本，她说的温迪就是我说的文蒂，而且她看的版本好像比我的译得好一点。"

说完我们两个都笑了。我看到玻璃墙上自己的笑容格外明亮，像个快乐的小孩子。

"小郭啊，你真像个小孩子。"小A这么对我说过，一草也这么对我说过。记得我一个人去上海的时候第一次见到一草，我和他在路边等车。一草说："小郭呀，你真像个小孩子。"于是我说："我本来就是个孩子呀。"一草笑眯眯地望着我："小郭我特喜欢你这一点，承认自己小，而不是像一般十六七岁的孩子一样扮成熟。"

是的，我看到过很多初中的孩子用成人的姿势难看地抽烟，我为他们心疼了。为什么要急急忙忙地长大呀，有一天你们会发现自己真的无法挽回地长大了，那你们想重新变小都不可能了啊。

在一草说的时候我没有告诉他有段时间我是多么地不想长大。

那是初三的时候，我对小 A 说："我不想继续长大了，一辈子上幼儿园多好呀。"小 A 说："想想彼得吧，那个永远哀伤的孩子。"

听了小 A 的话之后我就开始希望自己快快长大，我要学会珍惜学会怎样去爱去宽容别人，因为我不希望像现在一样像彼得一样像个任性的小孩子一样乱发脾气让爱自己的人伤心。我不愿意看到爸爸妈妈老了，朋友们都牵着自己的孩子，小树苗都长成参天大树了，高山都被风削平了，大海也被沙填满了，而我依然是个长不大改不掉死不了的满口乳牙没心没肺的小孩子。

如果是那样的话，我想我是会哭的。

彼得太爱自己了，他是天真而自私的。

"岛上孩子的数目时常变动，因为有的被杀，或者其他缘故，他们眼看就要长大的时候——这是不合乎规定的，彼得不允许他们长大，于是彼得就把他们饿瘦了，直至饿死。"

"我虎莲是讲意气的。"美丽的公主说，"彼得·潘救了我的命，我就永远做他的好朋友，我绝不让海盗来伤害他。"

这在虎莲公主一方，是出于感恩和礼貌，但在彼得看来，这是他应得的报答。于是，他往往居高临下地说："很好，很好，彼得·潘说了。"

每次他说"彼得·潘说了"的时候，就是让对方闭嘴。

"彼得不允许孩子们的模样有一丁点像他。"

一个太爱自己的人往往不知不觉地就伤害了别人。

那天我问兔子我是不是一个可恨的人。兔子说从某个意义上说你是的。于是我问兔子为什么。兔子说你总是轻易地就对别人许诺一些事情。比如你答应送给我一只珍珠兔子答应给我你的文章答应教我插花，可是最后你什么也没做。

我想告诉兔子我的打印机坏了而且电脑的屏幕烧了所以文章打不出来，

我还想告诉她我的亲戚还没有把珍珠兔子送给我所以我也没有办法给她，我又想告诉她我原来学插花的那本书不知道弄到什么地方去了所以没有办法只凭一张嘴就教她。我还想告诉她很多东西，可想了想又嫌太麻烦，况且说了她也不一定就会信。于是作罢。

有人找我帮忙的时候我一般不怎么考虑，一口答应。因为我不想看见别人失望的样子。可是当我努力了之后发现自己真的不能帮忙的时候，我只有让别人更加失望。我知道我把事情弄得适得其反了。朋友说我善于给别人以美丽的假象。

彼得·潘伤害了别人，我也伤害了别人。但从某个意义上讲，彼得是无心的，而我却是有意的——尽管我是有意想让别人快乐一点。

那天兔子一脸严肃地对我说："你不要再轻易地许诺别人了，真的应该改改了。"于是我像个犯了错的孩子一样小声说："知道了，我一定改掉这个不好的习惯。"

彼得有个很不好的习惯——口是心非。这也说明了他真的仅仅是个孩子。

文蒂要走了，孩子们要走了，可是彼得装出一副无所谓的样子，他依旧在有口无心地吹他的那支破笛子。大家都叫他一起去找妈妈，可是他不："你们去吧，我才不去呢，真见了她，她一定又要盼望我长大了，我才不想长大呢，我要永远做个小孩子，永远玩耍。"

"孩子们走了以后，他还快乐地吹了一会儿笛子呢。当然，这只是在掩饰他的难受，证明自己对朋友们对文蒂的离开满不在乎。他决定不吃药，为的是气一气文蒂。然后他不盖被子就躺在床上，也是为了要惹文蒂生气。平时，文蒂怕他着凉，总是将他塞进被窝里。他难过得差点哭出声来，但是他忽然想到，如果自己笑起来，文蒂说不定多么生气呢。于是他就笑起来。"

我不希望看见彼得和文蒂分开——相爱的人分开。就正如我希望和我爱的人一辈子住在一起一样。小孩子不懂得爱不懂得珍惜，所以可以把自己心爱的玩具到处乱扔，等找不到了又大声地哭，但也不会太难过，因为妈妈会买新的。可是我们总是要长大的呀，长大了就要学会珍惜了呀，怎

守岁白驹

么能如此任性呢？彼得你让我生气了。

那天在榕树下看到小许的帖子："你说好和我一起去上海的呀，去看美丽的法国梧桐的呀，可是你怎么提前缩回了你的手呢？你怎么如此不懂得珍惜呢？"

于是才发现，自己真的和彼得很像。

彼得是个哀伤的孩子，书里面有很多地方都让我心疼了。

比如在环礁湖上，彼得、文蒂都受伤了，都飞不动了，这个时候黑色的潮水涨了上来。这时候飘过来一只风筝，于是彼得恶狠狠地叫文蒂爬到风筝上去，别管他。可是等文蒂走了，彼得也害怕了。美人鱼围着他转，可是她们也没有办法。灰白的月光射向水面，射到水里。于是他一边听着全世界最哀伤的声音——人鱼唱月，一边勇敢地对自己说："死，是最伟大的冒险。"

这是我喜欢的情节，也是顾湘喜欢的。

比如还有彼得对文蒂说的话，他说："我原来也一直以为妈妈会一直开着窗子等我，于是我就在外面玩了两个月，又玩了两个月，再玩了两个月，然后我飞回家。可是窗户已经闩住了，妈妈已经把我完全忘记了，我的床上睡着一个小不点。"

后来文蒂和孩子们飞回了家，窗户还开着，家里欢乐极了。可是彼得在玻璃窗外面，他不能进去。彼得有别的小孩子享受不到的快乐，可是，这种玻璃窗内的快乐，他永远也享受不到。

这个哀伤的孩子，我希望他有一天也能长大。就让我用顾湘的话来结尾吧：

"第二个路口往右手，然后一直走，直到天亮。这是去永无乡的路。可是这只是彼得随口说的，即使打开落满灰尘的地图，让飞过整个地球的飞鸟来找，也找不到。可是温迪信了，我也信了。我想我已经原谅彼得·潘了。"

站在孩子这个称呼的尾巴上，我真的原谅这个哀伤的孩子了。

# 水中的蓝色鸢尾

——读安妮宝贝

我想／有些事情／是可以遗忘的／有些事情／是可以纪念的／有些事情／能够心甘情愿／有些事情／一直无能为力／我爱你／这是／我的劫难

守岁白驹

那天在杂志上看到余杰说女性作家写小说有三个顶峰：一个是张爱玲，那个演尽末世繁华的女子；一个是王安忆，那个纤细而精致的女子；最后一个是安妮宝贝。

我忘了余杰是怎么评价安妮宝贝的了，但我很想知道。因为我想看看一个极度理性的男人是如何去评价一个极度感性的女人。我想应该很有意思。

我想我是喜欢安妮的，但有时候我会主动地拒绝。因为安妮总是给我大片大片措手不及的空洞以及内心流离失所的荒芜。我想那不是我这个年龄应该承受的。所以我拒绝。

可是很多时候我需要一些敏锐细小的疼痛，让我抵抗生命中呼啸而来的麻木。

只要你以相同的姿态阅读，我们就能彼此安慰。

可是彼此安慰之后，是更加庞大的寂寞。

在接触安妮之前我是个阳光明媚的孩子，接触之后依然是，只是双子星的另一面有些蠢蠢欲动而已。我知道自己永远也不可能像安妮一样将自己——放逐，对，就是放逐。我是个听话的好孩子，我在陌生人面前得体地微笑，穿干净的衣服，写有些干净的文字。安妮对我来说就像是开在水中的蓝色鸢尾，是生命里的一场幻觉。幻觉降临的时候我们从时光的两个入口分别进入然后相见，幻觉消失，我们也就告别。安妮依然是那个落拓但美丽的女子，而我依然是那个用功读书准备考大学的好孩子，什么也没有改变。

就像一个浪人在雨天里躲进一栋废宅，生起一团火，然后第二天雨停了，火灭了，浪人继续上路。那座废宅并没有改变浪人的方向，只是浪人会记得有个雨夜他在一栋废宅里用一堆火取暖。

浪人会感激那堆火，而我会感激安妮。

记得一年前我在桃成蹊——就是那个我曾经写到的书店——看到《告

别薇安》的时候天在下雨，也是春天，可是春寒料峭，高大的落地玻璃窗上雨滴沿着紊乱的轨迹下滑。那本蓝色的书被单独地放在醒目的位置，像安妮一样以孤独的姿态站立。

安妮说书的封面上那个身穿白色棉布长裙的女子有着寂寞的手势，于是她接受了这个封面设计。

而当时给我印象最深的是封面上那种暧昧的蓝色，蓝中透出苍白，恍惚荡漾的感觉。

我是个对颜色敏感的人，一种颜色对一个人来说注定是命中的囚禁，我们在劫难逃。我喜欢白色，有点纯净而无辜的感觉，像个受了伤的委屈的孩子。后来从小许的文章里知道，原来白色是一种破碎，是内心的流离失所："白色有激越的热情，但是容易被摧毁。"而小杰子喜欢蓝色，纯净的嘹亮的蓝色，蓝过任何一块晴朗的天壁。而小蓓喜欢红色，她说她喜欢明媚温暖的感觉。

而小A喜欢黑色，且没有任何理由。

"黑色是收敛的，沉郁的，难以捉摸的。很多有伤口的人，只穿黑色的衣服。因为这样不容易让别人看到疼痛。"

有段时间看《告别薇安》看得很灰暗，心里空荡荡的。我总是梦见自己站在一个空旷巨大的停车场中茫然四顾，这种状态让我恐慌。

有时候在街上走，突然看到花店里的蓝色鸢尾或者精品店里凡·高蓝色鸢尾的复制画时，我就会想到安妮，那个在黑暗中孤独地写字的女子。她把字写在湖面上，于是那些水中的幻觉，一边出现，一边消失。

一直以来，城市生活在当代文学中久久缺席，于是安妮来了，带着她那些阴郁冷艳的文字，也给人们带来了伤口以及疼痛。在安妮的字里行间，我们可以看到大批内心流离失所的人，他们有着空洞的眼神，寂寞的手势，以及一脸的落寞。所有无家可归的流浪者在后现代的水泥森林中浮动，等待末世，接受宿命。而安妮笔下的爱情，在夜色中渐渐幻化成了一把闪亮的匕首。

## 守岁白驹

她似乎是想用爱情来对抗后工业时代里庞大的孤独和冷漠。

安妮是个喜欢旅行的人，而我也是，我曾经说过我的生命是从一场繁华漂泊到另一场繁华或者苍凉，陌生的城市陌生的人总能给我细小但深刻的感动。我喜欢走过陌生的城市，看那个城市里马路两边美丽的香樟或者梧桐或者什么别的高大乔木，看几个满头银丝的老太太坐在院子里腌制泡菜，看一个年轻男人牵着一个年轻女人走过繁华的街道，看几个戴着红领巾的小学生乖乖地站在马路边上等红绿灯，看夏天灼热的阳光撞碎在摩天大楼的玻璃外墙上，看冬天寂寞的雪花飞进白墙青瓦的深宅大院。

印象最深的是我在峨嵋山金顶的一个寺庙里住了一个晚上，晚上我睡不着，就裹着毯子起来倚在窗边听外面下雪的声音。清越而温柔。那一刻觉得天地空旷，十六年的光阴都在窗户外面静静地盘旋，我听到自己的青春在哼着小曲儿。年华似流水。

去年除夕的前一天晚上，我也是在上海的一栋木质阁楼里听窗外下雪的声音，以前听人说过，上海有全中国最寂寞的雪景。抱着毯子坐在床上，想明天也许就能看见那样的雪景了。可是雪一会儿就停了。第二天阳光明媚，上海洗掉了长久以来的冷漠和喧嚣，街上冒出大大小小的红灯笼，大群大群的孩子穿着红棉袄在街上跑，司机微笑着减缓车速，这个温情的城市让我感动。而我也要飞回家了，我终于体会到过年的时候漂泊在外的人是什么样的心情。而眼前浮现出爸爸妈妈的笑容温暖而舒展。我知道，他们摆满了一桌子的菜在等我回家。

真的，很多时候细小的幸福都可以轻而易举地淹没我们，只是我们常常出于麻木而忽略。

小许说她喜欢在火车上匆匆地邂逅一个人，陌生的面孔陌生的笑容，以及彼此间转瞬即逝的温暖。她说一个人在深夜的火车上，裹着毯子靠在窗子边上观望夜色中铁轨外大片大片的黑色田野和山坡，以及偶尔零星出现的乡村的灯火的时候，心里是空荡荡的，但是平静而安宁。

平静而安宁。这是我们可以用来抚慰伤口的东西。

而安妮的旅行是漂泊，是放逐。她总是将自己扔在火车上，然后不说一句话地望着一个个靠拢而又消失的站台，窗外沉寂的绿色山脉，擦肩而过的列车上一张张飞掠而过的面容。安妮喜欢这种流动的前行中的生命状态，尽管她知道且固执地相信生命只是一个空虚的轮回。

我曾经一直在不同的城市和乡村之间徘徊，没有目的，只有前行。看到广阔的天空，呼吸到新鲜的空气，看到陌生的容颜，对我来说非常地重要。那是生命的体验。一个人只有去过很远的地方，见过很多的人，他才能够让自己体会到什么叫平静和沉着。因为无限延长和开拓的，其实是我们心的空间。

很多人在城市的夹缝里营营役役，他们不知道生命有非常多的苦难和甜美，值得我们坚持、宽容和珍惜。

那天在翻花谱的时候看到了蓝色鸢尾，上面写着：

代表着宿命中的游离和破碎的激情，精致的美丽，可是易碎且易逝。

于是想起安妮。

一直以来，安妮在她的读者眼中都是个疼痛的女子，一个带着伤口锦衣夜行的女子。她的文字总是抽离人们身边的氧气，然后直到人们缺氧窒息。

那天在榕树下看安妮新写的散文，写她工作的样子，写她健康的疲惫，突然发现了安妮明媚的一面，让人很是惊喜。有个网友评论说：安妮，很高兴看到你阳光灿烂的样子，丢开那些阴冷尖锐的文字吧，只要你快乐，我们都会快乐的。

感动了，为那个不知名的朋友。

快乐不是烟火只开一瞬，快乐永恒。

送给安妮。也送给我所有的朋友。

# 一个人的城市

## ——读刘亮程

　　看到刘亮程的《一个人的村庄》的时候,我正亮着一双眼睛在上海书城里逛。看到刘亮程的名字的时候我兴奋得很,可随即就变成了沮丧。是真的沮丧,因为我的旅行包已经装得满满的,连再放进一本书都很困难,而且手上又拿着各种各样的东西,所以我在不断把书抽出来,翻翻之后又放回去的思考中决定暂时不买。

后来在地铁站的"季风"书店我还专门找了一下,可惜电脑坏了,不能查书,于是我自己找,结果我从"季风"出来的时候两手空空。走到半路的时候,同伴李飞碰碰我的胳膊,说刚才放在"值得关注"书架上的《一个人的村庄》挺好的。当时我望着李飞的感觉是我想吐血。

从上海飞回来之后我又去逛书店,结果看到它乖乖地待在"新书出炉"的书架上。我当时的感觉很开心,简直想拍着手儿笑。

看到一本书和看一本书的感觉绝对是不一样的。看到《一个人的村庄》的时候我快乐得要命,看《一个人的村庄》的时候我感到一股淡得不着痕迹的悲伤无边无际地蔓延,同时感到自己真的是碌碌无为并且无所事事。

我总是喜欢读一些和自己的生活比较贴近的文章,可是刘亮程的书是个例外。我是个城市里长大的孩子,对农村最大的印象就是大片大片的田野以及田野上七零八落的牲口。可是刘亮程却将他居住的村庄写出了世外桃源的味道,甚至有点伊甸园的味道。人和动物可以那么和谐且相通地住在一起。

**任何一株草的死亡都是人的死亡,任何一棵树的夭折都是人的夭折,任何一只虫的鸣叫也是人的鸣叫。**

刘亮程心满意足地坐在空旷的田野上,平和地看着季节年复一年地走过村庄。草长莺飞。他像个旁观的哲学家一样守着那片温暖的土地。他从来就不想离开他的村庄。

我喜欢在同一个地方长久地生活下去——具体点说,是在一个村庄的一间房子里。如果这间房子结实,我就不挪窝地住一辈子。

就跟那首歌一样:

223

守岁白驹

　　一辈子住在一个地方，一辈子睡在一个人身旁。

　　记得原来我对村庄并没有很好的印象。高一的时候我和小Ａ心血来潮去农村住了三天，那三天之内，我记得每天晚上的蚊子像是一队轰炸机，每天白天我总会不断地在路上碰见对我横眉冷对的狗，小Ａ告诉我要以相同的目光与狗对视不要害怕，每块田上的牛和马的眼神总是涣散且漠然的，每次吃饭的时候都是女孩不上桌男孩坐桌上。
　　可是刘亮程对自己的生活很满足，他总是自信而且快乐，一个微笑着仰望天空的知足的人。他从不怀疑自己生活在一个村庄里就碌碌无为，他说如果有一天我们全部老了，我们全部离开了村庄，那么，我们干完的事，将是留在这个世界上的——最大的事情。
　　他说草大概要用五年的时间才可以长满被人铲平踩实的院子，蛀虫要用八十年的时间把木梁蛀空，风四十年吹旧一扇门上的红油漆，雨八十年冲掉墙上的一块泥皮，蝼蚁大概用一千八百多年才能毁掉墙根。

　　曾经从土里站起来，高出大地的这些土，终归又倒塌到泥土里。
　　而不管有多大的风，刮平一道田埂也得一百年的工夫；人用旧扔掉的一只瓷碗，在土中埋三千年仍纹丝不变；而一根扎入土地的钢筋，带给土地的将是永久的刺痛。几乎没有什么东西能够消磨掉它。

　　刘亮程说所谓永恒，就是消磨一件事的时间完了，但这件事物还在。
　　那么，这些无法消磨掉的东西，就在这座村庄里站成了永恒，等到刘亮程老了，等到看他的书的我们都老了，村庄也老了，可这些事物不会老，它们会代表永恒的村庄一直这么默默地站着。
　　可是刘亮程又是谦逊的，他不为自己的睿智而目空一切，他觉得自然伟大人类渺小。他说有时候不做人也挺好的，比如做一头驴，拉拉车，吃吃草，亢奋时叫两声，平静时就沉默，心怀驴胎。比如做条小虫子，在春花秋草间，无忧无虑地把自己短暂快乐的一生蹦跶完。比如做棵树，只要不开花，不是长得很直，便不会挨斧头。

一年一年地活着，叶落归根，一层又一层，最后埋在自己一生的落叶里，死和活都是一番境界。

刘亮程的书像是在阳光中浸泡了很久，字里行间都是明媚的风。可是在四下安静的时候，我总会看见眼前恍惚而过的忧伤。就是在他直白而口语化的文字里，我读出了寂寞的音节。他讲的故事很平淡，可是我总是莫名其妙地被感动。

比如有个老人在冬天里冻死了。他说：落在一个人一生中的雪，我们不能全部看见。每个人都在自己的生活中，孤独地过冬。我们帮不了谁。我的一小炉火，对这个贫寒一生的人来说，显然杯水车薪。他的寒冷太巨大。

比如他写一匹马跑掉了。

这是唯一跑掉的一匹马。我们没有追上它，说明它把骨头扔在了我们尚未到达的某个远地。马既然要逃跑，肯定是有什么在追它，那是我们看不见的，马命中的死敌。马逃不过它。

比如他写一只野兔，一只不吃窝边草的野兔，为一口草奔跑一夜回来，却看见自己窝边的青草已经被别的野兔吃得精光了。

比如他说有只鸟曾经停在他铁锹的把上对他不停说话，不停地说了半个小时之后，那只鸟声音沙哑地飞走了。那种鸟可能只剩下最后一只了，它没有了同类，希望找到一个能听懂它话语的生命。它曾经找到了他，在他耳边说了那么多的话，可是他只是个种地的农民，没有在天上飞过，没有在高高的树枝上站过，他怎么会听懂鸟说的事情呢？

不知道那只鸟最后找到知音了没有？听过它孤独鸟语的一个人，却从此默默无声。多少年后，这种孤独的声音出现在他的声音中。

## 守岁白驹

刘亮程一个人在长满青草庄稼、野花开满大地的农村晃来晃去，而我一个人在灯火辉煌的城市里仰望寂寞的黑色天空。这也许是我和他最不相同的地方。我骨子里是个向往繁华的人，我觉得繁华到极致之后，剩下的就只有告别，以及末世的降临。这是一种可以让人清醒的疼痛。

我总是怕自己到最后会变成一个麻木的人，对一切的感动或者疼痛有着漠然空洞的眼神。我总是在每天的每个时刻收集各种各样的感动以及大大小小的可以让我落泪的难过或者忧伤，怕自己某一天忽然就变得苍老起来麻木起来，如果那一天真的到来了，我就可以把这些感动忧伤难过通通找出来，让我的心变得重新温润。

记得在一个夜晚，我看《寒风吹彻》那篇文章看得掉下了眼泪。其实这场眼泪已经蓄谋已久了，寒风吹彻，让我疼痛，同时给我一个可以软弱的借口。

*我不再像以往，每逢第一场雪，都会怀着莫名的兴奋，站在屋檐下观看好一阵子，或光着头钻进大雪中，好像要让雪知道世上有我这样一个人，却不知道寒冷早已盯上了自己活蹦乱跳的年轻生命。*

我记得自己小时候很盼望下雪，因为我住在西南这个悠闲的盆地中央，空气一年四季都是温暖的。记得小学五年级的时候下了一场很大的雪，大团大团的白色漫过整个城市。那天早上我起床之后就一直站在大门口，看天空中纷乱下坠的大雪，当时我只记得自己有种感觉，是忧伤和寂寞，生平第一次我感受到这两样东西。当时我就那么傻傻地站在门口，看着看着我就哭了，没理由地掉了眼泪，直到妈妈用厚厚的毯子将我裹起来抱进屋里。可是我还是将目光紧紧贴在那个灰蒙蒙的天空之上，像一个生了病的倔强的孩子。

在那场大雪中，所有的小孩都玩得格外地开心，除了我。我在落满雪花的台阶上扫出一小块空地，我坐在扫干净的青石板上，托着下巴看着漫天漫地的雪花和在雪地上撒野的孩子们。偶尔有雪落在我的手上，然后就迅速地化掉了，于是我就很害怕，觉得我把雪花弄死了，于是我戴上手套小心地接着它们。

现在想想，我在五年级的时候就会看着伙伴们开心地跑而自己一个人静静地托着下巴坐在一边。托着下巴，仰望天空，我是多早就学会了这个寂寞的姿势啊！想到这里我又想掉眼泪了。

我曾经是个爱笑爱说话的明亮的孩子，现在依然是。只是我多了一些时候会忽然感到一阵莫名的忧伤，于是我就在喧闹嬉笑的场合一下子一个人安静下来。我开始迫切地需要能够了解我甚至迁就我的朋友，我开始想要大把大把的温暖。

**从那个夜晚，我懂得了隐藏温暖——在凛冽的寒风中，身体中那点温暖正一步步退守到一个隐深的有时连我自己都难以找到的深远处——我把这点隐深的温暖节俭地用于此后多年的爱情和生活。**

一些认识我的人说我是个冷漠的人，走路的姿势寂寞，写字的样子更是寂寞，而我的脸上总是有些不敢让人接近的冷漠。其实不是的，我把仅有的温暖全给了我喜欢的小A、小许、小蓓、小杰子，还有那些爱我的朋友。

我也曾经试着让每个人接受我，后来我发现做不到，当我做到一半的时候我发现自己真的精疲力竭了。那好像是在初二吧，在我彻彻底底地在深夜一点抱着电话对一个女孩子控制不住地哭出声之后，我就咬牙对自己说：该松手了。从那时候起我就学会了隐藏温暖，将我的温暖只给我喜欢的人。

**当一个人的岁月像荒野一样敞开时，他便无法照顾好自己了。**

直到三年后的今天，我才明白为什么当初那个敞开灵魂的小孩子会手足无措地掉下委屈的眼泪。

现在我真心地去爱我的朋友们，我将我仅有的温暖留给他们，尽管我

守岁白驹

一天一天地感受到冷漠在我脸上刻下不可磨灭的痕迹。我希望有明媚的风，将我身体的每个缝隙都填满温暖的味道，融尽我所有结冰的骨骼。

三十岁的我，似乎对这个冬天的来临漠不关心，却又好像一直在倾听落雪的声音，期待着又一场大雪悄无声息地覆盖村庄和田野。

我真的期待有一场大雪可以覆盖整个大地。
然后就只剩下白茫茫的一片。
然后一切重新开始。
在我流离失所的一个人的城市。

# 坐井观天的幸福

## ——读苏童

在我的电脑里面有着一些作家零散的照片，其中包括苏童。本来我看书的时候很少去看一个作家的本身，可自从小A给我弄了这些照片之后，我开始形成一种爱好：我喜欢在看完一个作家的文字之后再来看作家的照

## 守岁白驹

片,看他的眼神、眉心及嘴角的弧线。

一直以来,苏童都以他冷艳张扬的想象力以及飘忽的行文风格震撼着我,在没有看到他本人以前,我一直想象一个男人要有多么冷峻沧桑的面孔才能完成那样的文字。后来我看到了,一个笑容平和而温暖的男人,只是目光依然锐利。

记得我第一次看苏童的故事是在初二的时候,书的名字我已经忘了,可是永远记住了那个枫杨树故乡。

评论家说苏童的文字里有种思想的回归。所有内心的流离失所都是以同一个地方作为牵绊,而这种牵绊就是他所幻化出的枫杨树故乡。在那个地方,有被烈日晒得发烫的青石板,有长满青苔的石桥,还有一条河水昏黑发臭的小河沟,河边有几个洗衣服、洗菜的泼辣的妇人,墙角边吐着长长舌头的癞毛狗,以及在生活的夹缝中蠕蠕爬行的人们。

苏童常常将小说的背景设定在夏天,烈日炎炎。苏童似乎是要故意违背那句"太阳底下没有秘密"的古话,他用他的文字在朗朗白日之下编织了太多太多绮丽诡异的幻觉。

一直以来我是喜欢夏天的,因为我觉得这是个个性张扬的季节。就像周嘉宁说的那样:"我需要明媚的阳光,让我加温,让我沸腾。"我是个出生在夏天的孩子,双子座,性格内敛而又张扬,在平时我被教育成一个要掩藏棱角的人,而内心却是不甘于平凡。我向往一切华丽与新锐的东西,正如我向往凡·高喧嚣的色彩。而苏童让我找到这样一个秘密的后花园,洒满夏日阳光的后花园,有色彩无声但张扬地流动。

苏童营造了太多的南方意象,他笔下的世界总是散发出一股南方8月湿热的氤氲。评论家说苏童像是一株南方的阔叶植物,展开着肥厚宽大的叶子,枝叶交错,自由而散漫,时常还是水淋淋的,散发着植物在夏天里辛辣的气息。而有些时候我觉得苏童像是在夜色中开放的黑色曼陀罗,暗香涌动。南方意识,南方气质,南方氛围,这一切构成了苏童小说世界的底蕴:躁动不安的生存欲望,怪异诡秘的历史与自然,自由洒脱的叙述风格。

那天翻一本杂志,翻到了一篇文章批评苏童创作面狭窄,执着于个人内心世界的描写，里面说苏童"坐井观天"。然后我又在榕树下看到一篇文章，叫《坐井观天的幸福》。于是我一下子就把两件事想到了一起，我觉得真是奇妙。

苏童是个对细节方面很执着的人，有点像张爱玲。张爱玲总是不厌其烦地用大量的笔墨去描述一只留着褐色茶渍的杯子，一幅被风纠缠的窗帘，一双锐利雪亮的男人的眼睛，一圈女人颈际的蕾丝花边，一座无声倾倒的城，一缕妩媚晃动的烟。她以极度冷静极度客观的心态来描写这一切，让人在心里感到琐碎的同时产生不可名状的空虚和恐惧，同时怕被这种生活纠缠一生。一直以来我都想动笔给张爱玲写点东西，可是这个掌心写满末世繁华灵魂却被深深囚禁的女子真的让我束手无策。不是我不想写，是我写不来。

可是苏童对细节的关注却注入了太多迷幻的色彩。比如他在《妻妾成群》里描写的那口井，井内是幽暗且寒冷的，井台上也爬满了青苔。颂莲被这口井纠缠了一辈子，井中的世界对她来说是个黑色的诱惑，她想将它看清楚以便使自己不再莫名地恐惧，可是她却永远也不敢靠近，但她也走不出那口井的阴影。所以她只好在井边不停地转圈，一边转一边说，我不下去，我不下去。

还有武则天手中的紫檀的木珠，溺水而死的女孩子指尖的红色花瓣，死人塘里漂浮的尸体和岸边生机勃勃的野菜。

苏童不喜欢碰那些很大的题材，他的小说关注的是人内心的挣扎，可是有段时间评论界大肆抨击苏童的小说，说狭隘且单薄。于是苏童屈服了，写出了一些让我看了为他心疼的文字。但苏童后来又回到了自己特有的叙事风格。我想他也许发现了"坐井观天的幸福"。他是个任性且有个性的人，我欣赏他。

有人说过，写字的人内心都是流离失所的。安妮是将自己放逐，而苏童更彻底，他是逃亡。由贫穷向富足逃亡，由历史向现实逃亡，由枫杨树故乡向现在的水泥森林逃亡。因沉没而逃亡，因逃亡而流浪，因流浪而回归，但回归之路已断绝、迷失，那么只能继续流浪，流浪标志着无处安身，无家可归。

守岁白驹

> 我的枫杨树老家沉没多年
> 我们逃亡到此
> 便是流浪的黑鱼
> 回归的路途永远迷失

可是苏童笔下的逃亡却往往形成一个环，扣成一个死结。经过支离破碎的挣扎，然而永远也敌不过宿命翻云覆雨的巨大手掌，于是回到最初，至少是与最初相似的状态。比如《离婚指南》中的杨泊，比如《米》，比如《红粉》。一切都像是众神操纵的命运转轮，一旦启动，无可更改，无法停止。

而苏童叙述的激情不过是装饰在颓败故园上的迷离的花朵，表面的华丽与喧嚣下面，掩藏了太多的绝望。

可是，即使苏童停顿下来之后，他也认为自己永远是个异乡客，无法融入周围的生活，于是他用拒绝的姿态站立于苍穹之下旷野之上。

我们一家现在居住的城市就是当年小女人环子逃亡的终点，这座城市距离我的枫杨树故乡有九百里路。我从十七八岁起就喜欢对这座城市的朋友们说，我是外乡人。

我讲述的其实就是逃亡的故事。逃亡就这样早早地发生了，逃亡就这样早早地开始了。

我想以我的祖父陈宝年的死亡给我的家族献上一只硕大的花篮。我马上将提起这只花篮走出去，从深夜的街道走过，走过你们的窗户。你们如果打开窗户，会看到我的影子投在这座城市里，飘飘荡荡。

谁能说出那是个什么影子？

那是寂寞而忧伤的影子，注定摇晃着我的一生。

# 关于《生活在别处》的生活

(图案可扫描)

生活在别处。

1968 年前,兰波将这句话从嘴里或笔尖创造了出来;1968 年,这句话被白色油漆刷在巴黎大学的围墙上;1968 年之后,米兰·昆德拉将它弄

守岁白驹

得世人皆知。

我用1968年作为一个分界点是因为我很震惊于这句话居然可以出现在一堵围墙上。我在中国的围墙上几乎看到的都是"要想富，少生孩子多种树"之类的，好像中国人脑子里除了生孩子就没别的事了。所以我觉得巴黎大学的围墙是世界上最有品位的围墙。

20世纪的时候这句话还只是一句很普通的话，充其量不过是一句颇有哲理的话，于我无关痛痒。而从21世纪开始，这句话就一天一遍地在我脑中刻下痕迹，如同浓硝酸腐蚀过的铜板，痕迹斑斑，历历在目，不可磨灭。

## 关于上海

恩雅说，每个人都有一条根，它就在脚下，每离开故土一步就会异常疼痛。

但我不会。

我的根似乎是扎根在上海的，就像人的迷走神经一样，一迷就那么远。这多少有点不可思议。

记得有人说过，喜欢上海的人都很世俗。我笑笑，当一个疯子的酒后胡言。很多人喜欢西藏，说那儿是真正孕育灵感的地方，并且大多数人在声明他们喜欢西藏的同时还要影射一下我喜欢的上海。于是我问他们格桑花什么时候开央金玛是什么神转经筒向哪个方向转，他们看着我的时候一脸茫然。其实我比他们任何一个人都要喜欢西藏了解西藏，但我不会为了表示自己很有品位就整天说"西藏西藏我爱你"。那很肤浅。其实当你真正爱一样东西的时候你就会发现语言多么地脆弱和无力。文字与感觉永远有隔阂。

小蓓是我的朋友，她和我一样，根不在脚下，在北京。她说她喜欢北京的琉璃瓦反射出的暖色夕阳，很厚很重的光芒。因此我们就要在生命的前二十年里活得比别人辛苦比别人累，二十年后我们再呕尽自己的心血去换一本蓝印户口，然后开怀大笑或者失声痛哭。就在那些无聊的上海人大谈上海的俗气并且一脸不屑的时候，我却在为虚无的明日黄花作困兽之斗。

为什么要让不爱上海的人出生在上海？上帝一定搞错了。

我的同学曾经在复旦大学里逛了整整一天，并且拿了很多照片给我看。我望着那些爬满青藤的老房子目光变得有点模糊，我想那才是我真正的家。我不是复旦的学生但我却想成为复旦的学生，这就是我和复旦目前唯一的联系，有点像单相思。

我妈希望我是个安于现状的人，考个实惠的大学上个实惠的专业，结个实惠的婚生个实惠的孩子，最后躺进一具实惠的棺材实惠地去死。

但我命中注定是个漂泊的人，从一场繁华漂到另一场繁华或者苍凉。有首歌唱道：一辈子住在一个地方，一辈子睡在一个人身旁。我相信每个人都有属于自己的地方。命中注定。

所以每分每秒都会有人无限憧憬地开始漂泊，也会心满意足地停止漂泊。

喜欢上海是因为它从20世纪二三十年代沿袭下来的文化底蕴——繁华而苍凉。

繁华而苍凉。张爱玲如是说。

旧上海在我的心中是一部老的胶片电影，画面上布满白色斑点，没有一句台词，华贵的妇人优雅的绅士幸福地微笑。夜总会的灯光像凡·高的色彩漫过整个城市。没有背景音乐，或者有也是淡得不着痕迹，时不时地浮出画面，如轻烟般一闪即逝，令画面无可名状地微微摇晃。

是谁说过：整个上海燃亮的灯火，就是一艘华丽的游轮。

而我现在的城市多少有些令人啼笑皆非。一句话，它是一个像农村一样的城市，一个像城市一样的农村。恰恰这是最可怕的。如果它是个纯粹的农村，山明水净、青草粉蝶的话，那我会义无反顾地拥抱它，不需作任何解释。如果它是个有自己特色的城市那我也会张开我的双臂不需要任何理由。但它不是。这里有穿着高级西装脚下踩双NIKE的所谓的"先富起来"的人们，他们会在圣诞节的时候装模作样地在圣诞树上把小天使用上吊的方式挂起来，然后抱着胳膊在一旁傻傻地笑，傻傻地欣赏他们弄出来的在风中晃动的小小尸体。

守岁白驹

　　所以我固执地认定我将来的生活应该在上海。生活在别处就是我的美丽愿望。

　　伟大的米兰·昆德拉。

　　回顾上面的文字，我在极力宣扬一个人如果爱一个东西是不用长篇累牍地作解释的，但我却在这里喋喋不休。难道我不爱上海？嘿嘿，埃舍尔的怪圈。

　　生活在别处。这是为我和上海写的。

## 关于文字

　　我妈说你要考经济系或者法律系免得将来挨饿受冻风吹日晒雨淋。其实她的潜台词是：你不要考中文系就好了。我妈多少懂一点文学，所以她知道文人的生活不会富裕，至少在物质生活上如此。而我妈又很爱我不愿我生活动荡不愿我离家太远，所以当我说我要考复旦的中文系的时候我们的分歧很大。最终的结果是我作出牺牲，而且很大。我放弃了我的中文系而改学理科，并且正在参加为全国化学大赛而组织的集训。家人期待着我的显山露水，而我觉得那毫无希望也毫无意义。

　　我对随便哪种感觉的文字上手都很快。曾经我用一天的时间看完《第一次亲密接触》，然后第二天就写出了两万多字类似的东西，把同学吓得目瞪口呆。尽管我认为那种东西几乎没有存在的价值，时光可以轻而易举地把它淹没得不留一丝痕迹。

　　我把考试中得到满分的作文随便丢掉，却把老师说的毫无内涵的文章装订好放在抽屉里。我常把自己的故事写下来然后拿给同学看，然后他们感动得一塌糊涂。

　　很多时候我喜欢一本书是没有理由或者因为很奇怪的理由。比如我就很喜欢《我在梦见你》的书名，注意，我说的是喜欢书名。等我买回那本书的时候我又不想看书里到底写的是什么了。但还是很喜欢"我在梦见你"五个字。后来老师告诉我那是个病句，当时我就傻了，原来自己一直喜欢的是个病句哦！

可能我看的小说多了所以我大脑构架场景的能力很强。很多时候当我看由小说改编的电影时我会想下一个镜头应该怎么拍，和导演一比高下。很是不自量力。

我的梦想是将来能做广告，极具震撼力的那种，而不是什么"牙好胃口就好"之类的。小蓓也想做个广告人，但她似乎比我更为理想化。我还有很大的功利情绪在里面，我说我要用一个企业家的身份来经营艺术，而小蓓却说她要用一个艺术家的身份来经营企业。我说那你的公司肯定垮了，小蓓说垮就垮吧。

那些小说中的画面常常在生活中浮现出来，比如苏童笔下的那口关于生死和宿命的井，比如刘亮程笔下那个被风雪吹亮的乡村。我常常在想：其实人真正最完美的生活应该是在文字里的，活得像电影一样，活得像小说一样，最次也要活得像电视剧一样。

虚幻的生活。

柏拉图是一场华丽的自慰。

当我在草稿纸上写下这句话的时候我的同学吓得要死。他问，你写来干什么的？我说，参加"新概念"。然后他就真的吓死了。

生活在小说里面的人其实是最开心的，所有的结局都设定好了，沿着宿命的轨迹你只需无尽滑翔就好了，抗争是没有用的，所以只活不想，管它结尾是死亡还是永生，这似乎也是种人生的大境界。

写小说的人也很快乐，生活中谁得罪了你，没关系，写进小说里好了，好之欲其生，恶之欲其死，李碧华就这么"恶毒"。

扮演上帝的滋味不错不错！

生活在别处。这是为我和我的文字写的。

## 关于流浪

我一直认为流浪是一种大境界，不管是关于脚的还是关于心的。

一直以来我很喜欢武侠小说中关于扶桑浪人的情节，不是哈日，而是敏感于"浪人"那两个字。

## 守岁白驹

我的网友 KK 去过很多地方,而且他总是一个人背起背包就上路了,一路流浪一路看。他告诉我西藏的雪很白很傲气,苏州的钟声很厚很悠远。雾隐霞红。暮鼓晨钟。

有次他问我:你到过峨眉吗?我兴高采烈地说我去过,我们先坐车然后又坐缆车直接上了金顶。我们住在五星级的宾馆里享受暖气,第二天拍了好多照片。KK 说他用脚爬上去的,沿路住了好多个寺庙,在山泉里洗了个澡,被冻得差点感冒。听他说的时候我觉得周围的氧气变得越来越稀薄。听他讲完之后我觉得自己实在俗气得恶心。我吐得一片狼藉。

从那一刻开始我就觉得参加旅行社是最最愚蠢的事。一大帮人被导游呼来喊去,像阿姨带幼儿园的小朋友一样。阿姨问这里漂不漂亮?小朋友们说,好——漂——亮——哦!

实在俗气得很有级别。

曾经有段时间我迷三毛迷得紧。不为别的,只为只身跑到沙漠的神经质。那时候娶一个像三毛一样的女子为妻然后一起远行成为我最大的梦想。但它高高在上地悬在我的头顶使我不得不仰望,在脖子酸痛的同时让我明白:它遥不可及。

后来我就常常坐在西秦会馆对面的咖啡店里透过落地窗望繁华的大街。因为这儿是旅人最多的地方。

我躲在玻璃之后,在咖啡厚重光滑的香气里安详地打量外面背着行李的人们,想象南腔北调弥漫整个天空。偶尔为外国人提供我的绵薄之力。他们的问题通常都很简单,无非是哪儿有厕所哪儿可以买到门票哪儿有宾馆之类的。所以尽管我的英文非常地 poor 但也可以应付了。

一般他们在接受完帮助后都会在说"谢谢"的同时掏出一沓钱来,而我总是微笑着摇头。然后他们的眼睛就会很亮,嘴角上扬,露出好看的白牙齿。

并不是像报纸上说的竖起大拇指不断地说"OK"。

曾经有个叫 David 的大学生把他在新疆买的挂毯送给了我。我回家后把它挂在电脑上方的那堵墙上。现在我打稿子的时候就在看它。在挂毯里面混有沙子，沙漠的沙子。我妈曾经要将它洗干净而我誓死不从。因为里面有我所向往的沙漠的味道。一洗就没了。

我冒着跑题的危险写了上面那么多关于和外国人打交道的废话其实就是为了引出这块挂毯，而引出这块挂毯则是为了说明我对流浪疯狂到了一定的程度。

我曾经说：如果有一天我很有钱了或者我彻底没钱了我就开始流浪。同桌说，那你不是座流动的金库就是个流浪的乞丐。说完甩甩他的头发，很帅或者装作很帅的样子。我每次都用反语说，帅哦帅哦帅得不得了哦。而他总是用"没有最帅只有更帅"来自我谦虚或者自我吹嘘。他比我冷静比我现实比我更善于理性思维，总之就比我像人。他对我说得最多的一句话就是，你不要整天在空气里悬着。

但远方的土地对我的脚掌永远散发着一种美妙的温暖。我矢志不渝。

生活在别处。这是为我和我的流浪写的。

## 关于钱

我和钱的关系比较暧昧。我们是情人，我爱她，她也爱我。

写下这句话的时候我向四周看了看，觉得没人注意我，于是大舒一口气。现在安全了，我继续写。

老师说把"她"用在没生命的东西上必须那个东西是很美好很令人热爱的，比如祖国。如果老师看见我称呼孔方兄为"她"，那他的表情多半会很无奈吧？

我觉得自己一下子变得很坏。

我爱钱，这没什么好掩饰的。我在一家杂志社混了个脸熟，然后在上面发点酸得吓死人的文章，然后坐在家里等稿费。

钱似乎也很偏爱我。暑假在电台做撰稿人的时候我的身价是千字25元。等我开学离开的时候主任挽留我说，千字50如何？因为那个时候我的节目已经开始火了。

开学后的日子很平淡。偶尔有同学问我喜不喜欢那档关于校园民谣的

守岁白驹

节目，我大言不惭地说，喜欢喜欢，那真是个好节目。没人知道那个节目是我做出来的。

　　从那个时候起我知道没上大学不一定都会饿死。但我还是沿着父辈画好的轨迹朝复旦平稳挺进，同时心里很放心——有后路的生活总是快乐而放肆的。

　　我曾经学过插花和陶艺，当初的目的也是为了将来不会饿死。

　　但高中快节奏的生活把那段记忆冲得很淡很模糊。直到那天有个女生问我黑色的曼陀罗花代表什么意思，我脱口而出：代表不可预知的死亡和爱。她说：你怎么知道那么多？于是我想起了自己曾经学过插花。

　　我曾经可以很轻松地背出花的物语但当时觉得很没意思。如果送花的人和被送的人都不知道的话，那么白菊花也是可以在情人之间粉墨登场的。当我说出这句话的时候一屋子人一边笑一边说我够恶毒。

　　而现在当我努力地回忆那段笑声的时候它却变得很模糊，就像用橡皮擦过的铅笔画，只剩些斑驳的痕迹，低眉顺眼让人唏嘘。

　　学陶艺是在看完《人鬼情未了》之后，目的是以后追女孩子多点夸耀的资本。

　　我曾经有过一个陶器，很薄很薄的那种，代表我的最高水准。当然我的老师可以做得更薄。说"曾经"是因为我现在没有了。它碎掉了。

　　像我曾经的生活。

　　而我现在每天背着书包快快走，希望快点快点快点回家。

　　我的生活曾经五彩斑斓，但它没能和我一起长大一起穿过时间缓缓向前。它在锁定的时间里看着我越走越远。

　　生活在别处。这是为我和我的节目我的花儿我的陶器写的。

## 关于什么

　　还有什么没有说完那就算了吧。

　　我现在每天很努力地学外语每天喝麦斯威尔每天想上海想复旦想得心里隐隐作痛。

我不知道这样的生活是不是一种幸福，如果是那就最好，如果不是，也没办法。

至于我的生活在这里还是别处，我一百年前就忘了。

# 后记

EPILOGUE

# 《爱与痛的边缘》

(2003 年版)后记
文 | 郭敬明

(图案可扫描)

　　青春是道明媚的忧伤。前面序里提到了，这里提第二次。
　　我站在岸边，看着组成我整个青春的一个个零散的日日夜夜像流水一样从眼前以恒定的速度不可挽回地流走。看着看着我就觉得很哀伤，于是我就想做点什么，于是我就想到了写字，我想我可以写成一本厚厚的书，把我的青春完完整整地写出来，就像高晓松、老狼、沈庆、朴树、叶蓓他们一样，唱出了所有青春的涟漪，唱得喜悦而又忧伤。我想我的书即使没有人看，我也可以留给年老的自己。几十年后的一天，我安静地坐在摇椅上，坐在午后慵懒的阳光中，风吹起我的白头发，翻开书，一瞬间就可以看到几十年前自己悄悄喜欢过的女孩子，一起打过球的男孩子，怕过的老师，刻下过自己名字的白色墙壁，坐过的阅览室的最后一排椅子，在校园种下的那棵小小的香樟，用了三年的羽毛球拍。

一瞬间就看到年轻的自己握着球拍，笑容明亮又清澈。

我在河的对岸观望我的青春，看得平静又伤感。

恍恍惚惚地想起自己小时候的样子。背着很大的书包去上学，走在路上欢天喜地，跳上三级石梯，踢开一块石子。偶尔逃课，钻进山坡的油菜地里睡觉，醒来的时候看见太阳在山坡那里游荡，阳光融化开来洒满我的全身。我傻傻的小幸福呀，想起来我就笑得酸酸的。

又恍恍惚惚地想起自己初中时的样子。大群的朋友，开心明亮的生活，看想看的书，听想听的歌。

周嘉宁说："我的成长是件冗长的事儿。"我想我的成长也是件冗长的事儿。如果把我的短短的十七年间发生的事情排好队，让它们像蚂蚁一样从面前爬过去的话，我想那肯定需要很多个日夜。可是我不觉得冗长，因为我觉得自己是一下子就在风里面蹿成了一个十七岁的大孩子，一恍神就出落成现在这副古灵精怪的样子。

我想说的是我的未来。双子星的未来。

我是个很有理想的人。就是因为太有理想了，所以我现在在小A眼里依然是个无所事事的人。小A就曾经对我说过："一个人如果有太多太多太大太大的理想，那么他不是成为一个伟人就是一个空想家。而你绝对是

守岁白驹

后者。"小A说这话的时候语气坚定神色严肃，像在说一个真理。于是我连挣扎狡辩声明澄清一下的企图都没有就接受了。我觉得我有些时候还是很好欺负的。

我常常想一些事情，说得好听一点叫思考。思考我这个人，思考我的生活。小A说我思考的时候表情很沧桑。我告诉他十七岁的孩子拥有七十岁的悲哀。小A说："世界上不过两种人：痛苦的哲学家和快乐的猪。"于是我就想但愿我不要变成痛苦的猪。

想得多并不一定清楚得多，相反我是个糊涂的人。我没有远大的理想，有一个稍微像样点的理想就是能上复旦。其余的理想皆平凡渺小得有些可笑，比如我现在就很希望那件我看中的蓝白色T恤明天就打五折。

我也曾经傻傻地想过自己的未来。我说我要和心爱的人住在漂亮的蓝白色木质阁楼里，窗前是美丽高大的法国梧桐或者香樟，房子附近有一条干净的马路供我们手牵着手在上面走。

我所向往的生活很简单：平凡而幸福。

这就够了。

真的够了。

我说："我不知道我现在是不是快乐，但起码我现在不哀伤了。"现在晚上我没去上晚自习，一个人在租的房子里静静地看书、做作业、听歌。偶尔站起来拉开窗帘，看楼下黑色的田野安静地呼吸，可以闻到田里植物凉爽的清香，可以看到闪亮的湖泊泛起的涟漪，听到风掠过树梢时空旷辽远的声音，还有草间虫子和蛙的鸣叫，远处林立的楼房会透出暖黄色的灯光，这让我温暖。我现在不忧伤了，我很平静，我知道一个人应该处于一种安静的状态，那么他才是快乐的。我想我也是快乐的。

那天在《读者》上看到一篇文章，写美国年轻人快乐的理由：

看到一个漂亮的女孩子并得知她还没有男朋友，

和心爱的人一起拥在沙发上看一部电影，

EPILOGUE

看到自己喜欢的衣服正在半价出售，
一觉醒来发现还有三个钟头可以睡，
……

我一条一条地把这些快乐的理由念给小A听，因为我自己被这些朴素的小幸福感动了。小A听完之后沉默了一会儿，然后他说："你等一下。"一会儿之后他开始念一段文字：

我有六个美丽的愿望，它们是我看着长大的小幸福。

我的愿望之一是将来有一天我可以开一家自己的书店。我会在书店里摆满我喜欢的书，然后把它们卖给同样喜欢的人。

我的愿望之二是将来我有一个宽敞美丽的阳台，我可以在上面种各种美丽小巧的盆栽。

我的愿望之三是有一天我可以去布宜诺斯艾利斯看大瀑布，身旁站着我爱的人，我们一起听庞大的水声填满身边每一个罅隙。

我的愿望之四是有天我要写本书，我要讲述我所有的喜悦和忧伤。

我的愿望之五是去看看西藏，我太想去那儿看看了。我想看看绳索系着的风马旗，漫天飞扬的经幡，遍地的玛尼堆，天边翻涌的白色羊群和沉默的雪峰，老人们手中默默转动的转经筒。

我的愿望之六是和你做一辈子的朋友。

我在黑暗中握着话筒，一边听小A说，一边流下眼泪。
因为这些是原来我写信时告诉小A的。

我想我该结束了。我发现我一直追寻的就是快乐而已。那种可以放在掌心上温柔凝视的小幸福。我想我把我的成长放在了你们的面前，就像我把我的日记一页一页撕给你们看一样。因为每个人的成长在自己心里都是惊天动地的事儿。

还有一个月我就十八岁了。我祝我生日快乐。

守岁白驹

我要感谢的人很多,所以我不能像外国的作者那样在扉页上写下"献给我最爱的某某某"。我感谢我所有的朋友和家人,感谢我的小学语文老师。

# 2014年3-4月上海最世文化发展有限公司畅销书排行榜 | TOP25 |

| 排名 | 书名 | 作者 |
|---|---|---|
| 1 | 黄—陪安东尼度过漫长岁月Ⅲ | 安东尼 |
| 2 | 幻城 | 郭敬明 |
| 3 | 夏至未至 | 郭敬明 |
| 4 | 悲伤逆流成河（新版） | 郭敬明 |
| 5 | 天众龙众·伏地龙 | 宝树 |
| 6 | 天众龙众·金翅鸟 | 宝树 |
| 7 | 青春白恼会VOL.8 | 千厮 |
| 8 | 新·山海经 | 申琳 |
| 9 | 红—陪安东尼度过漫长岁月Ⅱ | 安东尼 |
| 10 | 小时代3.0刺金时代 | 郭敬明 |
| 11 | 故乡，或者城市 | 郭敬明 主编 |
| 12 | 临界·爵迹Ⅰ | 郭敬明 |
| 13 | 渣男与真爱 | 孙晓迪 |
| 14 | 这些 都是你给我的爱 | 安东尼 echo |
| 15 | 临界·爵迹Ⅱ | 郭敬明 |
| 16 | 这些 都是你给我的爱—云治 | 安东尼 echo |
| 17 | 愿风裁尘 | 郭敬明 |
| 18 | 17 | 落落 主编 |
| 19 | 西决 | 笛安 |
| 20 | 隔梦相爱 | 冯源 |
| 21 | 小时代2.0虚铜时代 | 郭敬明 |
| 22 | 爵迹·燃魂书 | 郭敬明 等 |
| 23 | 东霓 | 笛安 |
| 24 | 南音（上、下） | 笛安 |
| 25 | 时间之墟 | 宝树 |

www.zuibook.com

ZUI
Zestful Unique Ideal

出版社／长江文艺出版社
出品／上海最世文化发展有限公司
官方网站／www.zuibook.com
平台支持／最小说 ZUI Factor

守岁白驹
ZUI Book
CAST

作者／郭敬明

出 品 人／郭敬明
选题出品／金丽红 黎波
项目统筹／阿亮 痕痕
责任编辑／赵萌
助理编辑／张明慧
特约编辑／小风
责任印制／张志杰
装帧设计／ZUI Factor www.zuifactor.com
设 计 师／胡小西
封面插画／Maichao
内页设计／曹欣

图书在版编目（CIP）数据

守岁白驹 / 郭敬明著.——武汉：长江文艺出版社，2014.5
ISBN 978-7-5354-5154-5

Ⅰ.①守… Ⅱ.①郭… Ⅲ.①散文集—中国—当代 Ⅳ.①I267

中国版本图书馆CIP数据核字（2014）第078165号

# 守岁白驹

郭敬明 著

| 出 品 人 | 郭敬明 | 责任印制 | 张志杰 | 装帧设计 | ZUI Factor |
| 选题出品 | 金丽红 黎 波 | 责任编辑 | 赵 萌 | 设 计 师 | 胡小西 |
| 项目统筹 | 阿 亮 痕 痕 | 助理编辑 | 张明慧 | 内页设计 | 曹 欣 |
| 媒体运营 | 李楚翘 | 特约编辑 | 小 风 | 封面插图 | Maichao |

出版｜长江出版传媒 长江文艺出版社
电话｜027-87679310　　传真｜027-87679300　　邮编｜430070
地址｜湖北省武汉市雄楚大街268号湖北出版文化城B座9-11楼
发行｜北京长江新世纪文化传媒有限公司
电话｜010-58678881　　传真｜010-58677346　　邮编｜100028
地址｜北京市朝阳区曙光西里甲6号时间国际大厦A座1905室
印刷｜三河市鑫利来印装有限公司
开本｜700×1000毫米 1/16　　印张｜16
版次｜2014年5月第1版　　印次｜2014年5月第1次印刷
字数｜180千字
定价｜28.80元

版权所有，盗版必究（举报电话：010-58678881）
（图书如出现印装质量问题，请与本社北京图书中心联系调换）
我们承诺保护环境和负责任地使用自然资源。我们将协同我们的纸张供应商，逐步停止使用来自原始森林的纸张印刷书籍。这本书是朝这个目标迈进的重要一步。这是一本环境友好型纸张印刷的图书。我们希望广大读者都参与到环境保护的行列中来，认购环境友好型纸张印刷的图书。